산중일기 초

저자 **최찬희**

중앙대학교대학원 국어국문학과 졸업
〈문학마을〉 수필 등단하여
한국문인협회,
중앙대문인회 회원,
이음새문학회 회원(2대 회장 역임)으로
활동 중이다.

chanhi1658@hanmail.net

산중일기 초

최찬희 산문집

선우미디어

책머리에

코로나19 팬데믹이 온 지구를 마비시키고 있는 때에 첫 산문집을 상재하게 되었다. 사례만 들어도 혹시나, 할 정도로 민감한 때에 나는 스스로 자가격리를 하듯 글쓰기의 세계로 깊이 빠져들었다. 되짚어 보면 지난 세월 동안 참으로 바라왔던 시간이기도 하다. 문학의 향기를 찾아 그 세계로 한 발을 들여놓은 뒤, 남은 발마저 다 담가보리라 소망한 시간이 어언 이십 년이다. 그동안 가정과 사업, 학업까지 병행하며 주경야독의 심정으로 지나온 세월이다. 마치 유체이탈이라도 된 것처럼 몸은 생활에 묶여 있으면서도 마음은 늘 글밭을 서성거렸다. 삶은 항상 의지와는 다른 쪽으로 방향을 틀고 나갔다. 생각지도 못했던 사업을 시작하면서 문득, 문득 나를 잃지 않으려고 마음 단속을 하곤 했다. 일인 몇 역을 하는 생활 속에서 글쓰기는 나도 모르는 사이에 내 삶의 지표가 되어갔다. 처음에는 내면에 가라앉은 생각들을 끄집어내는 작업이었는데 나중에는 내 자아가 스스로 걸어 나와서 글 속으로 들어가는 것 같았다. 글쓰기는 그렇게 나에게는 신나고 재미있는 작업이었다.

작품을 정리하고 보니 내 이야기는 건강하기만 했던 몸에 수술 자국이 늘어나면서 그 전과 후로 나눠진 것이 보였다. 앞만 보고 달려가다가 넘어져서 다시 일어난 것 같았다. 사람의 몸을 구성하는 원자는 별에서 왔다고 하던데 나는 비로소 별을 본 것 같았다. 수술 후, 산골에서 요양원 생활을 반복하면서 무수한 별들이 은하수 되어 흐르는 것을 보았다. 그 전과는 확연히 달라진 나의 별들이 글 속에 그대로 투영되었다. 그래서 책 제목을 처음 해보는 산중의 이야기를 간추려 초심으로 돌아간 『산중일기 초』로 이름 지었다. 덕분에 나는 비로소 내 안에서 시도 때도 없이 복작거렸던 이야기들을 꺼내어 정리할 수 있었다. 누구에게나 이와 같은 이야기가 있는데 다만 안에서 그것들을 끄집어내는 작업을 안 하는 것뿐이다. 나도 이제야 그 작업을 하였다. 소중하고 내밀한 기쁨이 샘솟는 첫 경험이었다. 미흡하고 부끄러운 글이지만 내 삶이 이어지는 한 내 영혼은 계속 글 안에서 다듬어질 것이다. 부디 그 작업이 독자들과 공감하게 되기를 바라는 마음 간절하다.

처음 중앙대 '영신관'에서 시작한 수필 쓰기의 걸음을 뗀 지 어언 이십 년이 되었다. 등단한 지도 그 언저리다. 어느덧 인생도 발효가 되었을 법한 나이다. 진국처럼 진한 이야기가 우러나야 할 텐데. 인생처럼 글도 그렇지 못한 경우가 많다. 다만 놓지 않고 한 길로 꾸준히 오길 잘했다는 생각이다. 낙엽도 지기 전에 가장 곱게 물드는 것처럼 내 인생도 황금기라 할 수 있는 한참 좋은 빛깔로 접어든 것 같다. 글도 인생도 이제 결실의 시기를 맞은 것이다. 나를 윤오영의 수필 세계로 이끌어 제자 삼아주신 이명재 지도교수님께 깊은 존경과 감사의 인사를 드린다. 글뿐만 아니라 인생의 길잡이 역할까지 해주신 '이웅재 교수님을 비롯한 이음새 문학회' 선생님들께도 진심으로 감사의 마음을 전한다. 그리고 내게 인생의 희로애락을 온전히 알게 해준 사랑하는 가족에게 이 책을 바친다.

2020년 유월의 끝자락에서
최찬희

차례

책머리에

Ⅰ. 외할머니네 건넌방

Ⅱ. 산중일기 초

Ⅲ. 민주당 좌파 여인들

Ⅳ. 명성황후

Ⅴ. 아, 티베트

I.

외할머니네 건너방

------- ✦ -------

누구나 마음속 깊은 곳에
동백꽃 알싸한 봄 향기와도 같은 사랑의 씨앗을 품고 있다.
봄이 있기에 춥고 어두운 겨울도 날 수 있듯,
사랑을 모르는 이가 어찌 이 봄의 찬란함을 알까.

생강나무꽃

요 며칠 밤마다 몇 번이나 눈을 뜨게 하던 신열이 이제 조금 가라앉은 듯하다. 어슴푸레 날이 밝자 주섬주섬 옷을 챙겨 입고 앞산에 올랐다. 춘삼월이라 하기엔 아직도 차갑기만 한 바람이 휘적휘적 올라가는 산길에서 얼굴을 때린다. 겨우내 수척해진 나무들도 아직 그 육탈한 나신을 숨기지 못한 채 산등성이를 넘나드는 바람 앞에 서 있다. 이젠 해 바른 오솔길 옆이라도 새움을 틔는 녀석들이 있을 법 한데, 아직 산속은 봄을 맞을 기미가 없다. 무심한 절기의 느림에 애가 동하는 것은 나뿐인가 싶다.

언뜻, 스쳐 간 바람결에서 뭔가 내 촉을 잡아당기는 듯한 느낌이 들었다. 혹시, 하면서 되돌아본 순간, 차가운 바람을 안고 흔들리고 있는 노란 꽃을 발견했다. 생강나무꽃이다. 겨우내 집 앞의 신을 오르면서 이제나저제나 하며 기다려왔던 순간이다. 생강나무꽃은 산중에서 제일 먼저 봄을 알리는 전령사다. 아마도 내가 밟고 선 이 땅 밑에서도 무수한 생명이 등

13

살 덮은 흙덩이를 뚫고 올라올 채비를 마쳤을 것이다. 내 허방한 몸에도 신생의 기운을 불어 넣어주기를 고대했던 마음도 바로 이 봄을 기다린 것이다.

빈산에는 노랑이 먼저 신호를 해야 분홍이 뒤따라온다. 긴 겨울의 끝자락 속에서 제일 먼저 봄을 알리는 이 작은 노랑꽃이 유난히 반가운 이유다. 이제 겨우내 박토로 있던 이 산속의 골짜기마다 난데없는 꽃 잔치가 벌어질 때가 되었다. 얼마나 성급했으면 잎이 나기도 전에 번식부터 서두르는가. 겨울나기를 마치고 막 나오기 시작하는 곤충들의 눈에 멀리서도 잘 띄도록 차려입은 노랑꽃. 병아리처럼 연약한 색이지만 그 안에는 나름대로 생존하기 위한 본능의 유혹이 춤을 춘다. 추위를 견디고 막 찾아온 온기를 가장 먼저 받고 싶은 춘심이 고집 센 응어리처럼 뭉친 듯, 푸르스름한 서슬까지 품었다. 각자 살아온 궤적을 별똥별처럼 간직하고 또다시 사라질 것을 아는 슬픈 빛깔이기도 하다. 그래서였을 것이다. 산속에서 맞닥뜨린 작은 꽃에 이토록 마음이 설렌 것은.

"한창 피어 퍼드러진 노란 동백꽃 속으로 푹 파묻혀 버렸다. 알싸한, 그리고 향긋한 그 냄새에 나는 땅이 꺼지듯이…"라고 한 김유정의 소설 〈동백꽃〉에서 '노란 동백꽃'은 바로 이 생강나무꽃을 말한다. 옛 여인들의 고급 머릿기름으로 쓰이던 붉은 동백꽃 대신 추운 강원도 지역에선 이 나무의 열매로 짠 기름을 썼다. 그 때문에 강원도에서는 생강나무를 개동백, 산동백, 동백 등으로 불러왔다. 정선아리랑의 '싸릿골 올 동박이 다 떨어진다.'에서 '동박'도 마찬가지다. 「소양강 처녀」의 '동백꽃 피고 지는 계절'도 이 생강나무꽃이 피는 봄을 말하는 것이다.

'수줍은 사랑의 고백'이라는 꽃말 때문이었을까. 이른 봄의 앙상한 산속에서 첫 꽃물을 터뜨리는 생강나무꽃이 김유정의 소설에서는 열일곱 살 처녀의 첫사랑으로 대비된다. 점순이가 자신의 마음을 눈치 채지 못하는 총각의 닭과 자기 닭에게 매일 애꿎은 싸움만 시키는 것은 언 땅을 비집고 올라오려는 새싹의 기운만큼이나 강한 고백이다. 그것을 알 리 없는 총각이 어느 날, 자기 닭이 또 쪼여서 빈사지경인 것을 보고 화가 나서 점순에게 대거리를 하다가 결국, 동백꽃 흐드러진 덤불 속으로 함께 떨어져 파묻혀 버렸다. 처녀의 몸에서인지, 아니면 동백꽃에서 나는 것인지 모를 알싸한, 향긋한 그 냄새에 총각은 그만 정신이 아찔해지고 만다. 꿈틀대는 봄의 기운이 드디어 총각 마음을 뚫은 것이다.

사람들은 누구나 마음속 깊은 곳에 동백꽃 알싸한 봄 향기와도 같은 사랑의 씨앗을 품고 있다. 봄이 있기에 춥고 어두운 겨울도 날 수 있듯, 사랑을 모르는 이가 어찌 이 봄의 찬란함을 알까. 이제 겨우내 침잠된 아픔이 화농으로 자리 잡았던 상처에도 골짜기마다 꽃불이 번지듯 새 살이 돋을 것이다.

볼이 시리게 차가운 공기를 가르며 웃고 있는 노랑꽃 속에서 한 가닥 그리움이 솟아난다. 나를 키워주신 외할머니. 경상도 외가에서 살았던 엄마는 몸이 약한 언니만 데리고 타지로 발령이 난 아빠를 따라가셨다. 태어날 때부터 잔병치레를 많이 했던 언니 때문에 난 엄마보다는 늘 할머니와 함께였다. 갑자기 혼자 남게 된 손녀를 애잔히도 아끼시던 할매가 앓아누우셨던 날이었다. 따스한 초봄의 햇빛 속에서도 집안은 텅 빈 것처럼 스산했다. 무심코 마당에 앉아 놀던 소녀의 눈에 밝은 노란색이 다가와 꽂혔다. 보기에는 작아도 올라가기엔 좀 벅찬 뒤꼍 바위 뒤의 꽃나무는 소녀의 키를 훌쩍 넘고 있었다. 신발까지 벗어놓고 조심조심 바위를 타고 올라간 소녀는 기어이 꽃가지를 꺾어서 안방에 누위계신 할머니께 내밀었다.

"하이고마! 내 새끼가 이걸 우찌 따왔노!"

이미에는 흰 끈을 동여맨 재 화들짝 놀라시던 할매의 환한 얼굴. 그 앞에서 뭔지 모를 성취감으로 앉아 있었던 어린 여자아이가 떠오른다. 지금 생각하면 이른 봄이었던 그때, 그 노랗던 꽃이 바로 이 생강나무 꽃이 아니었을까 싶다. 햇병아리 같았던 어린 나를 어미 닭처럼 품어주시던 할머니를 향한 그리움만큼이나 진한 노란색이었다.

이제 외할머니의 자취도 스러지고 어린 소녀의 인생도 어느덧 가을로 접어들었는데, 해마다 늙지도 않는 봄은 어쩜 이리도 고운 빛으로 찾아오는지. 가슴속에 피워낸 첫 꽃잎을 후드득! 떨어뜨리던 사춘기처럼 설레는 봄빛, 그 노랑으로.

산사(山寺)에서

는개비가 부슬부슬 내려앉는 저녁에 찾아든 선암사는 이미 어둠이 내리고 있었다. 인적 없는 산사에 총총 불을 밝히고 있는 종무소에 들어서자 따뜻한 온기가 확, 끼친다. 늦은 시각에 혼자 온 중년 여인을 곁눈으로 살피는 행자승이 내게 줄 법복을 들고 앞장서 방으로 안내하곤 이내 사라진다. 어둠은 곧 사방을 삼켜버리고 나는 바삐 작은 방으로 몸을 숨겼다. 한 평 반 남짓한 쪽방 문고리를 걸고 따뜻한 방바닥에 누우니 내 방에 찾아든 것 같은 안온함이 온몸을 휘감는다. 산사의 어둠과는 확연한 대척점을 이루는 전등불의 생경함에 눈을 감는다. 곧, 어떻게 여기까지 찾아왔는지 생각을 정리할 겨를도 없이 천근 같은 잠 속으로 스르르 빠져들었다.

똑, 똑, 똑 또르르르……. 단아한 목탁 소리가 바로 머리맡에서 울리는 듯한 바람에 눈을 떴다. 탁, 탁, 탁, 둔탁한 소리다. 아, 사물고를 울리나 보다. 가만히 눈을 감고 소리를 따라간다. 법고가 울기 시작한다. '둥 둥 둥' 삼라만상을 다 깨우고도 남을 만한 큰 울림이 끊어질 듯 잦아들더니, 다시 활개를 치며 살아나곤 또다시 잦아들며 흐느낀다. 저 북 앞에서 잿빛 장삼자락을 휘날리며 북채 놀림을 하실 스님의 몸짓도 그러할 것이다. 가람의 정적을 깨워 뒤흔들던 소리가 칼로 자른 듯 끊기더니 범종이 이내 뒤를 잇는다. 귀에서 가슴으로 울려 퍼지는 장중한 소리가 방바닥에 깔리어 진군하듯 쳐들어오는 바람에 누운 몸을 일으켰다.

밖은 아직 캄캄하지만, 어젯밤의 어둠과는 확연히 다른 새벽의 기운이 들숨으로 훅, 들어온다. 희미한 전등불 아래 여염집의 정겨운 안마당 같은 공간이 드러난다. 댓돌 위에 올라앉은 고무신들을 보니 넓은 대청마루 옆의 방은 스님들의 처소인 것 같다. 그 옆으로 나 있는 툇마루를 끼고 'ㅁ'자 모양으로 작은 방들이 둘러앉아 있다. 어디선가 예불송이 은은하게 퍼진다. "시―비앙―삼―세―" 사물이 아닌, 인간의 몸에서 나오는 조화로운 소리가 차분히 울려 퍼진다. 아래채 댓돌 위에 놓인 신발들이 내게 눈인사를 건넨다. 옆방 댓돌 위에는 굽 낮은 여자 구두가 정물처럼 얹혀 있고, 그 옆방은 흙 묻은 운동화가 두 켤레, 또 그 옆에는 고무신이, 저쪽에는 남자 단화가 있다. 혼자 온 사람이 나뿐이 아니라는 위안을 댓돌 위에서 얻고 다시 방으로 들어왔다.

방바닥에는 주전자와 컵이 놓인 상이 달랑 있을 뿐이고, 벽에는 요와 이불을 널어놓은 대나무 횃대 외에는 아무것도 없어서 작지만 넓게 느껴지는 공간이다. 내 한 몸엔 충분히 넓은 방이다. 그동안 나의 공간을 채우고 있던 사람들의 무게를 줄곧 끌어안고 살아온 중년의 여인이 내 속에서 고개를 든다. 이제는 홀연히 놓을 줄도 알게 된 얼굴로.

"공양하십시오." 행자승의 목소리가 문밖으로 지나간다. 6시다. 공양간으로 가는 길에 만난 수행자들은 한결같이 합장하며 말이 없다. 가는 곳마다 붙여 놓은 '묵언'이라는 글귀가 내게도 목소리를 허락지 않는다. 침묵, 그 말없이 들어 올린 연꽃 한 송이를 보는 듯하다.

공양간에서 부지런하게 운력보시를 하는 남녀 행자들의 파르스름한 민머리가 서늘하게 다가온다. 500년이 넘었다는 예스러운 대청마루는 한꺼번에 몇 백 명은 족히 앉을 수 있을 정도로 넓다. 때마다 이곳에 가득 차 공양을 했을 대중들의 모습이 그려진다. 일하지 않으면 먹지도 말라는 노스님의 훈계 때문인가. 해놓은 밥과 나물을 앉아서 먹고 있자니 문득, 미안한 마음도 든다. 일, 사람은 얼마의 생을 남겨두고서야 손에서 일을 놓을 수 있는가. 이게 아닌데, 이게 아닌데, 하면서도 붙잡은 손 놓지 못하는 힘겨운 굴레에서 나도 이젠 놓여나고 싶다.

어느새 절 마당에 일반인들이 하나둘, 올라온다. 아침 햇살이 화사하게 퍼지는 경내를 천천히 걸었다. 630살이 넘었다는 백매, 선암매가 자태를 드러냈지만 이미 꽃잎은 지난 비와 함께 떨어져 땅바닥에 소복하다. 백매뿐 아니라 홍매와 산수유, 목련, 개나리도 꽃잎 진 자리가 벌써 파릇해졌다. 문득, 대웅전 아래 유난히 소담스럽게 핀 검붉은 목단이 눈에 들어온다. 무량하게 쏟아지는 햇볕을 받고 선 자태가 어찌 이리 고혹한가. 곧 낙장으로 떨어져 내릴 그 운명이 뒤돌아서는 내 마음을 찌르고 들어온다.

'뒷ㅅ간'이라는 현판이 걸려 있는 해우소가 보인다. 300년이 넘었다고 하지만 아직도 무거운 기와를 머리에 얹고 '정(丁)'자 모양으로 버티고 서 있는 모습이 늠름하다. 넓은 입구부터 남과 여로 갈라져 2열로 배치된 구조도 흥미롭지만, 꽤 여러 작가의 작품에 등장해서 이름난 곳이다. 김훈 작가는 여기서 똥을 누어보면 비로소 인간과 똥의 관계가 어떠해야 하는지, '관계'의 진지함을 말했다. 그런가 하면 정호승 시인은 눈물이 나면 여기 와서 울라고 하였다. 쭈그리고 앉아서 실컷 울고 나면 풀잎들이 손수건을 꺼내 눈물을 닦아주고, 새들은 가슴속까지 날아들어 종소리를 울려준단다. 어찌 보면 무섭기도 한 오래된 뒷간을 냄새나는 곳이라는 선입견마저 비틀어주는 작가들의 말에 슬며시 미소가 번진다.

곧 있을 불탄일에 앞서 영산재를 모시느라 분주한 종무소에서 차를 한 잔 빼들고 산사의 옆 담 아래쪽 산책로를 따라 숲길로 들어섰다. 아, 숲은 이미 유록빛 생명으로 아우성이다. 아름드리 졸참나무들의 이파리는 작은 소용돌이처럼 새잎을 일제히 올리고 있다. 키 큰 편백숲의 뾰족한 연두 물결을 따라선 대숲은 아직도 새벽안개를 촉촉이 가두고 있다. 숲길을 지나 구부러진 담장을 돌아오니 느닷없이 나타난 노랑, 분홍, 보랏빛의 키 작은 야생화들이 헤살스럽게 웃고 있다. 문득, 이 모든 생명이 나를 위해 존재하는 것 같은 합일감이 인다. 한없이 작아진 존재가 더 조그만 것에서 받는 큰 위안이다.

일주문 밖으로 내려갔다가 다시 올라와 방의 뒷문을 열어놓으니 작은 방이 한결 환해진다. 흙담이 있는 뒷마당의 고즈넉한 운치가 방안으로 스며든다. 쌍계사 입구의 찻집에서 한 줌 얻은 햇 찻잎을 뜨거운 물에 우려냈다. 싱그럽고 구수하다. 술과는 다른 기세로 목구멍을 넘어가 살 속으로 퍼져나가는 기

22

운을 즐기니 절로 눈이 감긴다. 일상의 번뇌가 사라진 아늑함이 오롯이 살아난다. 혼곤한 잠이 덮쳐온다.

찬 공기에 눈을 뜨니 그새 비가 내리고 있다. 자박자박 아늑하게도 내린다. 빗소리의 운율이 음악처럼 감미롭다. 낙숫물 소리도 차륵차륵차르륵… 흥겹기도, 슬프기도 한 묘한 외로움을 끼치는 소리가 귓가를 간질인다. 병든 몸으로 사랑의 도피를 한 수도원에서 장 보러 간 조르주 상드를 기다리는 쇼팽이 생각난다. 혼자서 창가에 이마를 대고 떨어지는 빗소리를 듣다가 가만히 악보를 끌어다 「빗방울 전주곡」을 작곡하고 있는 그 적요함이 아마도 이와 같았을 것이다.

5시쯤, 저녁 공양을 하고 나오자 어느샌가 불을 밝힌 연등 길이 은은하다. 종무소의 불빛은 여전히 따뜻하고 마주치는 행자들 역시 묵언의 합장만 이어진다. 어느덧 저녁예불을 알리는 북소리가 안개비에 포위된 산사에 울려 퍼진다. 어디선가 산짐승 소리가 비명처럼 꺼억거린다. 저 영혼도 이제 곧 은은한 예불 소리에 귀의하여 스스로 잠이 들겠지. 나도 이제 한층 더 밝아진 내 방에서 완벽하게 혼자가 되련다.

무겁게 들고 온 책을 폈다. 〈소설 태백산맥 그 현장을 찾아서〉라는 김종오의 1992년도 책이다. 조정래가 태어나 자라난

23

이 선암사에서 읽기에 좋을 것 같아서 가지고 온 것이다. 어린 시절 소년 조정래가 목격한 '여순 사건'의 무자비한 살육의 현장에서 받은 마음의 상처. 그 헤아리기 힘든 많은 의문과 질문으로 탄생된 글이 『태백산맥』이 아니던가. 그래서 상처는 작가에게는 값진 자산이다. 그 자산이 내게 있다면 어떤 상처였을까.

　살아오는 내내 버릇처럼 안고 있는 속앓이가 있다. 복작복작 끓어오르는 그 욕구는 건드리면 아프니까 그대로 덮어두고 사는 상처다. 좀 더 과감하게 주변을 정리하고 순수작가로서의 길을 가고 싶은 마음을 얼마나 다짐만 해왔었던가. 중년을 넘긴 지금까지도 벗어날 수 없는 감옥과도 같은 욕망이다. "돌은 단 두 개, 뒷돌을 앞으로 옮겨 놓아가며 스스로 혼자 힘으로 강을 건너는 것, 그것이 문학의 징검다리다."라고 말한 조정래는 오히려 그곳에서 안주하는 삶을 살았기 때문에 '화려한 감옥'이라고 얘기한 것이었을까. 문득, 이 끝없이 가여운 욕망에서 놓여나고 싶다. 어디선가 풍경이 울린다. 조계산을 등지고 휘돌아 친 바람이 내 가슴에도 쟁그렁! 소리를 내며 자지러진다.

떡방앗간 아저씨

그렇지 않아도 사람들로 붐비던 시장바닥이 설 무렵이 되면 더욱 북새통을 이룬다. 어린 시절, 우리 집 앞에는 동네에서 하나밖에 없는 떡방앗간이 있었다. 새벽부터 무럭무럭 피어오르는 수증기와 사람들의 훈김으로 방앗간의 빈지문 안쪽에 달린 낡은 유리문은 온종일 습기가 서렸다. 문밖에는 흰 무명천을 덮은 쌀 함지박들이 줄지어 늘어선다. 문 안쪽에서는 혹여 순서가 뒤바뀔까, 이고 온 똬리를 그 위에 표식 삼아 던져둔 아낙들의 입담이 기계 소리와 섞인다.

주인아저씨가 쌀을 빻아 시루에 넣고 푹 쪄내면, 아주머니는 그 백설기를 틀에 넣어 꾹꾹 다져 넣는다. 아래쪽으로 서너 줄씩 밀려 나오는 떡가래들은 물속에 가라앉으며 가위에 잘린다. 각자 자기 함지박에 담기는 떡을 기다렸다가 머리에 이고는 총총히 사라지는 아낙들 뒤로, 주인아주머니는 기계 속에 남아 있는 떡 덩어리들을 열심히 파낸다. 따로 모아두었다가 동네 아이들이나 이웃집에 인심을 쓴다. 그때 얻어먹었던 달

큼하고 쫀쫀했던 맛은 그 뒤로 늘 후덕하던 아주머니의 얼굴과 함께 떠오른다.

떡 찌는 구수한 냄새뿐 아니라, 고소한 참기름 짜는 냄새나 콩깻묵 냄새, 가을걷이가 끝날 때쯤의 메주 쑤는 냄새, 마른 고춧가루의 매운 냄새들이 사시사철 끊이지 않는 그 집에는 유난히 아이들이 많았다. 옥순이, 찬순이, 순이 등, '순'자 돌림의 일곱 딸 아래로 영식이라는 젖먹이 아들이 하나 있어, 항상 고만고만한 아이들로 분망한 집이었다.

어느 해였던가. 그해 설 그믐에도 나는 떡 광주리 순서를 지키려고 떡집으로 나갔다. 바쁜 엄마 대신 줄을 지키고 있다가 떡이 나올 때쯤 엄마께 알리기 위해서다. 그런데 그날은 어쩐 일인지 부산스러워야 할 방앗간의 나무 빈지문이 반쯤 닫혀 있고, 흰 행주치마를 허리에 두른 동네 아주머니들이 웅성웅성 팔짱을 끼고 모여서 있었다.

윙! 하고 시끄러운 소리를 내며 돌아가야 할 피댓줄이 잠잠히 늘어져 있는 방앗간 안에서는 한창 바빠야 할 주인아저씨가 입에 거품을 문 채, 땅바닥에 누워서 온몸을 떨고 있었다. 뒤늦게 나온 엄마는 나를 황급히 데리고 나오면서 간질이 발작했다고 한다. 간질이 뭐야? 엄마는 그 병이 죽을병이라고 하였다.

몹쓸 병에도 힘든 방앗간 일을 일꾼도 없이 해내던 그 아저씨는, 그해 여름 기어코 돌아가셨다. 간질과 우울증에 시달리던 아저씨는 뒤늦게 본 아들도 마다하고 기찻길에 몸을 던졌다고 한다. 소식을 듣고 그 기찻길에 나갔던 동네 아저씨들도 시신이 수습되지 않는 바람에 밤늦게까지 돌아오지 않아서, 온 동네가 종일 술렁거리며 무거운 기운에 잠겨 있었다.

가끔, 유리문 밖에까지 나오는 아주머니의 곡소리가 들렸다. 항상 마음씨 좋았던 아주머니의 애통해하는 울부짖음에 나는 그때까지 한 번도 느껴본 적이 없었던 감정이 불현 듯 일어났다. 죽음이라는 알지 못할 공포가 마치 내 앞에도 드리워진 것 같았던 그 느낌은 지금도 가슴속에 어두운 점으로 찍혀 있다.

방앗간은 한동안 문을 열지 않았다. 대문을 열고 나오면 언제나 사람들로 붐비며 시끄러운 기계 소리가 나던 방앗간이 문을 닫자 온 동네가 텅 빈 듯 스산하기만 했다. 그러던 어느 날부터인가, 젖먹이 아들을 등에 업은 주인아주머니는 팔짱을 걷고 나서서 방앗간의 피댓줄을 다시 돌리기 시작했다. 옥순이, 찬순이, 분순이, 영순이. 등, 초등학교 고만고만한 딸내미들도 가게에 나와 엄마의 일손을 거들었다. 아이들은 떡판에 둘러앉아 인절미 고물을 묻히는가 하면, 떡을 자르고 기름병을 나르기도 했다. 초등학교 졸업반이던 큰딸 옥순이는 진학을 아예 포기했다. 오가며 그 방앗간을 들여다보다가 엄마를 돕던 내 또래의 그집 아이들과 눈이 마주치곤 했었다.

마을 사람 대부분이 그렇듯, 우리 집도 아직 그곳에 있다. 다섯 형제가 북적이던 우리 집에도 이제 연로하신 부모님 두 분만 덩그러니 계셔서 내 마음은 늘 친정에 가 있다. 그 떡방 앗간도 지금은 겉모양만 현대식으로 바뀌었지 역시 그대로다. 가끔 친정에 내려가도 곧 올라오기 바빠서 방앗간은 물론, 그 동네일들은 도외시하고 지내던 터였다. 그런데 모처럼 친정에 들렀다가 무심코 방앗간 앞을 지나던 나는 흠칫 놀란 채, 발걸음을 멈추었다. 돌아가신 줄 알고 있었던 사십여 년 전의 그 아저씨가 버젓이 살아 계시는 게 아닌가. 가느다란 몸매에 하얀 웃음이 인자하시던 그 아저씨가 분명했다. 나는 순간 세월을 뛰어넘은 것처럼, 초등학교 소녀가 되어 그 아저씨를 멍하니 바라보았다. 아저씨도 나를 물끄러미 바라보신다. 그리고 곧 환하게 웃으며 예전처럼 내게 고소하고 말랑말랑한 인절미 몇 점을 집어주실 것만 같았다. 안채에서 구부정하게 허리가 굽은 할머니가 나오시더니, 나를 보며 들어오라 손짓하신다. 가끔 친정집에 오면 마당에서 인사를 하곤 했던 떡집 아주머니셨다.

'아, 저 아저씨는 영식이로구나!'

잠깐 정신을 놓고 있었던 나는 헛웃음을 지었다. 지나온 세월이 얼마인데, 살아 계셨더라도 지금쯤은 할아버지가 되셨을 아저씨를 내가 어쩌자고 착각을 했는지, 나 원 참! 그런데 어찌 저리 닮을 수가 있담. 사십 년 전의 아저씨 나이가 된 영식이는 아버지와 판박이 같은 모습으로 그 자리에서 방앗간을 지키고 있었다. 그럼 그렇지, 삶이란 그렇게 대를 이어서 닮은 꼴로 나타나는 것이지. 아저씨는 돌아가셨어도 영식이가 있어서 얼마나 다행인가. 떡집 아주머니도 그동안 아저씨를 아주 가까이서 계속 지켜보고 계셨을 것이다. 칠 공주를 낳고 끝으로 얻은 붕어빵 아들 덕분에.

돌아서는 내 마음속에 오랫동안 잊고 지냈던 단절의 시간이 다시 이어진 듯한 야릇함이 솟는다. 아주 오래전에 남아 있던 슬픈 감정이 해소되는 행복감이다. 마치 꽃 위를 팔랑거리며 날아가는 예쁜 나비를 본 것 같다.

외할머니네 건넌방

경상도에서 시작하여 서울에 이르기까지, 내 기억 속에 있던 여러 개의 방이 생각난다. 그중에서도 내 마음속에 특별하게 남아 있는 방이 하나 있다. 아직 남동생들이 태어나기 전에 언니와 나만 있을 때였다. 겨우내 찬바람만 불던 마당에 노란 햇병아리들을 가득 풀어놓은 따뜻한 봄날이었다. 하동 진교에 있는 외할머니댁에서 태어나 거기서 자라던 나를 떼어놓고 나의 젊은 부모님은 초등학교에 들어갈 언니만 데리고 인천에서 한의원을 하시는 할아버지 댁으로 살림을 나셨다. 그곳에서 자리가 잡히는 대로 나를 데리러 오시겠다고 하셨다.

후에 들은 이야기지만, 나는 시끄럽게 울부짖으며 식구들을 괴롭히지도 않고 외할머니 무릎에 앉아 식구들이 떠나는 것을 보고 있었다고 한다. 영문도 모르고 가족들과 이별을 한 나를 외할머니는 오랫동안 업어주시며 달래셨나 보다.

외할머니네 반질반질한 대청 건넌방은 우리 식구들이 살았던 보금자리였다. 언니와 나는 그 방에서 태어났다고 한다. 우리 식구가 떠나고 비어버린 그 방에는 메줏덩이가 주렁주렁 옮겨가고, 고구마 말린 것을 비롯한 여러 가지 곡물 가마니를 차곡차곡 들였다. 마루 끝에 앉아 햇병아리 떼가 종종거리며 다니는 것을 바라보다가 외로움이 슬그머니 심술로 변할 때면 나는 가끔 그 방으로 몰래 숨어 들어갔다. 문득 대낮인데도 주변이 어두워지도록 무섬증이 와락 들 때도 그 방으로 후다닥 뛰어들어가 방문을 걸어 잠그고 뚫린 창호지 구멍으로 밖을 내다보곤 했다. 마당에는 제법 크게 엮어 만든 둥그런 닭 우리가 있었고, 언제나 반쯤 열려 있는 대문으로는 그리운 엄마와 언니 얼굴이 곧 들어올 것만 같았다. 담 밑으로 떨어지는 복사꽃은 어린 나를 시도 때도 없이 언니와 놀던 소꿉놀이를 하자고 할매를 부르며 찾아다니게 했다.

한 번은 건넌방에 엎드려 잠이 들어버린 손녀를 안방으로 옮겨 놓으니 다시 그 방으로 가 차가운 방에 엎드려 고집을 피우는 바람에 밤새 할매를 성가시게 했다. 외로움에 식구들을 찾아대는 어린 손녀가 가여웠는지, 아니면 밤마다 고집을 부리는 손녀를 달래기에 힘이 부치셨는지, 할매는 그 빈방에도 불을 지피셨다. 그렇게 건넌방 아랫목에 손바닥만 한 자리는 나와 외할머니가 이불을 펴고 자는 잠자리가 되었었다. 손녀딸 고집 때문에 너른 방을 두고도 좁은 방에서 고단한 숨을 내쉬며 주무시던 할머니의 체취는 떠나고 없는 식구들의 체취를 다 담고도 남았다.

자다가도 때 없이 고구마를 구워 달라는 어린 외손녀를 위해 할매는 늘 아궁이에 타다 남은 재 속에다 고구마를 두어 개 묻어 두셨다. 어른 손가락만 하게 자잘한 고구마를 노랗게 구워 까주시던 할매의 손에는 항상 매캐한 불 냄새가 담겨 있었다. 지금도 매캐한 연기 냄새를 맡으면 외할머니 냄새가 떠오른다. 어린 나이에 일찌감치 알아버린 그리움을 담은, 친구처럼 놀아주던 외할머니의 체취 가득했던 그 방과 함께.

어느새 새로운 햇병아리 떼들이 마당에 들어오고 감꽃도 막 피어 여름이 시작되었을 때, 아버지가 나를 데리러 오셨다. 나는 반가움이 또 심술로 변한 나머지 가기 싫다며 할매 손을 놓지 않고 버티듯이 걸어갔다. 먼지 가득히 일던 여름의 신작로를.

세월은 어느덧 그 어렸던 아이를 지천명의 나이테를 만들어 놓았다. 그동안 내가 거쳐온 방들도 그 세월에 맞춰 차곡차곡 늘어갔다. 지금은 사랑하는 가족들이 내 방을 채웠다. 겨울이 깊어갈 때, 딸아이 대학 입학 지원서를 내고 발표를 기다리고 있다. 가슴을 졸이는 살얼음판 같은 시간이다. 힘든 과정의 끝에서 지레 지쳐버려 몸살을 앓고 있다. 머리가 아프고 편도선이 퉁퉁 부은 따가운 목과 건조해진 코에서 종일 매캐한 연기 냄새 같은 것이 나를 괴롭힌다. 이렇게 몸이 아프거나 마음이 허전하고 지칠 때는 아무도 모르는 곳으로 혼자 스며들고 싶어진다. 따뜻한 방바닥에 누워 눈을 감으면 떠오르는 그 옛집의 방, 내 마음속에 오두마니 자리 잡은 외할머니네 건넌방으로.

소나기 - 그 여름날의 삽화

열두 살 무렵이었다. 하루가 다르게 녹음이 짙어지던 어느 날, 동네 아이들이 빗물로 불어난 냇가로 몰려갔다. 큰 다리 아래 넓은 개천가는 우리들의 주 놀이터였다. 여름 내내 멱을 감거나 자잘한 물고기들을 잡기도 하고, 참외 서리도 하면서 한나절을 보낸다. 겨울이면 두툼한 솜옷을 입고 목도리로 얼굴까지 꽁꽁 싸매고 나와 썰매를 타거나 얼음지치기를 하던 곳이다. 그날도 내 또래 아이들이 어울려 각자 만든 대나무 낚싯대를 들고 놀러 나가는데 나는 그 친구들을 멀거니 바라만 보고 있었다. 등에 업힌 동생 때문이었다. 태어난 지 넉 달 된 막내는 사 남매 중 늘 내 차지였다. 친구들이 없는 동네는 하릴없이 심심하기만 했다. 결국은 나도 다른 아이들처럼 낚싯대를 들고 집을 나섰다. 뒷집에 가신 엄마에게 말도 없이 나온 내 등에는 여전히 막내가 매달려 있었다. 방에 뉘어놓고 나오려 했지만, 엄마가 엑스 자로 꽁꽁 매 놓은 띠를 풀 재간이 없었다.

　신작로를 따라가는 길은 따가운 뙤약볕이 내리쬐지만, 발걸음은 신이 났다. 몇 가지 준비물이 든 양은 '바께쓰'와 작대기 낚싯대도 덩달로 신이 났다. 가끔 트럭들이 지나다니는 큰 다리 밑 여울목은 아이들의 위험한 놀이터였다. 육중한 시멘트 교각 아래로 몰려드는 물살에 다리를 넣고 버티면서 아찔한 치기를 부리는 쪽은 거의 남자애들이었다. 여자애들은 그 아래쪽 넓은 보 가장자리에서 멱을 감거나 낚시를 하곤 했다. 잡은 고기들은 집에 가져가서 끓여 먹거나 닭 모이로 쓰였다. 배가 출출할 때면 옆으로 이어진 밭에서 알이 덜 찬 감자를 캐서 아삭아삭 씹는 아릿함도 잊을 수 없는 맛이다.

그런데, 재미난 시간을 기대하고 찾아간 그곳에 웬일인지 친구들이 보이지 않았다. 자갈밭 사방 어디에도 아이들이 없는 걸 보니 아무래도 '왕대'라 불리는 작은 다리께로 간 것 같았다. 별 수 없이 혼자 앉아서 물가 수초 사이로 낚싯줄을 내렸다. 그날따라 입질이 제법 잦았다. 간혹 빠가사리 새끼가 바늘을 물었을 때는 가슴이 방망이질 치도록 재미났다. 업힌 막내가 칭얼대곤 했지만 아랑곳하지 않았다. 풀어서 자갈밭에 뉘면 좋으련만 꽁꽁맨 띠는 여전히 난공불락의 요새처럼 풀리지 않으니 어쩌랴.

시간 가는 줄도 모르고 양동이에 물고기가 하나둘 담기고 있는데, 갑자기 굵은 빗방울이 후드득, 후드득 쏟아진다. 하늘을 보니 까맣게 비구름이 이미 머리맡까지 와 있어서 겁이 덜컥 났다. 깔고 앉았던 비닐을 들고 서둘러 자리를 정리하려는데 갑자기 위쪽에서 쿨렁쿨렁 몰려온 흙탕물이 발 앞에 있는 흙모래를 파내어 낚싯대와 양동이까지 휩쓸고 가버린다. 둥실 떠내려가는 것들을 보고 놀랄 겨를도 없이 주춤주춤 뒤로 물러서는데 흙탕물이 어느새 내 발목을 덮는다. 순간, 등에 업힌 동생 생각이 나며 공포감이 엄습했다. 뒤돌아서 엄마! 하고 외마디 소리를 지르며 자갈밭을 지나 얕은 둑길을 냅다 달리기 시작했다. 빗방울이 거세졌다. 엉겁결에 손에 들고 있던 비닐을 뒤집어썼다. 넓은 자갈밭을 삼키고 순식간에 도로를 점령하여 콸콸 흐르는 흙탕물에 쓸려가지 않은 것만도 천만다행이었다.

엄마를 연신 부르면서도 속도를 늦추지 않던 발걸음이 무거워질 때쯤, 마침 수박밭 원두막이 나타났다. 무작정 올라가서 보니, 뒤집어쓴 비닐 덕분에 막내와 내 웃옷은 그리 많이 젖지 않았다. 손에 땀을 쥘 정도로 줄달음치기도 했지만, 동생 체온 덕분인지 등은 따뜻하기만 했다. 칭얼칭얼 울어대던 동생도 잠이 들었는지 색색거리는 숨결이 느껴진다. 만약에 띠를 풀수 있어서 동생을 자갈밭에 뉘어놨더라면 어떻게 됐을까. 아우성치는 빗물을 벗어난 곳에서 그런 생각을 하는 순간, 이상하게도 시간이 멈춘 듯 평화로움이 밀려왔다.

잠깐이었을까, 깜박 졸다 깬 눈앞에 동그란 모양이 들어왔다. 약해진 빗줄기에 말갛게 얼굴을 내민 수박이었다. 유난히 싱그러운 그 수박색을 무슨 색깔이라고 표현할 수 있을까. 지금 이 세상에 존재하는 것은 오직 수박과 나뿐인 것처럼 탐스럽게 둥근 진초록의 줄무늬만 물끄러미 쳐다보았다. 뱃속에서는 꼬르륵 소리가 연신 새 나왔다.

이윽고 비가 멎은 사방은 다시 차려진 무대처럼 낯선 황혼이 검붉은 색으로 깔렸다. 온 세상이 붉디붉었다. 타박타박 지친 걸음이었지만 하나님께서 나를 보호하신다는 생각이 어린 마음에도 가득 차오름을 느꼈다. 등에서 새근거리는 동생을 다시 한 번 추스르면서 알지 못할 경외감에 도취되었던 순간이다.

집에는 엄마가 준비하던 저녁거리들이 도마 위며 부뚜막에 널려 있었다. 갑자기 입에서 침이 고이며 어디선가 기운이 솟았다. 여전히 한 몸이 돼 풀리지 않는 동생과 나는 방에 누워서 엄마가 돌아오시기만 기다리다 잠이 들었다.

"아이고! 아가, 아가! 이 문디가시나야!"

비명을 지르듯 내뱉는 목소리에 눈을 떴다. 반가운 마음이 와락 들어 엄마를 쳐다본 순간, 그렇게 무서운 엄마의 얼굴은 처음이었다. 불같이 화를 내시는 목소리는 거의 흐느낌이었다. 저녁 준비를 할 시간인데 비가 쏟아지자 우산을 들고 밖으로 딸을 찾아 나가셨을 게다. 그런데 애를 업고 나간 딸내미가 낚싯대를 들고 가는 걸 봤다는 동네 사람 말에 얼마나 놀란 마음으로 큰 다리께로 뛰셨으면…. 그곳은 큰비 뒤에 멱 감던 아이들이 종종 급류에 익사하곤 했던 곳이 아니던가. 시뻘건 급류만 휘도는 다리 밑에서 새끼들을 찾아 헤맨 심정이 어떠셨을까. 혹시나 집에 돌아왔을까, 기대 반 근심 반으로 돌아오는 길가에 거적때기까지 들춰보셨다는 어머니!

막내를 다독거려 놓고 급히 저녁 준비를 하시는 엄마를 부엌 문지방에 턱을 괴고 내려다보는 내 뒤로 볼멘 목소리들이 날아든다.

"누나 때문에 나만 괜히 혼났잖아! 동생 안 봤다고."

"나두! 누나 빨리 찾으라고."

부치던 호박전을 내 입에 넣어주던 어머니 손길이 나머지 동생들 입에도 차례로 넣어주시느라 분주하다. 이렇게 제비 새끼들처럼 입을 벌리고 받아먹는 아이들이 있어서 엄마는 얼마나 행복하셨을까. 지금 생각해도 동생을 업고 집으로 돌아오던 그 저녁에 황혼은 유난히 붉었던 것 같다.

두 모녀

내가 다니던 파주의 작은 시골 초등학교 3학년 교실의 풍경은 늘 먼지가 풀풀 날리고 번잡스러웠던 것 같다. 남자애들은 겨우내 땅바닥이 닳도록 패대기치던 딱지를 교실에서도 여전히 내리치고 있었다.

그날은 교실 문을 드르륵 열고 들어오시는 담임선생님의 표정이 다른 날과는 달랐다.

"조용! 조용! 오늘은 너희들에게 새 친구를 소개하겠다."

소란을 피우다가 후다닥 자리에 앉은 아이들은 일제히 문 쪽을 바라보았다. 교실로 들어서는 새 친구의 모습은 시골에서는 흔히 볼 수 없는 차림새를 한 여자아이였다. 반지르르하게 땋은 머리를 양쪽으로 길게 내리고 북청색 바바리코트 속으로는 흰 블라우스의 레이스가 눈부셨다. 마치 동화 속 주인공 같은 첫인상이었다. 그 아이 엄마도 허리를 단정하게 묶은 베이지색 바바리코트 차림이었다. 두 사람은 어쩐지 우리와는 다른, 만화나 영화에 나오는 사람들처럼 돋보였다. 서울 청파

동에서 전학 온 그 애를 선생님은 나와 짝지어 주셨다.

　새로운 친구의 등장으로 어색해하며 잠깐 조심스러워지는 듯하던 교실 분위기는 곧 예전의 그 번잡스러운 사내아이들의 장난으로 어수선한 일상이 되었다. 그 속에서 워낙 조용하고 차분하던 그 아이가 어느 토요일 하굣길에 자기네 집에서 숙제를 같이 하자며 내 손을 잡았다. 영애와 짝이 된 뒤에도 나는 계속 다른 아이들과 다녔다. 흙장난으로 겨울이면 늘 손등이 터서 갈라진 우리와는 달리 고운 손과 얼굴에 목소리까지 귀티가 나는 그 아이와 선뜻 친해지지 않았을 때였다.

　하지만 마음속으로는 흠잡을 데 없이 고운 얼굴과 상냥한 서울 말씨의 그 아이를 흠뻑 좋아하고 있었다. 내가 제일 부러웠던 것은 삼단같이 검게 윤기 나는 그 애의 긴 머리였다. 동네에 유일한 이발소 의자에 나무판자를 걸치고 올라앉아서 깎은 상고머리였던 내가 갖지 못한 것이다. 허리 아래까지 늘어진 그 아이의 땋아 내린 가랑머리는 지나가는 낯선 아주머니들까지도 한마디 할 정도로 굵고 탐스러웠다. 그 긴 머리는 마치 삼손의 머리칼처럼 신비한 힘이 느껴졌다. 탐스러운 그 머리를 만질 때마다 나는 웬일인지 그네 엄마가 생각났다. 아침마다 길게 풀어헤친 영애의 머리를 빗어 성성껏 땋아주는 손길이 떠올랐다. 어쩌면 동화 속에 나오는 고운 선녀를 그리는 보는 것 같은 상상이었다.

영애의 집은 작은 대문을 열고 들어가서 시멘트로 메운 좁은 골목 같은 마당을 지나야 한다. 슬레이트 지붕을 얹은 집에 방 두 개를 연결한 툇마루가 있다. 넓은 마당에 대청마루가 있는 우리 집보다 작은 집이어서 속으로 좀 의아했다. 집에는 아무도 없었다. 방에 들어가서 우리는 방바닥에 엎드려서 숙제를 했다. 영애가 준 미제 과자는 깜짝 놀랄 정도로 맛있어서 과자 그릇에 자꾸 손이 갔다. 그러면서도 나는 계속 옆방이 궁금했다. 그러다 전화벨이 울리자 영애는 엄마다! 하면서 그 방으로 후다닥 뛰어가 전화를 받았다. 툇마루를 지나 열린 방문 안으로 그동안 만화에서만 보았던 화려한 침대가 보였다. 넓은 침대에 앉아서 엄마의 전화를 받는 그 아이를 보니 갑자기 그녀가 범접할 수 없이 기품 있는 아이처럼 돋보였다.

호기심에 소외감까지 든 내게 그 아이는 엄마 방에서 놀자며 들어오라고 했다. 선녀같이 곱게 보였던 그네 엄마의 첫인상 때문이었을까? 좁은 방이지만 잠자리 날개 같은 휘장이 늘어진 닫집 달린 침대는 화려한 동화 속 모습이었다. 우리 엄마의 조그만 화장 바구니와는 비교도 할 수 없는 화장대였다. 금

41

장으로 장식된 소파가 꼭 들어찬 방은 나의 어린 눈을 마구 파고들었다. 우리는 하던 숙제도 내팽개치고 푹신한 침대 위를 구르며 인형 놀이를 하다가 어느새 곤한 잠이 들었다.

얼마나 시간이 지났을까. 처음 느껴보는 냄새였다. 역한 노린내와 쉰내같이 확, 풍겨오는 술 냄새였다. 몸이 공중으로 붕 떠오르는 것 같은 어지러움에 눈을 떴다. 부리부리한 눈을 번쩍이며 이빨이 유난히 흰 흑인 병사가 나를 들어 옆방으로 옮기고 있었다. 나는 선잠에 손가락 하나 까딱할 수 없는 와중에도 놀라움으로 숨이 탁, 막혔다. 뒤이어 영애 엄마가 딸을 안고 왔다. 그리곤 두 사람은 옆방으로 들어갔다.

어쩌다가 여기서 잠들었을까. 엄마가 기다릴 텐데, 집에 빨리 가야 하는데… 캄캄한 어둠 속으로 나갈 생각은 엄두도 못내고 두근거리는 가슴만 안고 숨죽이는 밤이었다. 옆에 있는 영애는 기척도 없이 잠에 떨어져 있다. 달빛이 어슴푸레 비치는 창호지 문은 우리 집 방문 같아서 바라만 봐도 서러워 침이 자꾸 목구멍으로 넘어갔다. 아무렇지도 않은 것처럼 이 순간이 빨리 지나가기를 바라는 마음에 눈을 꼭 감았다. 하지만 가슴을 콩닥거리는 알지 못할 두려움은, 어떤 복잡하고도 분명치 못한 감정과 섞여 한밤중 내내 꿈속까지도 이어졌다.

새벽녘에 대문을 열고 들어서는 딸을 보고도 엄마는 놀라움과 걱정스러움도 없이 쌀을 씻고 계셨다. 언제나 푸근하고 담담했던 모습 그대로. 친구네 간다고 했으니 거기서 자려니 하신 모양이다. 나는 무엇인가 크게 소리치고 싶은 말이 커다란 벽처럼 있었지만 아무런 말도 못한 채 들어와 언니 옆에 쓰러지듯 잠이 들었다. 뭔지 모를, 어젯밤 내내 가슴을 콩닥거리게 했던 그 놀라움과 두려움이 꿈속에서도 계속 되풀이되었다.

밥도 안 먹고 계속 자고 있던 나를 엄마가 깨웠다. 밖에는 다시 어둠이 찾아와 있었다. 엄마는 정신 차리고 요강에 오줌을 누라고 하더니 그 속에다 내 손을 잡아다 당겼다. 우리 형제들이 매일 밤 강제로 하는 튼 손 치료법이었다. 벌겋게 튼 손등이 쓰리고 따가웠다. 킹킹거리며 싫다고 하니 엄마가 내 잔등을 때리면서 가만히 있으라고 한다. 영애의 고운 손등이 생각났다. 동시에 가슴 한 귀퉁이가 무너져 내리는 듯한 슬픔이 목 안으로 차올랐다. 기운 없이 내리깐 눈 밑으로 참고 참았던 눈물이 여린 꽃잎처럼 떨어졌다.

웬일인지 밤새 몸에 열꽃이 피어서 나는 다음 날 등교하지 못했다. 어쩌면 학교에 가서 그 아이를 만나는 것이 두려웠을지도 모른다. 그러나 사흘 만에 가 본 교실은 내 옆자리가 비어 있었다. 영애는 용주골에 있는 학교로 전학 갔다고 한다. 그날 나와 마주친 영애 엄마의 술 취한 눈길이 영애의 조용한 얼굴과 겹치듯 떠올랐다. 용주골에 가면 볼 수 있는, 미군 병사들과 같이 걸어가던 여자들이 그네 엄마의 얼굴과 겹쳐졌다. 그리고, 영애 얼굴이 떠올랐다. 친구들한테 그날의 일은 절대 말하지 않을 거라고 말해주려고 했는데. 아무에게도, 우리 엄마한테도 하지 않았다.

그 뒤로 나는 그 아이를 다시 만날 수 없었다. 어쩌면 그날, 그 아이와 숙제만 하고 집으로 왔더라면 지금까지도 좋은 친구로 남았을지 모른다. 지금도 가슴에 찍힌 그때의 충격을 생각하면 여전히 어린, 그때의 내가 되어 아프다. 현실이 어떤 처지에 있더라도 어린 영혼은 순진무구하게 행복하길 바라는 마음은 나의 안타까운 무지일까. 그 놀람과 두근거림 속의 밤에도 곤히 자고 있던 그 아이에게 꼭 전해주고 싶었던 말은 지금도 내 안에 그대로 남아 있다.

아버지를 부탁해요

뭉근하게 부드러워진 미역국이 들통에서 끓고 있다. 어머니의 생신에 가져갈 음식을 이것저것 준비하면서도 어젯밤 남동생에게 화를 낸 것이 마음에 걸려 심란하다. 올케가 셋이지만 둘은 외국에서 살고 있으니 한국에서는 외며느리와 다름없는 둘째 올케의 고충도 이해를 못할 바는 아니었다. 그래도 오늘은 참고 넘기기엔 왠지 마음이 편치 않아 그만 팔불출 동생만 허둥대게 만들었다. 직장 때문에 같이 못 오는 아내 대신 선물을 준비했다고 에두르는 동생의 목소리가 귀에서 맴돈다. 옛말에 호된 시집살이를 한 며느리가 매운 시어머니 노릇도 한다고 했던가. 시할머님과 시부모님, 다섯 시누이와 두 분 형님 등 여덟 남매의 시댁에서 살면서 세 분 어른들의 장례를 모두 집안 마당에서 치른 나로선 친정 올케들에게 자꾸 서운한 마음만 드니 큰일이다.

　파주에 있는 친정집에 들어서니 그동안 운동을 잘 못 하셨는지, 눈에 띌 정도로 더 여위신 어머니와 요양보호사 아주머니가 나를 반기신다. 우리 다섯 형제가 다 출가하고 난 집에 동그마니 혼자 계시는 어머니를 자주 찾아뵙지도 못하는 데도 어머니는 늘 볼 때마다 나를 대견스러워하신다. 아버지께서 즐겨 드시던 음식을 챙겨서 어머니와 함께 아버지 요양병원으로 가기 위해 나서니 문득, 하늘하늘 날아가던 나비를 쫓아 뛰어다니던 시절로 돌아간 듯 기분이 좋아졌다.

새로 지은 요양병원은 로비가 호텔처럼 잘 꾸며져 있다. 음식도 좋아서 처음 아버지를 이곳에 모실 때는 마치 내 할 일을 다 한 듯한 마음도 들었다. 그러나 집에 돌아가고 싶은 눈빛으로 나를 바라보시는 아버지를 두고 돌아설 때는 느닷없이 뜨거운 게 솟구쳐오르곤 했다. 처음 맞닥뜨리는 낯선 슬픔과 죄책감에 당황하여 솟아나는 눈물이었다. 부모님을 요양원에 모셨다는 어느 지인을 못마땅하게 여겼던 내가 이제야 비로소 그들이 돌아오는 길에 얼마나 가슴이 찢어졌는지 알게 되었다.

침상에서 환하게 웃으며 우리를 반기시는 그리운 얼굴. 반가움과 죄스러움이 교차해 눈물부터 그렁대는 딸은 늘 얼굴노 똑바로 못 든 채, 작아진 아버지의 몸피를 끌어안는다. 소변 주머니 때문에 거동이 불편하실 텐데 누가 그리 가족처럼 살갑게 살펴드릴까. 혼자서 얼마나 외로우실지, 생각만 해도 가슴이 저민다.

알츠하이머 증상으로 대소변과 걸음이 불편한 것 외에는 그래도 건강한 아버지께서 문득 예전의 위엄이 살아나시는 듯한 표정으로 물끄러미 우리를 바라보신다. 그 앞으로 어머니는 연신 음식을 밀어 놓으신다. 나는 숙제 못 한 아이처럼 허둥대며 아버지의 몇 안 되는 소지품을 정리한다. 시부모님은 마지막 가시는 길까지 따뜻한 안방에서 보내드렸는데, 막상 나를 낳아 길러주신 친정 부모님을 모시지 못하니 출가외인이란 말이 괜한 게 아니다. 공무원의 박봉으로 다섯 남매를 키우느라 늘 절약이 몸에 배신 아버지! 파주에서 서울로 통학하는 내게 행여 첫차라도 놓칠까 봐 새벽 도시락을 싸주던 어머니의 크신 사랑을 어떻게 갚을 길이 있겠는가. 언제나 내 설 자리가 든든히 마련되어 있는 시댁과는 달리 부모님을 모시지 못하는 친정의 내 마음자리는 송곳처럼 아프다.

우두커니 앉아 서로를 바라보시면서도 별말씀 없으신 두 분의 상봉이 끝나간다. 어릴 적에는 넓기만 하던 골목길이 커서 보면 좁아 보이는 것만큼이나 두 분의 어깨가 왜소해 보여 가슴이 쓸쓸해진다. 병실 문 앞을 지키고 있는 간병인과 간호사,

물리치료사에게 두루두루 고개를 숙인다.

"아버지를 잘 부탁해요!"

그 말밖에는 달리 해드릴 게 없는 죄송한 심정으로 고개를 숙인다. 이제 가장 힘든 헤어짐의 의식을 치러야 한다. 두 분의 마주 잡은 손을 놓고, 떨어지지 않는 발걸음을 떼야 한다. 늘 그랬듯이 오늘도 아버지는 잡은 손을 놓자마자 일어나며 당신 옷을 찾으신다. "여보, 당신은 안즉 여기 좀 더 계시소!"라는 엄마의 말씀에 아이처럼 순순히 고개를 주억거리며 침상에 도로 앉으신다. 몇 밤만 더 자면 집에 가실 수 있다고 믿는 아버지를 뒤로하면서 어머니의 눈물 바람이 시작된다.

"내가 니 아부지를 내 손으로 끝까정 모실라 캤는데…."

당신이 평생 해 오신 남편의 수발을 놓으실 때 이미 삶의 마지막을 대하듯 단호하고 의연하셨던 어머니도 이 시간만큼은 무너지는 심정을 붙잡지 못하신다. 머리가 희끗해진 둘째 딸은 한층 더 죄인이 된 무참함을 추스르며 어머니 손을 붙잡고 병실을 빠져나온다. 아버지를 이곳에 모셔놓고 돌아서던 첫날, 주체할 수 없이 밀려들던 낯선 죄책감으로 쏟아지던 오열! 오늘은 눈물 대신 말수 없이 차창만 응시하는 어머니의 손을 꼭 잡아드린다.

다섯 자식과 남편의 빈자리에 혼자 계시면서 매사 전화를 붙들고 사는 어머니도 사실은 얼마 전에 치매 진단을 받으셨다. 언제부터인가, 내 가슴을 철렁철렁하게 만든 어머니의 섬망 증상이 반복되던 어느 날, 나를 보시던 그 냉랭한 눈빛! 그것이 치매였다는 것을 알았을 때 엄습하던 그 무서움을 형언하기란 불가능하다. 엄마를 잃어버린 아이처럼 자꾸만 어머니의 얼굴을 들여다보면서 엄마를 찾았다. 어느 때는 요양사가 없는 틈에 머리가 너무 아파서 방바닥에다 대고 찧었다고 해서 놀라서 달려갔더니 언제 그랬냐는 듯, 모르신다. 지금은 약 때문인지 좀 덜하지만 생각할수록 가슴이 서늘하게 내려앉는다. 이러다가 어머니마저 요양원에 가시게 되면 어떻게 할지, 부모님을 생각할 때마다 무거운 돌멩이가 명치 끝에 매달린 것 같다.

노인이 되면 겉모습처럼 뇌세포도 늙어서 그렇게 정신을 잃는 걸까. 굴곡진 한 시대를 몸으로 겪어내신 우리 부모님의 강인함이 왜 이리 한순간에 거품처럼 사그라지는지. 과학자들은 임신 중에 품은 태아의 세포가 엄마의 뇌로 들어가 새로운 신경세포로 자란다고 말한다. 이제는 병이 든 뇌세포를 자식인 내가 지켜줄 수만 있다면 지금이라도 엄마의 뇌로 다시 들어가고픈 심정이다. 끈 떨어진 풍선처럼 멀리멀리 사라지는 기억으로 인해 점점 더 낯선 표정으로 변해 가실 부모님을 생각하니 사막에 홀로 선 것처럼 막막하기만 하다. 영화『노트북』이나『아무르』에서 나왔던 주인공들처럼 당대의 석학이나 예술가들도 치매 앞에서는 다 속수무책이다. 헤어짐에 대한 아무런 출구도 마련하지 못한 채, 멀리 사라졌다 오기를 반복하는 부모님의 의지가 얼마나 버텨주실지. 나 또한, 내 의지가 산산이 해체되는 어느 날이 온다면, 내 자식들은 또 누구에게 나를 부탁하게 될까.

집에 돌아오자, 울적한 마음을 달래려는지 어머니께서 앞집 할머니를 부르신다. 당신 생신 턱을 낸다며 함께 나가실 참이다. 조금 전 아버지와의 상봉 때와는 달리, 한결 힘찬 목소리로 할머니를 부르는 어머니는 또 다른 분처럼 생기 있어 보인다. 어머니는 그사이에 또 아버지를 잊어버리신 걸까.

어린 시절, 내가 늘 걸어 다녔던 우체국 옆길로 두 분이 '구르마'라고 부르는 보행기를 붙들고 살살 걸어가신다. 그 뒷모습이 황혼이 내린 시골의 한가한 풍경에 녹아 아름다운 그림을 보는 것 같다.

사모곡

늘으신 어머님 요양원에 뉘이고

내 집 향한 발걸음 옮기는데

홀로 떠나가는 이 마음

무너지는 슬픔이 비 오듯 떨어지니

저 멀리 흰 구름이 온통

어머니의 백발이구나

어머니, 밤이 깊어 고요함에도 잠을 이루지 못하는 둘째 딸이 이렇게 어머니를 불러봅니다. 어머니를 그 작은 침상에 뉘어 드리고 온 제가 오늘밤 할 수 있는 것은 눈물로 베개를 적시는 일뿐입니다. 이 베개를 들고 어머니 곁으로 가 도란거리다 잠들고 싶습니다. 나를 낳아 길러주신 어머니를 제 손으로 요양원에 떨어뜨려 놓고 온 이 불효를 어찌 말로 다 할지요. 그저 억장만 치솟아 올라 가슴이 미어져 아프고 또, 아픕니다.

언젠가, 아마도 사십여 년 전인 듯합니다. 갑자기 어머니의 통곡 소리를 들었지요. 어머니의 친정어머니, 그러니까 우체국에서 전해준 저의 외할머니 부고를 손에 들고 대청마루에 엎드려 우셨어요. 그때는 어린 마음에도 정말 세상이 무너질 듯 큰일이 난 걸 알았습니다. 어머님이 돌아가셨다는 건 정말로 큰일인 걸 그때 제 마음에 그대로 각인되었지요. 아, 인생이란 참으로 허무한 건가 봐요. 제가 사랑을 받은 분께는 정작 그 사랑을 되돌려 드릴 틈도 없이 떠나보내고, 이렇게 마음속으로만 괴로워하고 있으니까요.

어머니는 태어나서 한 번도 고향인 하동을 떠나본 적이 없었다고 하셨어요. 결혼하고도 한동안 친정살이를 하셨으니까요. 그러다가 남편의 전근지를 따라 경기도까지 올라오셨으니 그리운 친정어머니를 얼마나 오랫동안 못 뵙고 사셨는지요. 그러다가 뜻하지 않은 부고를 받았으니 그 아픔이 어떠셨을지요. 그 심정이 이제야 깊이 이해가 됩니다. 아, 그런데 저는 지금 무슨 생각을 하는 건가요. 엄마, 용서해 주세요! 저는 지금 차라리 죽음이 더 편하실지 모른다고 생각했습니다. 죽음은 그것으로 모든 것이 끝나잖아요. 끝없이 어머니의 뇌를 망치는 치매도, 그 정갈한 몸을 남의 손에 맡기는 수치스러움도, 자식들을 기다리는 애절함도, 저의 이 괴로운 사모곡도요.

우리 집 대청마루는 어찌나 반질반질하였는지, 동네 아주머니들이 늘 칭찬하실 정도로 어머니는 항상 부지런하고 깨끗한 분이셨잖아요. 빨랫줄에서 빳빳이 말라가던 풀 먹인 이불 홑청을 걷어 방망이질하시던 그 구성진 가락이 귀에 선합니다. 옆에서 신기한 듯 쳐다보고 있는 저에게 어머니는 언제나 빙그레 웃으셨지요. 시골목욕탕에 가면 살갗이 벗겨질 정도로 제 몸을 씻기시던 손길을 생각합니다. 그런데 전 어머니의 연약해지신 몸을 남의 손에 맡기고 왔습니다. 젊어서 시부모님 두 분은 마지막까지 따뜻한 안방에서 모시고 마당에서 삼일장을 치러드렸는데, 이래서 딸은 출가외인이라고 하나 봐요.

공무원 박봉으로는 다섯 자식 유학은 고사하고 대학도 못 보낸다며 늘 가계를 걱정하면서 어머니는 작은 마을에 옷가게를 차리셨지요. 그러시며 제가 학교에 낼 돈은 제일 먼저 내게 하셨어요. 그리고 교외 활동도 앞장서서 참여하도록 격려하셨어요. 그래선지 담임선생님께선 제게 특별활동을 제일 먼저 참여하도록 해주셨지요. 덕분에 전 친구들이 잘 참가하지 못한 바닷가 훈련이나 학교대표 운동선수, 또는 음악, 미술 활동을 부족함 없이 즐겼습니다. 한번은 늦게 집에 들어온 어린 제게 왜 늦었냐고 하셔서 피아노 소리를 끝까지 듣고 오느라고 그랬다고 말씀드렸죠. 집으로 돌아오는 골목길에 있는 우체국 집 담을 넘어오는 피아노 소리를 들으면 나도 모르게 서서 다 듣다 오곤 했거든요. 그러자 어느 날, 어머니는 아무런 말씀도 없이 제 손을 잡고 앞산 중턱에 있는 교회를 찾아가셨어요. 신실한 불교 신자였던 어머니께서 이게 무슨 일인가요. 어머니는 어느새 준비해 놓으셨어요. 피아노학원이 달리 없는 시골에서 저를 교회 목사님께 피아노 교습을 받도록 하신 거죠. 저는 그 덕분에 초등학교에서부터 중학교까지 피아노 반주를 도맡았어요. 중학교 때는 교내 합주 반에 들어서 인근 군인부대를 돌며 순회 위문공연까지 했답니다. 비록 피아노를 전공하지는 않았지만 그 덕분에 저는 지금도 음악을 사랑하며 즐기고 있습니다. 어머니, 지금이라도 어머니의 사랑에 감사와 존경의 인사를 올립니다.

어머니, 그때는 제가 철이 없어서 잘 몰랐어요. 어머니는 그렇게 고생하시면서도 우리는 부족한 걸 모르고 자랐어요. 서울로 통학을 하느라 새벽 첫차를 타고 다니면서도 어머니는 제게 아침 식사와 도시락을 한 번도 거르게 한 적이 없으셨어요. 눈 내리는 새벽에도 어머니는 어느새 김이 모락모락 나는 밥과 국으로 밥상을 차려주셨죠. 저는 그게 얼마나 대단한 일인지 그때는 몰랐어요. 나중에 제가 아이들을 키우면서 그 새벽 밥상이 어떤 의미였는지 그때야 생각하기 시작했답니다. 정직과 청렴을 최고의 가치로 여기시는 아버지께 조금이라도 부담을 드리지 않으려고 낮에는 남대문까지 가셔서 무거운 옷보따리를 들고 오신 그 몸으로요. 오직 딸내미 서울학교로 유학 보낸다는 자부심 하나로 즐겁게 먹이고, 입히고, 가르치신 것 같아요. 동네 여학생들과는 판이한 제 교복을 다려줄 때도 그러하셨죠.

"우리 찬희는 교복도 참 잘 어울린다!"

어머니, 왜 그때 전 그렇게 몰랐을까요. 아이들을 데리고 명절에 오면 언제나 우리가 어렸을 때 좋아했던 음식들을 다 준비해 놓으셨죠. 명절이면 늘 하시던 콩고물 떡을 제가 얼마나 좋아하는지 잘 아셨죠. 손주들이 좋아하는 고기와 생선, 각종 나물과 나박김치, 그리고 제가 좋아하던 떡도요. 전 그때 그런 것들을 당연히 여겼어요. 지금 제가 해보니, 그 반의반도 못 하면서 아이들에게 고맙다는 말을 듣지 못해서 서운하거든요. 왜 그때 어머니께 너무 맛있다고 아양 섞인 감사의 인사를 못 드렸나 몰라요. 그래서 이제라도 하려고 해요. 어머니, 젊으실 때 너무 고생 많으셨어요. 저 때문에 새벽잠 설치게 해드려서 너무 죄송하고, 고마워요. 근데 어머니가 해주시던 반찬들은 너무나 맛있어서 기절할 뻔했어요. 명절이면 팥고물 넣어 콩가루 묻힌 찹쌀떡이 제일 맛있었어요. 그런데 어떻게 그렇게 힘든 장사를 하면서도 그 많은 걸 해 놓으셨어요? 어머니는 이 세상에서 최고로 위대하세요! 우리 다섯 남매를 이렇게 건강하게 잘 키워주셔서 정말 고마워요, 엄마!

제가 미국에 가서 딸아이 해산구완을 하면서야 비로소 깨달은 게 있지요. 어머니가 그때 저를 얼마나 정성스럽게 삼칠일까지 돌봐주셨는지요. 그때까지도 전 철이 안 들었나 봐요. 그 힘든 일을 그저 당연하게 여기고 지나갔으니까요. 어머니, 이제라도 인사를 드립니다. 지금도 어머니가 끓여주시던 그 뜨거운 미역국이 생각나요. 그때, 어머니께 감사의 선물 못 드린걸 외국에서 생각할 때마다 가슴이 칼에 베이듯 쓰라리게 아팠어요. 그렇게 다 베푸시면서도 제게 서운한 말씀은 단 한 마디도 비치지 않으셨지요. 어머니는 늘 제가 용돈이라도 드릴라치면 항상 외손주들 주머니에 다시 꽂아 넣으셔서 전 늘 그러려니 하고 오곤 했습니다.

그런데 어쩌면 좋을까요. 지금이라도 감사의 말씀을 수백번이라도 드리고 싶은데, 어머니는 계속 혼자 말씀만 끊임없이 중얼거리시네요. 아주 아주 옛날에, 제가 어릴 때 아버지가 시앗을 보셔서 그 집으로 저를 업고 가셨다고요? 그리고 저를 업고 세상을 하직하려고 한탄강 물속으로 걸어 들어가셨다고요. 어머니는 왜 그때 기억에서 자꾸 맴도시는지요. 지금은 아버지도 작고하시어 어머니 곁에 안 계시잖아요. 그 걸기 어린 슬픔을 지금도 잊지 못하시는데 당시는 얼마나 힘드셨을까요. 이제는 그때 등에 업혀 있던 딸이 과장된 표정으로 함께 성토해 드리고 싶은데 그저 안타까운 마음뿐입니다. 아들 점지해 달라고 절에 가서 백일기도를 드리는데 고개를 들어보니 대웅전 법당 천정에서 뿔 달린 커다란 용이 여의주를 물고 내려와서 기절했다고 하시네요. 어디까지가 기억이고 어디서부터 망상이 섞여들었는지요. 이제는 머리카락 희끗해진 딸이 그 황당한 말씀에 맞장구치며 은혜를 갚으려는데 모녀지간의 곡진한 대화는 그저 눈으로만 합니다. 지금은 어머니의 그 끊어지지 않는 이야기를 꾸벅꾸벅 졸면서도 열심히 들어드리는 게 제가 할 수 있는 다인가 봅니다.

어머니, 사랑해요! 저를 가끔 못 알아보고 당신만의 세계에서 헤어나오지 못하셔도, 어머니한테 가는 시간이 어쩐지 아이처럼 행복해요. 침상에서 환하게 저를 보고 웃고 계시는 모습은 마치 한 마리 학과 같이 고우셔요. 돌아올 때마다 눈물 바람을 해도 어머니와 함께할 수 있는 시간을 더는 낭비하지 않겠어요. 어머니, 힘드셔도 꿋꿋이 우리 곁에 계셔 주셔서 정말로 고마워요! 어머니가 좋아하는 감이 잘 익었어요. 오늘은 감을 드시는 모습을 뵐 수 있겠네요. 좋아하시는 아메리카노 커피와 옥수수도 잊지 않고 잘 챙겼어요. 어머니, 저보고 항상 늦지 말라고 하셨죠. 식사시간에 늦지 않게 갈게요. 조금만 기다려주세요.

허공에 일렁이는 슬픔이 떼놓는 걸음마다 고인다.

가슴속 갈피마다 한기가 스며들어도

눈물은 뜨겁기만 하네.

세상 어미는 자식의 끈도 놓치고

알 수 없는 세계에서 서성거리지만

자식은 끊어진 어미의 탯줄을 자꾸만 부여잡는다.

죽는 날까지 애가 닳도록 돌리는

연자매 같은 모정을

통증지대

어둠이 사방을 덮는다. 계곡 물길이 작은 소를 이루었다가 넘쳐흐르는 소리가 방바닥을 두드린다. 이제 눈을 감으면 보이기 시작하고 귀는 닫을수록 더 먼 곳으로 열릴 때다. 온몸을 엄습해오는 통증, 그것에 지지 않으려는 지난한 싸움이 시작된다. 덩그러니 시간의 절벽 위에 고립된 내 몸이 고통의 촉수를 세운다. 이 높은 산중에 흐드러지는 봄기운만이 내 삶의 의지를 보듬어줄 뿐, 또다시 패배의 절망감에 휩싸인다. 스멀대는 진통이 오늘도 어젯밤의 쓴 기억을 끌어낸다. 오늘은 어디서부터 시작할까. 여전히 졸음의 끈을 당기는 악마의 달콤한 목소리가 점차 미궁의 세계를 향하고 있다. 굵고 강한 신경의 띠가 온몸을 돌아다니며 비수를 찌르는 것 같은 고통이 까마득한 나락으로 이어진다. 흐려지는 정신의 끝을 놓치지 않으려고 안간힘을 쓸수록 고통의 뾰족한 날은 더욱 선명해진다.

꿈인 듯, 환상인 듯, 아이들이 저 앞에서 놀고 있다. 생기와 활력이 가득한 풀밭에서 내 아이들이 즐겁게 뛰어다닌다. 아이들이 아빠를 따라 호수에서 나룻배를 탄다. '아, 나도 같이 가야는데!' 소리를 내려고 안간힘을 쓰지만, 소리도 몸도 꼼짝할 수 없다. 아이들을 태운 배는 점점 더 멀어져간다. 드디어 주위가 조용해진다. 바람 한 점 일지 않는 호수 아래 눈물이 일렁인다. 아, 얼른 끝내고 싶은 이 게임은 그 어디에도 거르는 데 없이 줄곧 되돌아오며 공격을 가한다. 기어이 온몸에 열꽃이 피어난다. 아이들이 다시 보인다. 배는 어느새 건너편 기슭에 닿아 있다. 나는 그곳을 향해 소리쳤다. 기다려, 나도 건너갈게. 말이 끝나자 햇빛에 반사된 물살 속에서 헤엄치는 나를 감은 눈 속에서도 볼 수 있다. 힘껏 헤엄치지만, 제자리에서 맴도는 나. 눈을 뜨니 이불 속에서 흠뻑 젖은 채, 자궁 속 태아처럼 동그랗게 말려 있는 나.

밤새 탈진된 빛이 천장에 불그스레한 창문 무늬를 어슴푸레 그려 놓았다. 후줄근해진 몸을 겨우 일으켜 탈출하듯 밖으로 빠져나왔다. 촉촉한 산 기운이 지친 발걸음을 딛는 내 어깨 위로 가만히 내려앉는다. 긴 밤을 꾸르륵거리던 멧비둘기는 잠잠해졌는데 곤충들의 지지치 않는 무조의 고음이 여명을 찌르고 있다. 골짜기를 흐르는 물소리, 희미하게 흠칫거리는 나뭇잎, 부드럽게 밟히는 흙의 여릿한 감각이 평화롭다. 차가운 숲의 정령들 곁에 검불처럼 가벼워진 내 영혼을 더부살이하듯 맡긴 채, 조용히 날숨을 뱉는다. 다시 긴 들숨으로 폐를 불린다. 숨을 쉬자. 숨을 쉬자. 그리하여 이 대지에 축복을 내리시는 분의 은총을 힘껏 들이마시자. 어둠을 가르는 새벽 달빛도 바늘 자국 채 아물지 않은 내 가슴에 축복을 내릴 것이다.

종양을 제거하기 위한 왼쪽 폐절제술 이후로 이어지는 통증이 산골 요양 중에도 계속되고 있다. 오늘 밤도 나는 내 몸속 어딘가에 있는 익명의 지대에 빠졌다가 새벽녘에야 지친 몸을 눕혀 잠이 든다. 끝을 알 수 없는 궁창에 빠진 것 같은 무시무시한 고통의 연속이다. 의사는 '수술 후 통증 증후군'을 의심했지만 갖가지 검사에도 특정된 병명이 안 나온다. 처방받은 마약성 진통제와 중간 진통제로 버티지만, 밤이 되면 다 무용지물이 된다. 폐에는 신경세포가 없어서 아픔을 못 느낀다는데 이 끈질긴 통증의 원천은 대체 무엇일까. 시퍼런 수술 메스에 베인 살갗의 내밀한 기억인가. 아니면 그 전에, 아주 오래전부터 쌓였던 상처들인가. 궁륭처럼 입을 벌리고 그 속에 있는 것들을 다 쏟아내는 것 같은 아픔의 순간들을 거슬러 올라가 본다. 오십 중반을 살아온 내 삶의 통점은 어디서부터였을지. 생각할수록 온갖 기억의 파동들이 뒤섞여 모든 게 다 내가 책임져야 할 반구저기의 회한으로 밀려든다.

　방안에 혼자 누워 있는 심정이 마치 사막에 홀로 덩그러니 버려진 것처럼 막연하다. 온몸에 힘이 다 빠져나갔을 때 찾아오는 다른 중력에 눌려 있는 느낌이다. 곧 회복될 것을 믿으면서도 한순간, 그만하고 싶다는 충동이 불현듯 일어난다. 몸이 없으면 통증도 없겠지. 낙타라도 되어 이 사막을 건널 수만 있다면 좋겠다. 낙타 또한 삶의 여정에서 등에 난 혹의 지방 덩어리가 점점 줄어들어 사라지면 결국, 길을 가다가 죽는다. 은하수가 흐르는 차가운 사막의 밤에 조용히 엎드려서 마지막 순간을 기다리는 낙타가 생각난다.

봄날

뒷산은 아기 진달래가 여기저기 얼굴을 내밀어줘서인지 들어
가는 순간부터 가슴이 설렜다. 요양원 식구들과 산을 타고 마
을 어귀까지 내려오다가 산모롱이 길로 빠졌다. 오솔길 양옆
으로 마른 칡넝쿨이 엉켜 있다. 낮은 들풀들이 잎눈을 뾰조록
이 올린 모양들이 여간 귀여운 게 아니다. 문득, 시간의 유속
이 멎고 소리까지 삭제된 듯, 무중력 상태의 편안함이 내 몸을
감싼다. 어디선가 곧 흰 나비도 날아올 것 같은 기분이다.

얼마 만인가, 이런 산길을 휘적휘적 걸어가는 것이! 따뜻하
다 못해 간지러운 햇볕과 바람이 기분 좋게 얼굴을 쓰다듬는
다. 잘려나간 내 폐도 다시 부풀어 오를 것 같다. 한껏 더 깊게
숨을 들이마신다. 산 내음이 뇌리를 건드리며 들숨에 훅, 끼쳐
온다. 머릿속 어딘가에 잠자고 있던 어릴 적 기억을 끌어올리
는 내음이다. 한 마리 새처럼 재잘거리며 동네 오빠, 언니가
연애하는 줄도 모르고 사이에 끼어 따라갔던 산길이 이랬다.
말 많은 시골 동네라 꼭 어린 나를 데리고 다녀야 했던 옆집

언니와 그 오빠는 뒤에 어떻게 되었는지. 시간은 그동안 한없이 소녀의 등을 떠밀어 꽃잎처럼 투명했던 살결에 반백의 주름을 만들어 놓았는데.

얕은 산자락을 돌아 나온 길은 금빛 마른 잡초가 퍼진 평지를 지나 허물어진 집터가 있는 그늘 속으로 들어간다. 작은 바윗돌이 드러난 마른 계곡의 둔덕에 넝쿨이 얽혀 있다. 그것을 보고 앞서가던 분이 다래 넝쿨이라고 가르쳐 주신다. 작년 여름에 아주 달게 따먹던 나무여서 기억을 하신다네. 갑자기 입에서 침이 고인다. 어릴 적, 붉게 농익어 나를 유혹하던 산딸기가 불현듯 떠올라 주변을 둘러본다.

산은 사시사철 내줄 수 있는 모든 걸 제공하며 우리를 키웠다. 이제는 오십여 년의 바람에 마모되었을 법도 한 기억들이 여기저기서 손짓을 한다. 수국이 하얗게 피어 있던 절 마당을 돌면 아이들의 입술을 까맣게 물들이던 다디단 오디나무가 있다. 매미 소리 요란한 산골 마을 정자 옆 우물에는 두레박처럼 매달아서 담가놓은 항아리가 있었지. 그때 우리는 두레박을 길어올려 항아리 안에 든 오이소박이를 다 해치웠던 악동들이었다. 아람 벌어진 밤을 까먹고도 허기가 진 아이들은 산비탈 논에 누렇게 익어가던 벼 이삭을 꺾어와 돌에 얹어 구워 먹었다. 그렇게 여름 한 철과 가을 산도 모자라 겨울에는 토끼 발자취를 쫓아 눈 덮인 산을 온통 헤집고 다녔었지. 지금은 이곳 천태산자락 동네에서도 하지 않는 옛이야기다.

해발 칠 백 고지인 이 마을의 뒷산을 두 시간 남짓 걷고 내려와선지 앞선 교수님의 걸음이 휘청거린 것 같다. 폐와 림프샘에 악성종양이 산발적으로 퍼진 몸이라선지 휘적휘적 걸어가시는 품새가 사뭇 걱정스럽다. 투병(鬪病)이 아니라 치병(治病)을 돕는 이곳 요양원에서 음악 프로그램을 인도하셔서 그런지, 교수님의 성상은 언제나 의연하고도 맑으셨다. 문득, 내게도 이곳에 내려오면 뭔가를 하려 하지 말고 그냥 즐겁게 지내다 가라던 말씀이 떠오른다.

참으로 많은 시간을 치른 후에 얻은 자유로움, 내가 그토록 찾던 여유라는 놈이 내게도 다가왔다. 그러나 먼저 와서 기다리기라도 한 것처럼 병마와 함께였다. 폐암 말기라는 진단 앞에 어이없는 표정으로 앉아 있던 기억은 내 삶을 송두리째 바뀌게 한 단초가 되었다. 이 세상의 모든 것들과 작별해야 하는 완벽한 소외감에 휩싸인 순간이었다. 마치 주먹에서 조금씩 빠져나가던 모래알들이 한꺼번에 새나간 빈 손바닥같이 허무맹랑한 말이었다. 이제 나는 절망의 외톨이가 되어 혼자 떠나갈 일만 남았단 말인가. 그 사실을 인정하고 받아들일 틈도 없이 수술실로 향했다. 그리고, 차가운 수술실에 누워 까마득한 천길 단애로 떨어져 내렸다. 천만다행으로 종양은 양성으로 밝혀졌고 오른쪽 폐의 절반을 잘라낸 걸로 마무리되었다. 어쩌면 과잉진료일 수도 있었지만, 신께서 내 삶의 경로를 수정하시려는 계획이었다고 믿었다.

그래서였을 것이다. 어렸을 적 보았던 들풀이 파릇하게 올라오고, 진달래 어린 봉오리가 방긋거리는 산길이 이토록 설레는 것은. 그래, 어떤 소설에서 읽었어. "전신마취를 하면 인간은 그때 그냥 죽는 거야. 문서를 복사하면 열화가 일어나듯이 오랜 시간 마취됐다가 깨어난 사람은 원래의 그 사람이 아니야."라는 말처럼 난 그때 죽었던 거야. 그리고, 다시 이렇게 걷고 있는 것은 신의 축복인 거지.

양지바른 무덤가를 지나쳐 아래쪽으로 내려가니 마을 길에 닿을 듯 펼쳐진 장대 숲이 눈에 들어온다. 평소에도 즐겨 다닌 듯, 사람들은 길들지 않은 길을 잘도 내려간다. 나는 경사가 급한 둔덕을 가까스로 내려와서야 겨우 대숲으로 들어설 수 있었다. 빼곡히 하늘로 솟은 대나무 그늘이 산행에 지친 몸을 서늘하게 받아준다. 어디선가 숨죽이고 있던 새들이 먼저 간

혼령인 듯 푸드드득! 날아오르자, 이내 댓잎들이 웅성거린다. 아! 참, 모를 일이다. 긴 겨울에도 이토록 푸른 생명력이 이 산 어딘가에 이들거리고 있었다니. "언니는 여기에서 제일 행복한 사람이에요!"라고 말한 환우가 생각난다. 요양원의 사람들은 모두 암이 아닌 나를 무척 부러워한다. 어느 날, 카톡 번호가 다른 사람 얼굴로 바뀌면서 그녀는 더이상 요양원에 나타나지 않았다. 대나무 사이사이에 햇살이 부서진다. 눈이 부시다. 시한부 삶의 선고라는 절망이 움트게 한 삶의 의지가 부서진 갈피마다 차오른다.

다시 앞선 이들의 발치를 쫓아 내려가는 길에 요양원이 점심때를 알리는 종소리를 하늘에 퍼트린다. 마을을 둘러싼 산에는 진달래가 둥싯거리고 동네 어귀에는 매화인지 복사꽃인지 모를 연분홍 꽃망울이 터지고 있다.

아, 봄날은 또 이렇게 내 앞에 와 있네.

Ⅱ.

산중일기 초

―――――⟩⟨⟨ㅅ⟩⟩―――――

천지간에
나 혼자라는 고독감이 사방을 잠식해온다.
그래도 살아 있다는 감사함에 다시 빈방에 기쁨이 고인다.
혼자라서 외롭고 행복함이 더 진하다.
내가 언제 이렇듯 완벽하게 혼자였던 적이 있었던가.
내 생의 남은 페이지를 그려보는 고요한 설렘이
오늘도 산중의 밤을 지킨다.

묵은 수렁에서 거듭나기

마음이 많이 아플 때 꼭 하루만 살기로 했다.

몸이 많이 아플 때 꼭 한순간만 살기로 했다.

사랑한 일만 떠올리며 고요히 나 자신만 들여다보기로 했다.

내게 주어진 하루만이 전 생애라고 생각하니

저만치서 행복이 웃으며 걸어왔다

– 이해인의 「어떤 결심」

한 생애를 이루는 시간을 바라볼 수 있다면 나는 지금 어느 때에 와 있을까. 인생을 백 세까지 보는 요즘에 그 위치를 어림잡는다면 아마도 반은 지났으리라. 오늘보다는 늘 내일을 바라보며 걸어왔던 무지의 세월이었다. 아마도 이번 일이 없었다면 그 걷잡을 수 없는 세월의 원경으로 무심히 떠밀려가던 '나'를 깨닫지 못했을 것이다.

그날따라 봄비가 내렸다. 수술 후, 경남의 천태산 중턱에서 요양하다가 알게 된 집으로 육 개월 간 살기 위해 떠나는 길이다. 해토머리에 내리는 비는 세상이 생명으로 꿈틀대는 신호 같았다. 낯선 곳에서의 시작은 어떤 상태에서든 용기가 필요했다. 시할머니와 시부모님, 팔 남매가 되는 시댁 살림을 마무리하고 사업을 하면서 정신없이 보냈던 세월이 삼십여 년이다. 가족이라는 울타리를 건실한 벽돌담으로 쌓아 올렸던 시간이다. 사랑하지만 벗어날 수 없는 굴레와도 같은 가족. 지금나는 비로소 그 울바자를 빠져나온 바람이 된 것 같다.

"폐암 말기입니다!"

대학병원의 명의라고 하는 분이 내뱉은 말은 어리둥절한 정적 속에서 현실로 받아들일 수밖에 없는 선고였다. 그 날로 입원하여 밤새 일곱 통의 유서를 쓴 뒤, 딸과 눈물로 이별을 하고 수술대에 올랐다. 악성종양이 퍼졌다는 오른쪽 폐절제술은 단 몇 시간밖에 걸리지 않았다. 결과는 양성종양이었다. 어이없게도 죽음이란 의사의 말 한마디에 신기루처럼 왔다가 사라지는 상상의 단어 같았다. 언제나 내 곁에서 멀리 있을 거라여겼던 그 단어 속으로 문득 들어갔다가 다시 제 자리로 돌아온 듯한 심정이었다. 강을 본 적도 없는데 이미 강물을 건너온듯, 누군가 내 생명을 좌지우지할 수도 있음을 처음으로 깨달았다. 나는 그저 열심히 살고 있는데 성작 내 삶은 누군가의 계획 안에 있는 느낌이랄까. 빛이 어둠에서 온 것처럼 삶이란 죽음을 맞닥뜨렸을 때 비로소 절실해졌다.

해발 600m 산중에 있는 요양원은 주로 암 환자들을 위한 자연생활의 집이다. 자연에서 채취한 영양을 섭취하고 산행과 체조로 몸을 추스르면서 건강에 대한 강의를 듣는 곳이다. 처음 그곳에 들어갈 때는 빈 냄비 하나도 못 들 정도로 기력이 없었는데, 나중에는 두 시간이나 산을 탈 정도로 건강이 회복되었다. 나 외에는 모두 암 환우들이었다. 대부분 삼, 사십 대가 주류인 그녀들은 암세포가 없다는 이유만으로 내게 "언니는 이 세상에서 제일 행복한 사람이에요!"라는 말을 자주 했다. 생판 얼굴도 몰랐던 그녀들과 함께 지내며 이유 없이 미안하고 가슴이 아팠다. 많은 것을 가진 자가 없는 자 앞에서 괜스레 미안해지는 것 같은 심정이었다. 그녀들과 지내는 동안 나는 지금의 순간들이 내게 남은 생애로 이어질 수 있다는 것이 얼마나 큰 축복인지 지독하게 깨달았다.

작년 추석이 지나고 다시 찾은 요양원에서 모처럼 편안한 시간을 보내고 있었다. 이곳에서 알게 된 마흔 중반의 김 사장은 부산에서 출판업을 꽤 크게 하던 사람이다. 불과 몇 달 전만 해도 앞장서 산행을 하던 그가 몰라볼 정도로 야위어 나를 찾아 왔다. "어떻게 이렇게!" 놀라서 말을 못 잇는 나를 오히려 위로하듯 그는 괜찮다며 연신 고개를 힘없이 주억거렸다. 그는 내가 요양원 근처에 방을 구한다는 말을 들었다면서 자기가 얻었던 집을 쓰라고 한다. 산세가 깊은 산골에서는 보기 드물게 새로 지은 집에다 가전제품과 살림 도구가 다 갖추어져 있었기에 이불 몇 가지만 들고 들어가면 되는 곳이었다. 그렇게 그는 내게 집을 주고 두 달 후에 세상을 떠났다.

춥다기보다, 시린 겨울이 지나고 이제 묵은 수렁에서도 새 잎이 돋아날 봄이 기지개를 켜는 삼월 중순이다. 간단한 살림을 챙겨서 고속도로를 달려왔다. 무엇인가 알지 못할 운명이 나를 기다리고 있을 것 같은 흥분과 두려움이 교차하며 이국의 어느 낯선 땅을 찾아가는 기분이었다.

아무리 산중의 밤은 일찍 찾아든다지만 여섯 시밖에 안 된 산길은 칠흑 같은 어둠에 묻혀 있었다. 게다가 비까지 내려 얼었던 대지가 풀리면서 안개로 자욱한 산길을 오르려니 덜컥, 두려움이 밀려든다, 비로소 혼자라는 사실이 실감 났다. 해발 600m가 넘는 비포장 산길은 안개 속으로 묻혀 어디든 조금만 핸들을 틀면 바로 낭떠러지로 추락한다. S자로 구불구불 흰 산길을 코앞의 전조등 불빛에만 의지해 올라가고 있자니 순간

74

내가 어디를 가고 있는지조차 모르겠다. 나를 찾고자 떠난 길에서 마침내 나를 잃어버린 것 같은 공허함이 엄습했다.

그래도 내 집이라고, 손에 땀을 쥐며 기어이 찾아든 동네에서 개들이 짖으며 몰려나왔다. 나중에 알고 보니 땡칠이며 말순이 등의 이름이 있는, 저마다 주인이 있지만 저희끼리 몰려다니는 이 동네의 터줏대감들이다. 등대처럼 홀로 서서 마을을 어스름 비치고 있는 가로등 불빛을 보고 비로소 안도의 숨을 내쉬었다. 뒷집의 주인 할아버지가 나와 빈집에 불을 켜고 하느라 정적에 잠겼던 산골의 밤이 흔들렸다. 전기보일러를 켜고 정돈된 방을 다시 치우느라 시간은 어느새 여덟 시를 넘겼다. 전등불을 끄고 자리에 눕자 산골의 밤은 종잡을 수 없는 칠흑 속으로 또다시 가라앉았다. 사위를 좁혀드는 정적에서도 묘한 흥분에 떨리는 동공을 덮을 수 없었다. 마침내 해냈다는 안도의 기쁨에 몸이 떨렸다.

일단 눈을 감고 이 밤을 보내자. 저녁은 하루가 거기서 죽어가듯이 바라보고, 아침은 만물이 거기서 태어나듯이 보라고 했던 앙드레 지드처럼.

명정마을

아침이 밝자 기다렸다는 듯, 창문을 열었다.

과연 사방이 온통 푸른색이다. 밤새 숨죽이고 있던 새들이 일제히 소리를 치며 이 나무 저 나무로 날아다니느라 바쁘다. 짧은 외마디부터 길게 부르는 휘파람 소리까지 합창으로 조잘대는 듯한 요란한 소리에 문득, 이곳이 천국은 아닐까 싶다. 멀리 내다보이는 산세가 그림처럼 겹겹이 둘러싸여 해발 650m 높이가 실감 난다. 양산시 원동면 소재인 이곳은 산등성이 아래까지 화전민들이 들어와 만든 산간 오지마을이다. 얼마나 오지였으면 6.25전쟁이 일어난 줄도 몰랐다고 할 정도다. 예전에는 명주실 타래를 끝까지 내릴 정도로 깊은 우물이 있었다고 해서 명정마을이라고 이름 지었다고 한다.

간밤에 내린 비로 촉촉해진 땅을 밟고 나왔다. 맑고 깨끗한 공기가 폐부 깊숙이 들어온다. 저만치 아침 안개가 발아래에 머물러 있는 동네가 한눈에 들어온다. 웅장한 형세의 산을 배경으로 맑고 상쾌한 대기에 드러난 동네가 산뜻하면서도 차분하다. 통틀어 일곱 채의 인가가 손바닥 안으로 들어올 것만 같은 작은 마을이다. 일본의 산촌에서 본 듯한 검은색 인조 기와를 얹은 집이 먼저 눈에 들어오고 그 집을 둘러싸고 위아래로 슬레이트 지붕의 한일자 집들이 산허리에 비스듬히 붙어 있다. 마을 길을 사이에 두고 건너편에 새로 지은 지 얼마 안 된 콘크리트 집 한 채가 절벽 위에 있다. 그곳이 나의 거처다.

지대가 약간 높은 편인 우리 집 창문을 열면 맞은편 집들의 동정을 한눈에 살필 수가 있다. 그쪽 집들도 마찬가지로 문만 열면 우리 집이 보일 것이다. 길 건너 이쪽으로 유일하게 있는 집이기에 나의 일거수일투족이 그들의 시야에 있는 것이다. 말하자면 나는 일대 칠의 앞집 바라기를 하는 셈이다.

맞은편 집은 영업을 하는 작은 쉼터다. 산막 같은 집을 개조하여 유리창을 내고 작은 정자처럼 사방이 터진 흙집도 있다. 아기자기한 각종 야생화와 토종 꽃나무들로 산울을 삼은 마당이 퍽 운치가 있다. 군불을 땐 황토방에 민박을 치고, 토종닭으로 삶아낸 백숙과 직접 말린 토종 야생차로 알음알음 손님을 받고 있는데 제법 손님들이 연잇는다. 뒤로는 대숲이 하늘을 찌를 듯 둘러쳐져 있고, 울 안으로 버섯 포자를 심은 통나무들이 있다. 그 아래로 각종 채소가 오종종히 자라나는 터앝

이 비스듬하게 이어졌다. 안주인의 정갈한 손길이 느껴지는 아담한 그 집 덕분에 동네가 한결 산뜻하다.

그 윗집에는 아름드리 돌복숭아 나무가 어린 꽃망울을 무수히 매달고 금방이라도 터질 듯 탐스럽게 서서 동네 어귀를 화사하게 밝힌다. 그 집주인은 육십 대 초반의 아주머니인데 곁으로 봐서도 이 동네 분 같다는 느낌이 드는 인상이다. 그 윗집은 이 동네 토박이라 할 수 있는 원주민인 할머니 댁이다. 자식들을 잘 키워서 외지에 출가시켜 놓고 얼마 전 영감님이 돌아가시자 혼자 살고 계신다. 가끔 자식들이 다녀가는 게 보이지만 허리가 'ㄱ'자로 꼬부라진 몸으로 봄 농사를 놓치지 않으려고 부지런히 동네를 오가신다.

조용하던 동네에 외지손님들이 여남은 명 올라온다. 앞집에 온 손님들이다. 작은 마을이 금방 북적대며 어수선해진다. 조금 지나자, 아래쪽 빈 땅에 새집을 앉히려 땅을 돋우는 일꾼 서너 명이 들어와 일을 시작한다. 여자 인부 속에는 돌복숭아 집 아주머니도 섞여 있다.

방안에서 사방으로 열린 창문을 통해서 들어오는 동네의 모습에 봄날의 활기가 살아난다. 날이 새기 바쁘게 사람들은 각자의 밭으로 향하거나 신속에서 자연이 준 선물을 뜯어 담는다. 벌써 키가 자란 쑥이며 달래, 냉이, 머위며 곰취가 여기저기서 올라오고 가시오가피와 두릅, 엄나무와 화살나무 순도 사방에서 바삐 올라온다. 앞집에서 같이 마당을 골라주던 돌복숭아집 아주머니도 산나물을 채취하려는지 배낭을 메고 앞산으로 들어갔다.

갑자기 스피커에서 아가씨의 낭랑한 목소리가 흘러나왔다. "면사무소에서 알립니다. 내일 양산극장에서 굿거리 공연이 있을 예정이오니 참석하실 분들은 도민증을 지참하고 한시까지 회관 앞에 마련되어 있는 버스에 탑승하시기 바랍니다." 조금 있다가는 젊은 남자 목소리가 울린다. "주민회에서 알립니다. 전회생 어르신의 구순 잔치가 마을회관에서 있으니 모두 참석하시길 바랍니다아!" 하는 알림이 퍼져나간다. 잠시 잠잠해진 듯하더니 다시 스피커가 빽! 켜지며 "다 좋은데, 바쁘거든! 마 존데 있으몬 니들끼리 가라마! 봄날에 손이 모자라가 고마 정신이 하나도 없싸뿐데 오델 가라마라 해쌌노!" 그러더니 곧 조용해진다. 이번엔 마을 반장 집인 것 같았다. 마을 아래 공터에 설치한 세 개의 스피커에서 돌아가며 방송이 나온 것이다. 그러는 가운데 큰 컨테이너를 실은 트럭이 마을로 들어서고 있었다. 새벽부터 다듬어 놓은 빈터에 놓을 컨테이너

인가 보다. 그 큰 차를 기술 좋게 돌려서 컨테이너를 뚝딱 땅에 앉혀 놓았다.

해가 중천에 뜨자 마을은 어슬렁거리는 개 한 마리 없이 고요해졌다. 각자 점심을 먹고 낮잠이라도 즐기는 모양인데 느닷없이 고함이 터져 나왔다. 정적에 잠겨 있던 동네의 분위기가 일시에 돌변하는 소리다. 마을 초입에 있는 미나리꽝 밭둑에서 새 나온 물이 도로를 항상 적시는 책임 공방을 하다가 시비가 붙은 모양이다. 마침 컨테이너 작업을 하러 왔던 사람들이 급히 뛰어가고 동네 강아지들도 모여들며 일이 크게 벌어지는 것 같았다. 결국, 두 사람이 멱살을 잡고 드잡이를 치더니 끝내 미나리꽝으로 굴러떨어지고 말았다. 다른 사람들도 한마디씩 거들며 뜯어말리러 들어가니 미나리꽝인지 밭인지 서로 뒹구는 통에 결딴이 나는 것 같다. 뭔 일인지 밭 주인인 듯한 노인이 괭이를 들고 달려가더니 "파봐서 물이 안 나오면 니 책임 질끼가, 마 사람이 좋게 말하면 고마운 줄을 알아야지 넘의 말을 무시하고 있다 아이가. 참말로 그만큼 했으몬 알아들이야지! 와 달라붙어 쌌는데!" 하자, "마 파라 파라, 안 그라모, 물이 와 거서 나오노!" 하는 고함이 들린다.

아직도 분풀이가 안 된 노인이 씩씩대고 괭이를 집어 던지고 있는데 앞집에 한 무리의 손님들이 또 들어서며 동네가 북적거린다. 그사이 돌복숭꽃이 만발한 앞집 아주머니는 집에 들어가 빨래를 하면서 방망이 소리를 드높인다. 그 소리는 마치 나도 이 마을에 있다는 것을 알리는 것 같았다. 앞집 쉼터에서 틀어놓은 노랫소리가 구성지고, 주인집 할아버지가 틀어놓은 빠른 뽕짝메들리, 어디선가 들려오는 새소리, 오지라는 이름이 무색해지는 산골의 봄날 오후다. 모여들었던 동네 강아지들도 어느덧 시멘트 길가 여기저기에 늘어져 있다.

시끌벅적했던 사람들의 소리가 자취를 감추고 짧은 해가 저물자 또다시 칠흑 같은 어둠이 찾아들었다. 책을 덮고 일찍 잠자리에 들었는데 어디선가 아득한 소리가 사방을 감싸는 듯하더니 자박자박하는 소리가 들린다. 아, 또 봄비네. 아스라하게 밀려드는 행복감에 젖으며 잠 꼬리를 잡으려는데 갑자기 스피커가 삐익 울린다. 이 밤에, 그것도 비가 오고 있는데 무슨 야간방송일까. 예전 같으면 이 산골에 무장공비라도 출몰했겠지만, 요즘이야 그럴 일도 없는데. 한껏 숨을 죽여 가며 귀를 기울이던 내게 뜬금없는 소리가 이어진다. 이번에는 어떤 여자가 반장에게 시비를 거는 소리다. "아저씨가 뭔데 우리 아저씨한테 욕하능교!"라며 따지는 소리가 들린다. 그러자 반장의 굵은 중저음이 가소롭다는 듯이 울려 퍼진다. "하이고 등 신아~ 마 천하에 등신아~!" 그러더니 잠깐 마이크를 놓았는지 다투는 소리가 멀어졌다. 참, 이상한 동네다. 깊은 산골에 왜 싸우는 소리까지 생방송을 하는지 알다가도 모르겠다. 더군다 나 반장 집은 산등성이 윗뜸에 홀로 있는 집이라 올라가기도 만만치 않은 곳이다. 이 칠흑 같은 밤에, 더군다나 비가 오는 산길을! 그 여인에 대한 정보를 전혀 알 수 없는 나로선 상상력 만 커진다. 그 상상은 뭔가 토속성 짙은 이야기일 것만 같다. 다시 눈을 감고 어디론가 귓가에서 멀리 달아나 있던 빗소리를 불러오려고 하는데 스피커가 다시 삑! 하고 볼륨을 높인다. "그 래 니 내하고 함 해보자 이기가! 그래 마 함 해보자! 고마 어데 까지 가는지 내 함 두고 볼끼다!" 하는 소리가 이어진다. 비는 이미 소리를 치며 창을 때리기 시작하였다. 방송은 더 이어지 지 않고 옆 계곡에서 소리치는 물소리가 우레처럼 천지를 덮어 버린다. 그 여자는 이 빗속에 어떻게 그 산길을 내려올까. 싸움 은 어떻게 되었을까. 누가 이겼을까. 낮에처럼 하릴없이 그러 다 말았을까. 첩첩산중의 하루도 사람살이로 분분하네.

이 모든 소동 후에 하루가 지나가는 산방에서 눈꺼풀이 스 르르 감긴다.

동네 할아버지

창문을 열면 마을로 들어오는 길이 훤히 내려다보인다. 마을 초입에는 폐가가 한 채 서 있고, 그 옆으로는 폐가는 아니지만, 사람이 살고 있긴 한가, 하는 의문이 드는 집이 한 채 있다. 다 쓰러져 간다고 하기엔 어울리지 않고 튼튼하다고도 할 수 없는 슬레이트 지붕에 흙담, 나무로 기둥을 받친 처마 아래 간신히 내단 툇마루가 있다. 세간이라고는 아무것도 없이 그을음만 가득한 부엌. 툇마루를 가로질러 늘어진 빨랫줄에는 언제나 똑같은 수건이 널려 있다. 소리도, 움직임도 보기 힘든 조용한 집이다. 그 집에 노인이 한 분 계신다. 도무지 무얼 드시는지, 고요한 그 집 벽에 걸린 붙박이 그림 마냥 움직임이 없다.

사람들은 그를 심 씨 노인이라 부르며 오로지 술만 드신다고 했다. 가끔 뒷길로 올라가는 동산에 뭔가를 지고 올라갔다가 내려오는 모습이 보이지만 동네 누구도 말을 걸거나 붙이는 걸 보지 못했다. 심지어는 내가 지나가다가 '안녕하세요?'

해도 잠잠하다. 다시 '할아버지 안녕하세요오~' 해도 마찬가지다. 장난기가 발동한 건 아니지만 혹시 가는 귀를 잡수셨나 싶어서 다시 '안녕하세요?' 하면 잠시 부끄러운 듯, 고개를 살짝 숙이다가 다시 슬그머니 외면한다. 오호, 들리긴 하시나 보다.

십여 년 전, 혼자 이곳까지 올라와 비어 있는 농가에 의탁해 지금까지 살아온 노인은 젊어서는 그래도 힘깨나 쓰면서 농사 일품을 팔았지만, 지금은 알코올에 의존하며 하루하루를 이어 나가는 것 같았다. 그러나 봄날은 그도 기지개를 켜고 밖으로 나가게 만든다. 뒷산을 개간해 밭을 만든 곳에 지게를 지고 가서 하루를 보내고 내려오면 잠시 그 집에도 생기가 감돈다. 그러다 전깃불이 꺼지고 이내 어둠 속에 잠긴다. 도대체 밥상이 들락거리는 모습은 통 볼 수가 없는데 어떻게 사시는지 모를 일이다.

어느 날, 그 집 옆에 있던 공터에 큰 컨테이너가 들어오고 못 보던 할아버지가 오셨다. 다음 날, 그 할아버지는 부인인 듯한 할머니와 함께 왔다. 컨테이너 앞으로 마루를 잇고 차양막을 치고 수돗가를 만들고 마당에 솥단지를 걸었다. 그리고 길 건너 아랫마당에 닭장도 순식간에 뚝딱 지었다. 마당에서는 고기를 삶고 막걸리를 따서 동네 사람들을 불러 좁은 마루지만 잔칫상이 벌어졌다. 할머니는 바로 옆집 툇마루에 계시던 신씨 할아버지를 부르러 갔다. '아저씨, 밥 무러 오이소!' 할아버지는 예의 그 표정으로 또 아무 말이 없이 마루만 쳐다보신다. 할머니는 다시 '밥 무러 오이소!' 그래도 외면하자 다시 한 번 '할배요! 밥 무러 오시라꼬요!' '보소! 마 밥 무라니께!' '밥 무라꼬오오요오오~!' 말 없는 할아버지는 여전히 고개를 들지 않으신다.

하루는 맨 윗집인 주 씨 할매 집으로 사람들이 왔다 갔다 하면서 술렁거렸다. 그날 밭에서 돌아온 할머니는 건넌방에 심씨 노인이 쓰러져 있는 것을 보고 놀라서 사람들을 불렀는데 알고 보니 쓰러진 게 아니고 방에 있는 토종꿀 한 병을 다 퍼먹고 속이 늘그래해져 잠이 드신 거다. 평소에는 말도 없더니 그 집에 꿀단지가 있는 줄 어떻게 알았는지 동네 사람들이 혀를 차며 웃었다. 평소에는 그림자처럼 지내다가 가끔 취기가 발동되면 집집마다 다니며 술을 달라고 했다고 한다. 아마도 인심 후한 그 집에 술 찾으러 갔다가 술 대신 꿀단지를 동낸 것 같다. 그다음 날도 그는 언제 그랬냐는 듯, 지게를 지고 뒷산으로 천천히 올라갔다. 술을 좋아하면 사람들과도 잘 어울리는데 원래 내성적이어서 그런지, 아니면 사람들에게 상처를 많이 받았는지 그 노인은 전혀 사람들과 어울리지 않는다. 생활은 어떻게 하는지 몰라도 집 마당에는 붉은 목단꽃이 만발해 있다.

뒷집 주인 할아버지는 살집이라곤 없는 깡마른 작은 체수의 노인이지만, 오토바이가 있어서 동네 사람들 심부름을 잘 해준다. 특히, 앞집 아주머니가 원하시면 아랫마을 농협공판장에 사놓은 물건을 실어다 주곤 하셨다. 이 높은 산중에서 혼자 사는 분들끼리 서로 상부상조하는 모습이 보기에도 좋았다. 항상 조용조용, 웬만해선 목소리를 높인 적도 없는 노인네다. 그런데 갑자기 할아버지의 고함이 들렸다. 언뜻, 알아들을 수 없는 그 소리는 '나아를 직이라아!'의 반복이었다. 방안에서 시작한 그 비명 같은 외마디소리는 집 밖으로 나와 동네 길에서 계속되었다. 사람들아 내 말 좀 들어보라는 듯, 길바닥에 퍼질러 앉아 땅바닥을 치면서 점점 톤을 높인다.

"이 드러브 세상! 내가 죽을 데가 없어 이 골로 들어왔나! 이 드러브 세상에 내가 우찌 살았는지 하늘이 알고 땅이 안다아! 그래 내에가 죽을 데가 읎어서 여긌는 줄 아나! 나를 직이라아!"

　그래도 동네는 쥐죽은 듯 조용하기만 했다. 잠시 멈춘 소리가 다시 반복되었다. 동네 사람들이 다 들을 수 있도록 더욱 소리를 높였지만, 여전히 동네는 정적의 빗장을 풀지 않고 있었다. 나는 창문 밖으로 동정을 살피며 어떻게 해야 할지 몰라 숨만 죽이고 있었다. 아무리 주인집 할아버지라도 동네 물정 없는 내가 나설 일이 아니다. 드디어 앞집 쉼터 여자가 나왔다. 곧이어 돌복숭아 집 아지매가 나오더니 여자들의 목소리가 들리고 할아버지는 기다렸다는 듯이 앞집 할머니의 아들이 당신에게 퍼부은 욕을 그대로 흉내 내며 하소연했다.

　"그래 아랫집 총각이랑 와가 방을 한 달 더 있게 하라캐가 하마 내가 안 된다카니 고마 내보고 말 안 들으모 이 동네서 못 살기라 카면서 고마 죽고 싶나, 니 같은 건 쥐도 새도 모르게 죽이쁜다 안 카나! 내가 30년 전에 이까지 올라와 죽을라 캤고마 이자 죽이준다니 을매나 고맙노! 마 고마 직이라 마, 고마 내를 직이라아아! 앞집의 기봉이도 그캈고마! 와 지가 와서 넘의 집을 주라마라카노 와!"

길 아래쪽에 허름한 집이 한 채 있는데 할아버지가 어떤 총 각한테 세를 주셨나 보다. 아마도 그 집 때문에 시비가 붙은 모양이다. 할아버지가 30년 전에 이 산등성이로 들어오셨을 때는 땅값이 거의 없다시피 한 화전민들의 집을 몇 채 사놓으 셨던 곳을 수리해 알음알음 세를 받으셨던가 보다. 달세가 얼 마 되지 않아도 꼬박꼬박 세가 안 들어오면 누군들 다시 방을 주겠는가. 해서 그 총각이 윗집 황 씨 할머니 아들한테 가서 말 좀 해달라고 했던 것 같다. 이제 조금 대강의 사정이 이해 가 갔다.

마을의 좁은 길에 동네 사람들이 다 나와서 웅성거린다. 그 동안 못 봤던 목사 사모님도 윗등성이에서 내려오고 드디어 윗집 황 씨 할머니와 그 아들도 나왔다. 40대인 그 아들은 이 혼하고 혼자 외지에 사는데 가끔 와서 엄마 일을 도와준다.

"할배, 내가 언제 그갔다고 이래쌌소! 마 어차피 비와놀 방 이라카이 고마 한 달 더 주면 어떻노 그란 걸 가꼬 시방 뭐라 카싸소!"

오히려 화를 너 내며 고함을 치자 싸움이 크게 벌어질 것 같다. 그러자 앞집 쉼터 여자와 돌복숭아 집 아지매랑 황 씨 할머니가 서로 말리며 가운데로 끼어 들어섰다. 역시 세상에는 여자들이 있어야 한다. 윗뜸에 주 씨 할머니도 내려와서 양쪽으로 나뉘어서 뜯어말리니 잠시 소강상태가 되었다. 서로 양쪽으로 대치하며 각자 소리를 치다가 황 씨 할머니와 아들을 집으로 들여보내고 할아버지도 방으로 모셔서 들여놓고서야 싸움이 일단락되었다. 길에는 쉼터 여자와 돌복숭아 집 아지매가 윗뜸 주 씨 할머니랑 팔짱을 끼고 서서 웅성인다. 그 바람에 나는 창문을 통해서 못 보던 동네 여자들 얼굴을 다 보았다. 부산에 산다는 목사 사모님은 가끔 와서 윗등성이 초가집에서 잠시 지내다 가는데 오늘에서야 얼굴을 보았다. 그러니까 오늘은 이 마을에 사는 여자들을 다 보게 된 날이다. 그렇게 소리가 크게 나도 여자들만 나오면 어느새 조용해지는 걸 보니, 역시 어딜 가나 여자들이 있어야 세상이 구순해진다. 산골의 하루는 긴 듯 하면서도 짧다.

정희

언제 보아도 정갈하게 잘 치워 놓은 정희네 부엌에 하얀 죽순이 삶아져 물에 담겨 있다. 아마도 뒤란 밤 대숲에서 캐온 것이리라. 그런데 조금 있다가 바깥이 시끄럽기 시작했다. 정희 남편이 죽순을 따러 갔다가 옆집 아주머니와 시비가 벌어진 모양이다. 산에서 내려오는 작은 도랑을 사이에 둔 옆집 아주머니는 도랑이 분명한 경계선 역할을 해주는데도 불구하고 자기가 봐났던 죽순을 딴다고 냅다 소리를 지르니 누군들 가만히 있겠는가.

"내 집 뒷산에서 내 죽순 내 맘대로 따는데 니가 와 지랄이고!"

정희 남편은 나이 차이가 열 살이나 나는 이웃집 아지매한테 대번에 반말이다.

"문디 지랄한다. 이 산이 고마 다 니 산이가! 먼저 본 사람이 임잔데 와 내가 말 못 하는데!"

옆집 아시매는 오냐 너 잘 만났다는 듯이 대뜸 입에 거품을 문다.

"이게 미쳤나! 어따 대고 고함질이고, 고마 니 다 처묵으라!"

"오냐, 내 다 무글끼다! 내 니한테 해준 것 다 돌라카몬 니 집안에 있는 죽순도 다 내끼다!"

"뭐라? 뭘 해줬는데, 고마 엉갯증 난다이!"

"뭐라, 엉갯증 난다꼬! 조타꼬 해준 거 잘 처물 때는 언제고 이자 와서 뭐 엉갯증 난다꼬! 내가 니한테 해준 거 만분지 일이라도 생각하면 니 내한테 이리 못한데이!"

보다 못한 정희 남편이 도랑을 건너 아지매 집으로 뛰어올랐다.

"하이고, 오모 어쩔긴데. 그래 직이라 직이!"

금방이라도 숨이 넘어갈 듯, 악다구니를 쓰는 아지매를 차마 어쩌지는 못하고 자기 주먹만 치고 말면서도 정희 남편은 거머리같이 달려드는 그녀와 한 번 싸움이 붙으면 진저리가 나 눈이 돌아가 버리고 만다.

"내가 니한테 언제 밥을 달랬냐, 몸을 달랬냐! 싫다캐도 니가 좋아가 지랄해 놓고 와 가만 있는 사람은 자꾸 갈구는데?"

"고마 시끄랍다! 치아라 마 내가 끝까지 니 잘 사는가 함 두고 볼끼라!"

작은 체구에도 딱 버티고 서서 한 걸음도 물러서지 않는 아지매가 입에 거품을 물고 온몸을 벌벌 떨면서 달려드니 누군들 그녀를 당할까.

정희는 그 상황에 뭘 할까? 같이 붙어서 해맬 법도 한데, 놀랍게도 그 옆을 유유히 지나 윗집 할머니네로 올라간다. 니들끼리 죽이 되든 밥이 되든 싫컷 해보라는 듯, 오불관언인 걸 보니 벌써 한두 번 있는 일이 아닌 것 같다.

다음날 정희가 술을 마셨다. 하지도 못하는 술을 저리 마신 것을 보니, 어제 겉으로는 태연해 보였지만 속은 어지간했나 보다. 벌겋게 달아오른 얼굴로 비틀비틀 집을 나와 느닷없이 옆집 아지매 집으로 올라간다. 휘적휘적 들어오는 그녀를 보고 의외로 아지매도 가만히 보고 있다. 그전에는 물을 끼얹으며 욕설로 포악을 떨었지만, 세월이 지나서인지 지금은 이리저리 어질러 있는 것들을 치우고 막 먹으려고 하던 국밥도 길체로 밀어놓는다. 사방에 난 문을 닫고 있어 대낮에도 어두컴컴한 그 집 마루에 앉자마자 정희는 그녀의 손을 덥석 잡는다.

"휴! 아지매요! 아지매나 나나 팔자가 드러버서 저런 인간 만나 이래 엉갯증나게 살고 있지 않으요! 그라니 우짜겠노. 고

92

마 다 참고 살아야제! 난 쓸개가 없어서 이래 살겠나! 고마 죽지 못해 삽니더!"

하고 술 냄새 푹푹 나는 한숨을 짓는다. 모질게 쳐다보고 있던 아지매 눈에도 눈물이 핑 돈다.

"하마 난 니는 안 밉데이. 내가 내 인생에서 저 인간 만난 게 제일 큰 실수데이! 와 내가 이래 사는데, 천날만날 지 하나 보고 그래 쎄빠지게 해준 내한테 지가 이리는 못 한데이! 암만, 그리하면 몬쓰는기라!"

눈물까지 훔치면서도 자기는 엄연히 사람 사는 법도에 어긋남이 없는 것처럼 말하는 아지매가 말도 끝나지 않았는데 갑자기 정희는 올 때처럼 느닷없이 확 일어나 나간다. 내가 미쳤지 뭐 좋은 말을 들을라꼬 여길 왔나. 가자! 나는 안 밉다고 한 사람이 그동안 내한테 그리 밥 먹듯 쌍욕을 퍼붓고, 눈만 뜨면 위아래 동네로 다니면서 욕을 해댔는가 말이다. 저만 입 다물고 있었어도 내가 이래 우세스런 꼬라지는 안 됐을 낀데 말이다. 휘적휘적 다시 집으로 내려가면서 정희는 뒷산에 혼자 서 있는 소나무를 버릇처럼 또 쳐다본다. 저 등걸에 목을 매려고 한 적이 한두 번이었나. 오 년 전, 애 아빠와 이혼할 때만 해도 내 인생이 이리 될 줄은 꿈에도 몰랐다.

정희는 나보다 몇 살 아래지만 속이 깊어 가끔 언니 같은 느낌도 들지만 그래도 귀염성이 있어 쉰이 훨씬 넘은 지금도 매우 여성스럽다. 부산에서 남편과 아들 하나를 두고 깨같이 살아온 날들이 이십 년이 넘었다. 그러다가 아들이 입대한 뒤 무료한 시간을 메우려고 작은 음식점을 열었다. 그러자 남편이 주로 혼자 시간을 보내게 된 주말에 그림을 배우러 간 학원의 원장과 그만 바람이 나고 말았다. 남들 소문도 창피하고 오직 가정만 알고 살아온 정희는 남편의 배신감으로 무너진 자존심에 그만 그 여자가 그렇게 좋으면 가서 살라고 하면서 덜컥 이혼을 해주었다. 그리고 혼자서 휘이휘이 살아가려고 도자기 굽는 취미를 붙였다가 그만 도자기가마공장에 사기를 당해 수중에 돈을 다 날리고 말았다. 하는 수 없이 친구 농장이 있는 이곳 배내골로 와서 기식을 하다가 농장의 한쪽 터에다 작은 음식점을 열었다. 생활은 그런대로 견딜만 했는데 그만 다섯 살이나 연하인 남편을 만나면서부터 인생이 생각지도 않은 방향으로 가게 된 것이다.

시골이라 군불을 지펴야 하는 정희네 가게에 땔나무는 늘 도맡아서 집안 곳곳에 몇 짐씩 부려놓고 남정네 손이 필요한 가게 안팎의 소소한 일거리를 나서서 해주던 그에게 고마움이 없었던 것은 아니지만 같이 살 생각까지는 안 했다. 그러다가 나이가 오십이 넘어도 아직 고운 태가 남은 그녀의 미모에 동네 남정네들이 꼬여 들자 남편밖에 모르고 순진하게 살았던 그녀도 덜컥 겁이 나기 시작했다. 누군가 주인 남자가 있어야겠다는 필요를 느끼기 시작할 때 노총각이었던 남편 정도면 걸리적거리는 것도 없이 여생을 보낼 수 있지 않을까 생각했다. 그러나 나이 오십이 다 되도록 혼자 산골에 사는 남자니 터수가 오죽했겠는가. 산골에 사는 사람치고는 생긴 틀거지가 객쩍은 대로 제법 의젓해 보이지만 다 쓰러져 가는 오두막에서 사는, 그야말로 불알 두 쪽밖에 없는 그이가 선뜻 내키지 않아서 미적거리며 시간을 보냈다. 그러다가 친구의 농장이 덜컥 팔리는 바람에 오도 갈 데가 없어진 그녀는 그만 그 세간살이를 끌고 남편의 오두막으로 들어간 것이다.

운명이라 생각하고, 그야말로 푸새라도 뜯어 먹을 수 있는 초야에 묻혀 살아갈 생각을 할 때까지는 두 사람의 사이가 신혼의 달콤한 관계를 유지하고 있었다. 도랑을 사이로 위쪽에 비스듬히 앉은 바로 옆집에 혼자 사는 육십이 넘은 아지매도 이것저것 먹을 것과 산골생활을 친절히 가르쳐주며 살갑게 대해주었다. 그렇게 두어 달이 지나고서였다. 느닷없이 위에서 개숫물을 확 뿌리며 갑자기 상욕을 해대는 아지매에게 왜 그러냐고 따지지도 못하고 가슴만 내려앉은 새댁 아닌 새댁인 정희는 어안이 벙벙했다. 남편에게 왜 저러냐고 이유를 물어도 남편은 저 아지매가 미쳤다고 말할 뿐, 도무지 까닭을 알 수 없었다. 그런 아지매의 기행은 도가 넘을 정도로 지나쳐가고 있었다.

통유리를 내다 달고 토담집처럼 꾸며 놓은 오두막집은 그녀의 손길이 닿는 곳마다 예쁜 쉼터로 변하여 각종 야생화와 꽃나무들로 가득했다. 마당에는 자갈을 깔고 그 위에 통나무로 정자를 짓고 황토방을 들여 가끔 민박도 치고 있었다. 한지로 도배를 한 방에는 멀리 첩첩이 펼쳐진 산봉우리들이 통유리 밖으로 보여 제법 운치가 있었다.

그 안에서 두 사람이 하루의 일과를 끝내고 신혼의 단잠을 자려고 누웠는데 갑자기 검은 그림자가 유리창 밖으로 나타나더니 안을 들여다보는 바람에 정희가 소스라쳐 비명을 질렀는데, 알고 보니 옆집 아지매였다. 누워 있던 남편이 총알처럼 튀어나가 마당에서 두 사람의 싸움이 벌어졌고 동네 개들이 짖는 바람에 이웃들도 잠을 깨고 나왔다. 그래도 아지매는 다음 날도 그 다음 날도 밤마다 그 집의 뒷문을 열거나, 옆에 달

96

린 부엌문을 덜그럭거리는 바람에 정희는 비로소 그들의 관계를 알게 되었다. 툭하면 정희네 방문 앞에다 귀를 대고 있는 아지매의 모습을 보게 된 동네 사람들도 모이면 그들의 이야기다. 정희 내외가 출타중이면 정희가 밭에 심어놓은 배추를 모조리 뽑고, 인분을 마당에 퍼붓다가 나중에는 짖어대는 정희네 개를 죽지 않을 만큼 패버렸다. 그래도 분이 안 풀리는 아지매는 거의 미친 사람처럼 새벽까지 긴 머리를 풀어헤치고 흰옷 차림으로 동네를 돌아다니는 바람에 동네에는 때아닌 귀신 소문이 나돌기까지 했다.

"야야 와 그라노! 니가 고마 참아야제 우짜겠노. 고마 참고 살다보면 이자뿔 날 안 오겠나!"

하고 윗집 할머니만 거들 뿐, 누구 하나 나서서 이 사태를 어느 쪽으로든 진정시킬 기미도 없이 매일 시끄러운 일상을 보내야 했다. 남편의 배신에 혼자 살다가 여기까지 온 정희는 다른 여자의 남자를 자신이 뺏은 꼴이 되어 봉변을 당하는 것이다. 두 사람의 관계를 알고 난 뒤부터 정희는 뒷간에 있는 농약이랑 제초제에 자꾸만 눈이 가는 자신이 무서워졌다.

이십여 년 전부터 이 마을에 들어와 살게 된 정희 남편이 옆집의 아주머니와 가까워진 것은 혼자 살면서 술, 담배에 젖어 건강이 나빠진 자신에게 이웃에 이사 온 아주머니가 엄마처럼 돌보아 주면서였다. 뜨신 밥이며 반찬에다 땔감도 변변히 해놓지 않은 자기네 아궁이에 힘들게 해온 나무까지 넣어가며 군불을 지펴주니 어찌 고맙지 않았으랴. 그러나 열 살이나 많은 그 아주머니를 여자로 생각했던 적은 한 번도 없었다. 산으로 들로 다니며 닥치는 대로 일을 해서 손이고 얼굴이고 성한 데가 없이 거칠고, 얼굴은 산에 사는 짐승들처럼 번득이는 눈빛에다 폭 파묻힌 코, 뻐드렁니가 나온 입으로 억센 말투를 내뱉는 모갯덩어리를 누가 여자로 보겠는가. 큰누나뻘 되는 그녀가 밤늦게까지 온갖 이야기를 늘어놓고 있다가 급기야는 이불 속으로까지 기어들게 되면서부터 일이 이상하게 돌아가기 시작하였다.

열 살이나 많은 산골 아지매를, 그것도 명색이 총각인 정희 남편이 좋아했을 리 만무다. 하지만 자기에게 그렇듯 정성을 다하는 아지매가 원해서 저러니 다른 데 가서 연장 가느니 밥값이라도 하겠다는 심정으로 그녀를 받아들였으리라는 짐작은 할 만도 했다. 산골에서 먼 길을 오르내리는 아지매를 자기 차에 태워 장에도 다녀오고 병원에도, 마트에도 역에도 다니곤 했다. 늘 같이 다니는 걸 봐서 동네 사람들도 두 사람이 친한 건 알았지만 이렇게 밤도 같이 보내는 것까지 알 리는 만무하였다. 혹시라도 알게 될까 남사스러워진 그가 인제 그만 오라고 하자 아지매는 동네에 하나 있는 가로등을 원망하기 시작했다. 저 가로등만 없다면 칠흑 같은 산골의 밤에 그들이 함께 지내는지는 귀신도 모를 거로 생각하였다. 그즈음 가로등 앞집에 사는 할머니는 사람들에게 하소연하듯이 물었다고 한다.

"만다꼬 전깃불은 자꼬 꺼 쌌는데, 와카는지 모르겠고마! 얄궂데이, 대체 누꼬! 와 만날 가로등을 꺼 쌌는지 고마 귀찮아 죽겠고마!"

그러다가 정희가 나타나는 바람에 두 사람의 사이는 돌변하였다. 툭 하면 없어지는 그를 찾아 아지매는 아랫동네며 윗동네로 매일 다녔다. 그러다가 정희의 존재를 알게 된 그녀는 그에게 죽기 살기로 매달렸고 그런 그녀를 진정시켜야 정희를 데려올 수 있다고 판단한 정희 남편은 그녀를 달랬다. 장가를 가야겠다는 그를 말릴 수 없다는 것을 깨달은 아지매는 그이가 장가를 가더라도 한 달에 두 번씩은 자기를 안아달라고 요구하고, 그는 그러마고 약속하고 정희를 데려와 집안에 앉힌 것이다. 그러나 신혼의 단꿈을 보내는 남편이 아지매에게 어떻게 했을지는 뻔한 일. 그녀는 눈이 뒤집히기 시작했다. 급기야는 밤중에 그들이 자는 집을 매일 서성였다. 낮에 힘든 일을 한 정희를 주물러주고 있는 광경을 엿보고는 뛰어들어와 웃통을 벗어젖히며

"내도 쫌 그래 한 번 주물러줘 봐라!"

하면서 대자로 누워버릴 정도였다. 몰래 엿보고만 가려고 했는데 그 꼴을 보니 갑자기 눈이 확 디비져 어떻게 할 수가 없었다고 동네 할머니들께 하소연해 본들, 누가 그녀의 심정을 알아줄 것인가.

기가 막혀서 벌어진 입을 다물지 못하는 쪽은 당연히 정희였다. 설마 했더니 이게 무슨 망신살인고! 위로 오래비가 셋이나 있고 막내로 태어난 딸이 이혼한 걸 못내 서운해하셨던 부모님이 돌아가신 게 오히려 다행이었다. 일가친척 대소사에도 왕래를 끊은 지 오래지만 이렇게 비참한 기분은 처음이다. 앞뒤 생각 없이 홧김에 이혼한 것을 후회한 지는 이미 오래다. 그런데 불과 몇 년 만에 자신의 신세가 이렇게 비참하게 바닥으로 떨어지게 되리라고는 생각도 못 한 일이다. 인생의 원점, 자신이 태어나 살았던 그곳으로 다시 돌아가고 싶었다. 그도 저도 못하고 있으니 그냥 확, 목이라도 매서 보란 듯이 두 년

놈 앞에서 죽어주고 싶었다. 그러고 보니, 나만 몰랐지 아랫동네에 친구들도 두 사람의 관계를 눈치 채고 있었던 것 같다. 저 인간과 산다고 했을 때 말없이 자기를 쳐다보던 그들의 눈초리가 떠오르니 더욱 몸서리가 쳐졌다.

윗집 아지매 속은 또 말해 뭐하랴. 비록 볼품없이 태어난 인물이지만 억센 아지매 마음에 싹튼 순정이라고 해서 남들과 다를 건 없다. 장애인 남편을 만나 아들을 둘이나 낳아 키웠지만 결국 살지 못하고 혼자 몸으로 이곳으로 들어온 뒤에 그 허전한 마음을 붙잡아준 사람이 아랫집 총각이 아니었던가. 억척스럽게 사는 사람일수록 자그마한 친절에도 감격하는 법이다. 혼자 몸으로 온 동네 일은 빠지지 않고 품팔이를 하며 살아가는 중에 우연히 차를 한 번 태워준 그 친절이 눈물겹도록 고마웠다. 그런 마음으로 음식을 하면 아랫집 총각에게도 갖다 주고 하면서도 둘 사이가 이렇게까지 될 거라곤 자신도 몰랐던 일이다. 인생이라는 길에서 누구의 잘잘못을 따지랴. 처음 그와 함께 지난 일 년은 꿈만 같았다. 그만이 온 세상이었고 그녀에겐 온 생애였던 것처럼 행복을 느껴본 시간이었다. 아무와도 대화할 수 없는 고독한 산중에서 누구도 참견할 수 없는 외로움을 덜어줄 사람에게 정성을 다한 게 죄라면 죄였다. 그런 그가 자기에게서 떨어져 나가는 치명적 상실감을 어떻게 견디랴. 말보다는 몸부림이 먼저 튀어나왔다. 그것은 그렇게라도 하지 않으면 곧 죽어버릴 것만 같은 위태로운 몸짓이었다. 주저앉아 울다가도 자신이 왜 울어야 하는지, 분하고 억울하고 서러운데 굳이 이유를 댈 수도 없는 원초적 감정이었다. 미친년처럼 몸부림을 친 것만큼 자신에게는 더욱 깊은 상처를 남겼고 또 그 상처를 들여다보면서 미쳐갔다. 내가 미친 년이지, 계속 되뇌이면서도 도저히 용납할 수 없는 이 화증을 어떻게 해야 할지도 모르고 밤낮 아랫집만 노려보고 있었다. 어쩌지도 못하는 세월만 서서히 그녀에게 체념을 알게 해주었을 뿐이다.

짐을 싸서 나가는 정희를 몇 번이고 다시 붙잡아 들이고, 혹시라도 무슨 잘못된 마음이라도 먹을까 봐 노심초사 옆을 지키고 있는 남편. 그와 매일 싸우다시피 울고불고하던 정희도 무정한 세월 속에 점차 오갈 데 없는 자신의 팔자소관으로 화를 삭이고 있었다.

"그놈의 혼인신고는 뭐가 그리 바쁘다고 오자마자 했을까나, 그 잘난 보험 든다꼬 하는 바람에, 아이고 내 팔자야!" 하면서 보낸 세월이 어느덧 오 년이다. 한 번은 두 사람이 붙어서 멱살을 잡고 땅바닥에 뒹굴며 싸우자 정희가 무서워서 바로 쳐다보지도 못하던 아지매에게 대들기 시작했다.

"니들 둘이가 작당을 해가 나를 데꼬 왔으니 둘 다 내한테 위자료를 내놔라. 그라몬 내가 가 줄끼니 그때 실컷 싸우든지 다시 들러붙든지 맘대로 하소!"

하고 대들자 아지매가 오히려 적반하장으로 생사람 잡는다고 언제 작당을 했냐며 명예훼손죄로 고소하겠다고 하는 웃지 못할 일도 벌어졌다.

세 사람이 얽혀 돌아가는 날을 이웃에서 매일 눈만 뜨면 봐야 하니 동네 사람들 속도 속이 아니다. 저물녘에 둘이서 오붓하게 산길이라도 걸을라치면 바로 뒤에까지 쫓아와 같이 걷자고 하는 통에 시도 때도 없이 시끄러웠다. 그럴 때면 남편은 그녀를 당장 경찰에 고발하겠다고 윽박지르기도 했다. 그녀의 어둠침침한 방 옆에는 무거운 쇳대를 채운 방이 하나 있다. 그 방 안에는 이 마을 저 마을로 다니며 일할 때 후무리한 물건들이 숨겨져 있다는 주장이다. 물론 이 동네 것들도 있다고 했다. 그러고 보니 나도 언젠가 그 집에 갔다가 아주 근사한 사기 주발을 보고 어디서 난 거냐고 물었더니 건넛마을에 일 갔다가 품삯 대신 받아온 것이라 둘러대던 품새가 생각난다.

속죄하는 마음으로 끔찍하게 정성을 다하는 남편에게서 벗어날 수 없음을 깨달은 정희도 다시 마음 붙이고 살아보려고 면에 가서 봉사도 하면서 시간을 보냈다. 그동안 두 사람을 눈엣가시처럼 뽑아내고 싶어서 부딪치기만 하면 대들이를 하던 아지매도 이제 제풀에 지쳐선지 조용해진 것 같다가도 어제처럼 무엇이 심사에 틀리면 한 번씩 그렇게 푸닥거리하듯 동네를 뒤집어 놓는 것이다.

"언니, 우리 내일 삼랑진 장에 나가서 맛있는 거 사 먹고 오자!"

정희가 내일은 나와 함께 바람을 쐬고픈가 보다.

"그래, 우리 장에 가서 맛있는 것도 사 먹고, 예쁜 옷도 한 벌 사 입자! 그래, 인생 뭐 별 거 있냐, 가자!"

삼랑진 장 보러 가는 날

주인집 할아버지가 고로쇠 물을 한 병 갖고 오셨다. 여기 내려온 첫날에 자랑스럽게 고로쇠 물통을 보여주시면서 저게 한 통에 얼마라던 기억이 나서 얼만지 여쭈었더니 할아버지는 성의를 무시당한 듯한 표정을 그냥 먹으라고 한다. 순간, 도시의 때를 그대로 묻히고 선 내가 느껴졌다. 그래도 파는 건데 어떻게 그냥 먹냐고 했더니 못 들은 척, 이게 마지막이라며 한 말들이 물통을 오토바이에 싣는다. 그리고 서울에 부치려고 우체국에 다녀오겠다는 말씀만 남겨놓고 나가셨다.

30년 전, 죽을병이 걸려 이 배내골로 들어와 살게 되었다는 말을 처음 나를 만나는 날부터 매일 계속, 마치 단기 기억상실증에 걸린 것처럼 틈만 나면 똑같이 말씀하시는 할아버지는 연세가 팔십이다. 그런데 그 말이 믿을 수 없을 정도로 재바른 걸음걸이로 산밭이며 텃밭을 가꾸고 산나물이며 고로쇠 물을 받으러 다닌다. 오지를 개발한다고 집 앞으로 길을 닦아놓는 바람에 이런 집을 짓게 되었다며 내가 세든 집을 늘 대견스럽게 바라본다. 생각해보면, 한 달에 30만 원씩 세를 받으니 이런 오지에서는 만만치 않은 수입이다. 콘크리트로 튼튼하게 잘 지은 집은 세를 놓고 당신은 바로 뒷터에 허름한 조립식 집을 지어 생활하신다.

새벽 5시면 뒷방 문 열리는 소리가 들린다. 그럴 때면 또한 어김없이 '에이!' 하는 소리도 들린다. 할아버지가 짜증을 내는 건지 아니면 밖으로 나왔다는 어떤 신호인지 그건 모르겠다. 다만 그 시간이면 고양이가 거의 숨이 넘어갈 듯한 소리로 울어댄다. 저런 소리로 당신을 부르는데 누군들 편히 누워있을 수 있으랴. 멸치 몇 마리로 상황을 종료시킨 할아버지가 다시 방문을 열고 들어가는 소리가 들린다. 저녁이면 또 일정한 시간에 고양이 소리가 들린다. 이번에는 할아버지 쪽에서 오히려 양오! 양오! 하고 고양이를 부르는 소리다. 할아버지는 또다시 멸치를 몇 마리 주는 것으로 그 의식을 치르는 과정이 방문이 달린 벽 사이에 누워서도 선명하게 그려진다. 그러면 이내 조용해지는 그 고양이를 아직 한 번도 보지는 못했다. 어떻게 생겼을까. 목소리가 카랑카랑한 것이 몸집이 작고 얼굴은 귀엽다 못해 앙증맞기 그지없고 눈망울이 커다란 고양이를 그려본다. 아니면, 심술 맞은 얼굴로 몸은 집채만 할 수도 있을 것이다.

　그런데 할아버지 옆으로 지나갈 때면 나는 갑자기 머리가 띵! 해지면서 순간, 정신을 잠깐 잃은 것처럼 아찔해진다. 평생 씻지 않은 커다란 개에서나 날 법한 냄새가 코가 아닌 뇌를 찌르는 것 같아서다. 과연 할아버지의 옷은 티베트의 설산에서 보았던 사람들이 입고 있던 때에 찌든 색깔이었다. 그런 할아버지께서 점심때 내게 말을 붙인다. 내일이 삼랑진 장날인데 거기 갈 일 없냐고 묻는 폼이 차를 좀 태워 줬으면 하는 의도 같았다. 알고 보니 할아버지 방에 있는 티브이가 고장 나서 삼랑진 시장에 있는 전파상에 맡겨야 했다. 시골 장날도 궁금했던 차에 대답은 그런다고 해놓았지만, 문제는 밀폐된 공간인 차 안에서 할아버지와 함께 가는 동안 내 코가 괜찮을지 모르겠다.

　다음 날, 새 옷으로 갈아입은 할아버지가 아침 일찍부터 서두르셨다. 삼랑진 오일장에는 근방에 있는 사람들이 다 나오니 늦게 가면 좋은 묘목이며 모종이 없어진다며 애를 끓이시는 통에 아침 댓바람에 산을 내려갔다. 차창을 모두 열어놓고 2단 기어로 천천히 산길을 내려가자 마침 봄바람이 부드럽게 들어와 다행이고, 다행이었다. 노란 산수유로 물들었던 산에는 어느새 진달래가 피어 분홍빛 물감이 번지고 있다.

"오데~ 벌써 진달래가 많이 핀네!"

눈만 뜨면 고로쇠 물 받으러 산에 올라가는 할아버지께서 늘 보던 진달래가 문득 눈에 들어온 것은 감성의 문이 열리신 걸 게다.

"오데, 세상이 살다 보니 좀 변하긴 변합디다! 그전 같으면 지금 코로쇠물이 한창 나와야 할 낀데, 고마 마 물이 딱 끊어져삐네! 참, 이상타!"

"할아버지, 올해는 윤달이 껴서 그런 거 아닌가요?"

서울서 온 내가 잘 알지도 못하는 산골 일을 무당 점치듯 할아버지께 둘러댔다.

"아, 그런 게 있어예! 그라몬 그긴 뭔데예?"

"예? 뭐가요? 윤달 모르세요? 아, 그러니까 아마도 올 이월이 윤달이 끼면 음력으로 이월이 또 있으니까 그런 거 아닌가요?"

"그래 예? 그기 와 그리되는 긴데예?"

"뭐가요? 아, 그러니까 음, 올해는 달력보다 절기가 한 달 먼저 오는 거로 보면 되는 거겠죠?"

"참, 이상타! 그기 와 그리되는 긴데에?"

나는 속으로 설마, 할아버지가 정말로 윤달을 모르는 걸까? 라고 생각했다. 마치 선문답을 늘어놓듯 되풀이되던 이야기가 어느새 슬쩍 아랫마을로 돌아갔다. 비탈을 지날 때마다 나타나는 이 마을, 저 마을에 얽힌 이야기들을 새끼줄에 줄줄 엮듯 늘어놓으신다.

"저 안산장 장 할머니 손녀딸을 내가 말해서 우리 조카한테 줬다 아인교! 우리 조카가 내 이불이랑 갖고 내한테 왔다가 고마 맘이 맞았는지 잘 돼서 남매 낳고 잘살고 있다 아이요!"

할아버지는 장한 일을 하신 듯, 뿌듯한 목소리로 끝이 없는 이야기를 뒷좌석에서 듣거나 말거나 이어나간다. 나는 눈 앞에 펼쳐지는 산봉우리들이 겹겹으로 지나가는 비탈진 길을 굽이굽이 돌아가면서 어젯밤 읽었던 황석영의 『여울물 소리』처럼 언젠가는 지금 이 시간이 소설처럼 내 기억에서 되살아날 것이라 예감했다.

삼랑진역을 지나는 기찻길 아래로 난 굴다리를 지나자 초입부터 장이 늘어서 있다. 봄철에 열리는 시골 장답게 각종 유실수와 채소 모종이 넓은 싸전마당을 좁게 만들며 늘어졌고 울긋불긋 옷을 차려입은 사람들이 여기저기서 흥정이다. 할아버지는 마치 고기를 건져 올리려는 낚시꾼처럼 눈이 초롱초롱해지며 구부러진 허리를 편다. 집 주변에 널린 것이 맨 노는 땅이라고 차 안에서 내내 중얼거리더니 그 넓은 산허리를 다 메꾸기라도 하시려는 듯한 눈빛이다. 대추나무며 엄나무며 가시오가피나무를 흥정하더니 돈이 모자란다며 다 물리고 한 주에 칠천 원 하는 대추나무만 열 주에 육만오천 원에 깎아 샀다. 그리곤 모종도 양배추며 고추, 가지 등속을 흥정하더니 하나도 안 사고, 그 옆에서 도라지와 대파 씨앗만 한 줌씩 샀다. 그리곤 더덕 뿌리 한 봉지를 샀다. 아마도 더덕 뿌리는 비스듬해서 물이 잘 빠지는 산등성이에 파묻고 도라지와 대파는 집 뒷마당에 뿌리실 모양이다. 나는 올여름이면 길게 올라와 산등성이에서 불어오는 바람에 별처럼 흔들릴 보라색과 흰색 도라지꽃 생각에 벌써 기분이 좋아졌다.

나는 산에서 캐왔다 해서 산도라지를 한 봉지에 만 원을 주고 샀는데 속았다는 생각이 좀 있다 들었다. 지금이 산도라지 나올 철이 아니란 말이다. 다시 물리려고 가보니 도라지를 판 할아버지 옆에 웅크리고 앉아 아무 말도 않고 나를 바라보기만 했던 할머니가 찐 고구마를 할아버지 입에 넣어드리고 있었다. 장 끝자락에 옹그리고 앉아 있는 두 분의 모습에 갑자기 뭔가 뭉클 올라오는 게 있어서 급히 그 자리를 다시 되돌아왔다. 오던 길에 마치 산적처럼 생긴 남자와 역시 산적 아내처럼 생긴 부부에게 강원도 씨감자라는 감자를 한 봉지 더 사 왔다. 그 사이에 뭔가를 더 샀는지 검정 봉지를 두어 개 더 들고 기다리던 할아버지가 마치 전리품이라도 되는 양, 의기양양하게 손에 든 것들을 차에 실으셨다.

삼랑진역을 되돌아오다가 할아버지께 아까 수리 맡긴 티브이 안 찾으시냐고 했더니

"오데! 또 이자뿐네!"

하신다. 올 때도 이야기하느라 잊고 지났다 하여 오던 길을 돌아서 갔던 데를 다시 찾았다. 그사이 수리를 다 해놨다. 시골 전파상이라 해봐야 뭐 물건이 있겠나 싶었지만, 중고 티브이가 마치 중고타이어 쌓듯 포개어 있는 가게 안에, 다른 중고 물건들로 꽉 찬 틈에 끼듯이 있는 책상 앞에, 너무나 중고스런 옷을 입은 아저씨가, 누런 금이빨을 내보이며 할아버지께 4만 원을 내라고 한다. 할아버지는 경악스러운 표정을 감추지 못하며

"무시레이! 와 그리 비싼 긴데!"

중고 아저씨는 티브이 2만 원, 나머지는 각각 만 원씩이면 싼 거 아니냐며 되받아친다. 그런데 할아버지가 잠시 있더니

큰일 났다며 아까보다 더 경악스러운 표정이 된다. 티브이 찾는 것을 깜박 잊고 시장에서 돈을 다 써버렸다는 것이다. 그러자 주인은 반사적으로 내 얼굴을 쳐다본다. 나는 반사적으로 돈을 꺼냈다.

굽이굽이 산길을 다시 돌아오는 길에 고갯마루에 있는 포장집에 들렀다. 원색 티를 입은 쥔 여자가 나와서 아주 공손한 자세로 연신 인사를 하면서 가게로 인도하는 손짓을 한다. 알고 보니 할아버지는 이 길을 따라 원동에서 삼랑진까지 볼일을 보러 갈 때면 늘 작은 오토바이를 세워놓고 이곳에서 어묵을 드셨다고 한다. 주인 여자는 차를 타고 왔기에 모르는 사람인 줄 알았다며 나보고

"오데서 왔능교? 누군교?"

하고 묻는 얼굴이 은근히 새살스럽다. 긴 꼬치에 둘둘 말아 낀 사각 어묵의 따끈한 국물은 잠깐 이런 곳에 앉아 먼 데 산을 보면서 먹는 특별한 맛을 준다. 고갯길에서 사람을 기다리고 앉아 있던 주인이나, 산골에서 내려와 혼자 먼 길을 가던 사람이나, 우선은 사람이 사람을 만나서 반갑고 즐거웠을 것이다. 게다가 뜨끈하고 짭조름한 국물에 얼큰한 땡초가 담긴 간장에 어묵을 찍어 먹는 기분이 여간 맛깔난 게 아니다. 할아버지와

안면이 많은 주인아저씨가 고로쇠 물을 들고 들어오면서 인사를 나눈다. 할아버지는 얼른 고로쇠 물 이야기를 꺼내면서 물이 나오냐고 물으며

"올해는 이상케 물이 안 나오고 마 딱 끊어지삐니 참 모르겠다!"

하신다. 그 말에 주인아저씨가 나와는 달리 해박한 지식을 나름대로 할아버지께 늘어놓는다.

"할배요! 윤달이 들모 한 달이 더 있으니까 지금 원래 삼월이 되야는데 아즉도 이월로 되삤다 안카나. 원래 경칩 이짝저짝 보름 안에 물이 나와삐는 긴데 경칩이 벌써 안 지나갔나. 그카니 나무도 이자 순을 티야는데 을매나 힘이 들겠노! 그카니 물이 안나와삐는기라!"

"와, 뭐 그란게 다 있노!"

"그카니 올해는 고마 삼월에 경칩이 들와갖꼬 윤달 땜에 그케 된 긴데 나무는 벌써 즈끄리 알고 고마 버얼써 문 닫아삐기라!"

나름대로 심오하고 해박한 고로쇠나무의 철학이 잠시 펼쳐진 포장마차는 흥분된 기운으로 들썩했다. 사람들의 입심과 새로운 지식을 나누는 이런 자리가 할아버지에겐 얼마나 즐거

운 나눔의 전당인지 짐작해 보았다. 이게 할아버지의 큰 행복과 즐거움 중 하나였을 거라는 생각에 나는 말 없이 기다려주었다.

워낙 일찍 서둘러서인지 집에 돌아와도 아직 오전이다. 나는 너무나 피곤한 나머지 한잠 자야겠다는 생각이 들었다. 그런데 할아버지가 대추나무 묘목을 심으시느라 밖이 떠들썩하다. 동네라 그래야 여덟 가구가 전부인 산골 마을을 위에서 아래로 들고나시는 통에 앞집 아주머니 두 분이 나오셨다. 할아버지는 아까 장에서 삼천 원 주고 사 온 민물고기를 삼만 원 주고 사 온 고기라며 펼쳐 보인다. 아주머니들은 뭔 고긴데 삼만 원씩이나 줬냐며 반색을 하고 보더니

"하이고 이기 뭐시기 아이가! 하이고, 할배요, 이딴 괴기는 와 사왔능교!"

대번에 면박이다. 나는 속으로 우리 주인집 할아버지가 엉큼하신 건지, 아니면 진짜 그사이에 또 단기 기억상실증이 걸린 건지 의문이 들었다. 만약 단기 기억상실증이 걸린 게 아니라면 생선 봉지를 푸는 동시에 탄로가 날 거짓말을 한 할아버지가 너무 어이가 없었다. 아까 장에서 왕소금을 뿌리던 좀 모자란 채소 가게 총각처럼 하릴없이 웃음이 나온다.

어느덧 해가 서쪽으로 넘어가려고 할 때 할아버지가 문을 두드리셨다. 아까 빌린 돈을 해가 지기 전에 갚으려고 오토바이를 타고 내려가 우체국에서 돈을 찾아왔다고 한다. 그리고 빌린 돈 외에 내 차에 든 휘발윳값을 얼마 쳐서 주시겠다고 한다. 난 어제 내가 고로쇠 물값을 드리려고 얼마냐고 물었을 때, 할아버지가 내게 지었던 표정을 그대로 지으며 괜찮다고 했다. 할아버지는 역시 내가 지었던 미안한 표정을 그대로 지으며 가셨다. 할아버지의 등 뒤로 산골의 긴 봄날이 저물고 있는 석양이 드리워진다.

(2013. 3)

산중 자족

습기가 서린 유리창을 타고 무당벌레 두 마리가 길게 꼬릿길을 내며 올라가고 있다. 그 몸짓이 워낙 느리다 보니 이내 시선을 거두었다가도 다시 궁금해져서 살펴본다. 그중 한 놈은 그새 바닥으로 떨어져 있고 한 놈은 천장까지 올라가 있다. 바닥에 있는 녀석은 너무 충격이 컸는지, 아니면 창가에 서린 물기를 너무 많이 먹었는지 미동도 없다. 설거지가 끝날 때까지 그렇게 있는 폼이 우스꽝스럽다가도 혹시나 하는 마음에 손톱 끝으로 툭, 쳐본다. 죽지는 않았다는 신호라도 하듯 그 녀석은 윗등 날개를 살짝 올렸다가 내리더니 다시 잠잠하다.

처음에는 곤충이 집 안에 있는 게 신기하면서도 영 어색하더니, 이젠 그 녀석들 덕분에 횅한 기분은 덜었다. 심심해지면 녀석들이 어디 있나 몸을 바닥에 가까이 기울여 찾아본다. 이 외진 산골에서 누가 저희를 해칠까 하는 두려운 기색도 없이 자기 존재를 드러내는 천연덕스러움에 웃음이 나온다. 주황색 몸체에 검정 반점이 박혀 있는 몸통이 예뻐서 가까이 보고 있자면, 안으로 오므렸던 다리를 밖으로 살짝 뻗거나 등의 날개를 옆으로 벌려 속살을 보여주기도 한다.

십여 년 전, 베를린에 사는 남동생이 아이들과 함께 와서 우리 집에 잠시 머물 때였다. 네 살, 세 살이었던 조카들을 차에 태우고 옆 동네에 있는 친정에 다녀오면서 들길을 천천히 지나가던 중, 뒷좌석에 있던 아이들이 보이지 않는 것을 발견했다. 화들짝 놀라서 뒤를 돌아다보니 아이들이 뒷좌석 바닥에 엎드려서 뭔가를 살피고 있었다. 너희들 뭐하니? 하고 묻자 아이들이 독일어로 말한다. 뭐라고? 하고 다시 물으니 녀석들이 손바닥에 뭔가를 올려놓고 일어나 "우리의 친구야!"그런다. 무당벌레였다. 그 작은 벌레가 어떻게 차 안으로 들어와 아이들이 그렇게 귀여운 소동을 벌였는지. 그때 아이들이 말했던 '우리의 친구'가 지금 이 산방에서 내 친구가 되었다.

어느 날, 싱크대 위에 제법 자란 달팽이가 양 뿔을 길게 뻗치고 떡하니 붙어 있는 게 보였다. 아마도 앞집 아주머니가 뜯어다 준 나물 속에 붙어온 모양이다. 밤이면 딱! 딱! 소리를 내며 튀어 오르거나 날아다니기도 하는 풍뎅이 비슷한 놈도 있다. 돼지빈대라는 놈은 장판 아래에 납작하게 말라붙어 있어서 그 이름을 알게 되었다. 그런가 하면 무척 바쁜 일이 생긴 것처럼 설설 달아나는 돈벌레도 있다. 그 못지않게 다리가 많은 지네도 가끔 눈에 띈다. 처음에는 독한 약을 써서 저것들을 깨끗이 소탕하려고 맘먹다가 관두었다. 이러다가 개체 수라도 늘리게 되면 어떻게 하나, 싶은 마음도 들었지만 살아 있는 생명을 죽인다는 게 선뜻 내키지 않았다. 어쩌면 이 방이 생기기 전부터 이 땅에 터를 잡은 주인은 저것들이 아닐까 싶다. 오직 살아보겠다는 일념으로 용맹정진하던 이 방의 전 주인들도 다 세상을 뜨지 않았는가. 미물이지만 녀석들에게도 질긴 생명으로 이 세상을 살아야 할 이유가 있을 것이다. 너희와 내가 만난 것도 그 살아 있음의 인연이라 해두자. 이름도 볼품도 없는 풀 한 포기, 벌레 한 마리와 같이 모든 생명 있는 것들은 다 친구가 되는 산중이다.

해발 육백 미터가 넘는 산동네에 몇 달째 머물고 있다. 삶의 흐름에서 잠시 벗어난 철수상태라고나 할까, 태어나서 가장 연약해진 상태로 자연의 흐름 속에 편승하였다. 그 무엇도 할 필요 없이 오직 순수한 나의 원소 안에서 유영하는 지극한 시간이다. 밤마다 찾아오던 통증도 어느덧 서서히 잦아들었다. 문만 열고 나가면 온 천지가 신성한 생명력으로 이들거린다. 숲으로 휘어져 들어가는 오솔길을 천천히 걷고 있으면 자연의 내밀한 숨소리까지 들리는 듯하다. 지금껏 한 번도 느껴보지 못했던 고요한 파장이다. 그 침묵 같은 시간을 횡단하며 나는 말할 수 없이 행복한 감정에 빠지기도 한다. 겹겹이 포개져 흐르는 산세를 바라보며 사방을 촉촉이 적셔오는 빗소리를 듣고 있을 때면 더욱 그렇다.

내게 주어진 시간은 일 분 일 초도 허투루 쓰지 않으려고 애썼던 것 같다. 그러던 내가 이젠 눈만 떠도 감사하고, 숨만 쉬어도 대견하게 느껴진다. 관성을 멈춘 상태의 막연한 불안감과 가책조차도 살아 있다는 기쁨으로 환치된다. 오직 내 몸이 들려주는 신호에만 충실해도 하루가 이토록 충만한 것을, 왜 그리 밤잠을 축내며 살았나 싶다. 과연 누구를 위한 삶이었던가. 신은 내게 억척스럽게 돌아가던 삶의 시계바늘을 일부러 잠시 멈추게 하신 것 같다. 멈춰야 보이는 것들을 보여 주시려고.

방문을 열고 한 발자국만 더 나가면 밤꽃처럼 진한 향기를 머금은 죽순이 그 생명력을 불시에 드러내곤 한다. 골짜기의 키 낮은 바위 옆에 붙어 자란, 이름도 모르는 나무의 여린 잎을 따다 무쳐 먹는 호사도 누린다. 봄부터 가을까지 피는 꽃들은 굳이 방안에 들여놓을 필요가 없다. 창문만 열면 흐드러져 핀 개복숭아 나무의 꽃향기가 저절로 방안을 채운다. 일곱 집 밖에 안 되는 산골 마을의 사람들은 너나없이 처음 보는 산나물들과 열매를 한 움큼씩 가져다준다. 이곳 나물 맛은 내가 먹어본 나물 중에 으뜸이었다. 작년에 담갔다는 효소도 선뜻 들고 온다. 산나물에 오직 소금과 효소만 넣고 무쳐도 맛있다. 무심하고 투박한 듯하지만, 속 깊은 정이 있는 맛이다.

어느 날, 석양이 아름다운 선을 길게 드리우며 방안을 물들일 때, 느릿한 춤사위로 오르던 무당벌레를 따라가려는 듯 귀뚜라미 한 마리가 창틀에서 계속 뛰어오르고 있었다. 더듬이를 높이 세운, 결의에 찬 그 녀석은 기어코 방바닥으로 떨어지고 말았다. 그 바람에 어디선가 나타난 지네가 도망가다가 발랑 뒤집힌 채 말라가던 돼지빈대를 쳤다. 가벼워진 빈대가 날아간 구석에서 갑자기 돈벌레가 급히 달아난다. 마치 바턴 게임이라도 하듯, 순간적으로 일어난 일대의 분주함이 혼자 보기 아까울 정도다.

산그림자가 골짜기를 완전히 덮고 노을이 사위어지면 설핏 어둠이 찾아든다. 덧없는 것이 산골의 저녁해라던가. 눈이 천천히 암순응할 새도 없이 어느새 남청색 하늘에는 수정 같은 별들이 깔린다. 도시에도 저녁이 내리면 알지 못할 외로움이 끼치는데 산중의 밤은 오죽하랴. 천지간에 나 혼자라는 고독감이 사방을 잠식해온다. 그래도 살아 있다는 감사함에 다시 빈방에 기쁨이 고인다. 혼자라서 외롭고 행복함이 더 진하다. 내가 언제 이렇듯 완벽하게 혼자였던 적이 있었던가. 내 생의 남은 페이지를 그려보는 고요한 설렘이 오늘도 산중의 밤을 지킨다.

작은 새

숲 사이로 난 오솔길처럼 좁은 도로에 아주 작은 물체가 언뜻 언뜻 움직이는 게 보인다. 간밤에 내린 비로 촉촉이 젖은 길 위에서 짝꿍도 없이 혼자 놀고 있는 작은 새였다. 무슨 새일까, 녀석의 이름이 궁금해진다. 콩콩, 뽀로롱, 통통통. 급하게 꺾여 내려간 좁은 계곡의 물소리에도 분명히 느껴지는 앙증맞은 날갯짓에 산길의 청량함이 더한다. 차를 세워 그 노는 양을 더 보고 싶다. 이 맑고 울울한 산길에 내려앉아 선물처럼 내 맘을 행복하게 해주는 녀석의 사랑스러운 몸짓을.

길에서 나를 기다리는 그녀의 모습이 더 앙상해졌음을 느낀다. 내려가던 길에서 만난 하 대장 내외분이 나에게 그녀의 상태가 너무 안 좋아졌다고 한다. 얼마나 안 좋아진 걸까. 완치된 줄 알았던 폐암이 뇌와 임파선으로 전이하여 재발한 뒤, 석 달 만에 보는 그녀의 상태를 나만 모르고 있다는 생각에 무참해진다. 그래도 표정은 예와 변함없이 해맑았다. 가는 허리에 더 높아진 턱. 차에 타면서 잠깐 내 얼굴을 샅샅이 살피곤 다시 앞을 본다. 마치 마지막으로 잘 익혀두려고 하는 듯, 눈동자에 힘을 준 얼굴을 보는 순간, 갑자기 슬픔이 내 가슴을 퍽, 치듯 들어온다. 그렇지 않아도 하 대장님 말씀에 가슴이 철렁 내려앉는 중이었다.

산길은 예전보다 더 푸르고 싱싱해졌다. 그녀의 암이 재발되기 전에 이 길을 가면서 우리는 탄성을 질렀었다. 봄이 한껏 달려오던 날씨에 짓궂게 내린 눈이 온 산을 덮고 있어서 마치 요새미티의 설산을 바라보는 듯한 장관이었기 때문이다. 햇빛이 비치는 곳마다 눈이 신기루처럼 사라지던 그 풍경을 나 혼자만이 아닌, 둘이 함께 봤다는 사실이 새삼 경이롭게 다가온다. 방금 보았던 세상이 잠깐 새에 사라지는 풍경을 보지 않고는 누구도 말하지 못하리라. 만발한 산벚꽃이 꽃비 져 흩날릴 때 "비우디 풀! 비우디 풀!"을 연발하던 산속을 굽이도는 길에 안개가 피어오르고 있다. 안개가 아니라 구름이다. 구름 속을 헤쳐 나가는 기분이다. 우리는 또 과장된 감동을 분출하듯 토해내며 수다스럽게 천천히 산을 넘어갔다. 특송을 맡은 예배 시간을 맞춰서 가는 길이지만 염불에는 관심 없는 중처럼 긴 시간을 기다려 만났다는 사실 외에는 어떤 것도 중요하지 않았다. 지금, 그녀는 아까 보았던 작은 새만큼이나 귀엽고 예뻤던 그 시절로 다시 돌아간 듯하다.

교회는 작고 허름했다. 교인이라 해봐야 스무 명 남짓, 가족 같은 교회 식구들이다. 잠깐의 나눔이 이어지고 그녀의 특송이 시작됐다. 몹시 야위었지만, 아직은 소녀처럼 풋풋한 얼굴로 좀 더 아름다운 찬양을 드리고픈 간절한 울림은 늘 그랬던 것처럼 듣는 이의 눈시울을 붉히게 한다. 그래, 마음껏 목소리를 내렴. 이 찬양을 받으시는 분이 지금 두 팔 벌려 너를 안아 주시잖니. 그러니, 마음껏, 마음껏! 아, 그런데 오늘은 더 견디기 힘든가 보다. 얼마나 상태가 안 좋은 걸까. 나만 모르고 있는 그녀의 힘든 상태가 죄스럽다.

"주는 나의 어지신 이~ 나의 주~ 나의 하나님~"

어떤 환란이 와도 내가 주를 사랑하고 있음을 전하려는 듯한 그녀의 얼굴과 몸짓에서 은은한 광배가 빛으로 소용돌이치고 있음을 느낀다. 그 어느 때보다도 간절한 은혜가 강물처럼 흐른다. 그래, 그렇게 이끄시는 대로 가는 거야. 너의 부르짖음에 응답하여 네가 알지 못하는 크고 은밀한 일을 네게 보이시는 분께로.

예배가 끝나자마자 그녀는 병원으로 직행해야 했다. 기력이 다해서 링거를 한 병 맞아야만 다음 시간을 버틸 수 있음을 스스로 잘 알고 있다. 고단위의 비타민과 아미노산 수액을 맞고 일어났다. 겨우 기력을 회복하고 즐겨 다니던 '쟈크'에 갔다. 오늘은 몸에 안 좋다고 조심하던 단팥빵을 고르며 나를 쳐다본다. 나도 같은 걸 집어 들고 눈빛으로 화답했다. 먹고 싶은 건 먹어야지, 암만!

커피를 마주하고 우리는 이 세상에서 소망할 수 있는 마지막 믿음에 대해 깊은 교감을 나누었다. 그녀가 내게 말하는 것이 아니라, 말이 그대로 나올 수 있도록 그녀가 자기 입술을 내버려 두고 있는 것처럼. 조금은 원망과 회한의 울부짖음도 있으련만, 어떤 의심도 없는 시간이었다. 어떻게 죽음을 예감하는 상태에서 저렇듯 순수한 믿음을 피력할 수 있을까. 숨 쉴 틈 없이 밀려드는 고난 앞에서도 입술로 범죄하지 않은 욥의 심정일까. 지나간 모든 죄를 회개하고 용서를 빌던 어느 날, 하나님은 '죄'라는 건 없다는 목소리를 들려주셨다고 한다. 스스로 어떤 이유도 찾지 말라고 하셨다는 말을 할 때, 그녀의 눈에 가득 일렁이던 눈물이 흘러내렸다.

그러다가 요양원에서 지낼 때 유난히 식탐이 많았던 환우 이야기를 하다가 우리는 동시에 웃음을 터뜨렸다. 그 순간, 너무나 행복한 느낌이 다가와 이 순간이 다음에도 계속 이어졌으면 좋겠다는 바람이 또 아픔처럼 밀려왔다. 이 시간 우리에게 이어지고 있는 이 끈끈한 유대감의 정체는 무엇일까. 세상의 모든 슬픔과 괴로움은 더 이상 우리들의 이야기 속에는 없다. 즐겁고 행복한 순간만을 그녀에게 한 번이라도 더 주고 싶다. 그녀 안에는 이미 그녀의 고통을 두 팔 벌려 안아 주시는 분이 계시기 때문이다. 신기하게도 이야기를 하는 동안은 그녀를 괴롭히던 기침이 사그라들었다.

다섯 시 반 저녁식사 시간에 맞춰 다시 요양원으로 돌아오면서도 이야기는 계속 이어졌다. 휘이휘이 앙상한 팔을 저으며 진지하게 예수님의 사랑에 대해 깨달음을 피력하는 그녀의 얼굴은 나의 동의에 힘입어 훨씬 밝아져 있었다. 요양원에 도착하여 헤어지면서 그녀는 언제나 그렇듯, "고마워, 친구야, 사랑해!" 그런다. 어쩌면 오늘이 마지막이 될지도 모른다는 예감에 줄곧 휩싸였던 나는 힘주어 말했다. "응, 나도, 사랑해!"

돌아오는 길에 아침에 보았던 새가 생각났다. 콩콩콩 꼬리를 땅에다 찍으며 차도에서 장난치듯 호로록 날았다, 앉기를 반복하던 그 작은 새는 다시 보이지 않았다. 아침에 급히 나가느라 어질러진 집안에 들어서자마자, 두 손에 얼굴을 파묻고 주저앉았다.

원동역(驛)

내겐 언제나 봄날이었던, 진달래가 흐드러지고 매화가 벌어지던 그곳에 또 내렸다. 어깨에 늘어진 가방의 무게조차 느낄 수 없는, 분리된 의식이 고개를 들며 천천히 발걸음을 따라온다. 마치 오랜 흑백 사진을 응시하듯, 역 앞의 파출소, 우체국을 눈 속으로 접어 넣는다. 길가에 늘어선 키 낮은 상점들도 나를 쏘아본다. 낡은 분식집 문 위에 달린 환풍기의 어지러운 소리조차 내 마음속에 열렸다 닫히곤, 다시 열리는 기억들을 소환하고 있다. 그리운 얼굴들이, 마치 지금도 이곳에 오면 만날 수 있을 것만 같은 얼굴들이 몹시도 간절하다.

언제부터인지 모른다. 가슴 밑바닥을 쓰윽 훑고 지나가는 통증이 계속 이어질 때쯤이었던 것 같다. 놔두면 괜찮으려니 했는데 점점 더 깊어지는 증세가 나를 이곳으로 데리고 왔다. 덧나면 오히려 더 감당할 수 없을지 몰라도, 꽃샘추위만 지나면 바로 기차를 타겠다고 긴 겨울 동안 수없이 다짐했던 곳이다. 역 앞에는 늘 그렇듯 낡은 버스 한 대가 서 있고 반쯤 벗겨진 봄날만 있을 뿐, 나를 반겨주던 사람들은 어디에도 없다.

도시에서 온 듯한 젊은 남녀가 진달래 화전을 부친다고 써 놓은 가게를 기웃거린다. 노랑, 핑크빛 배낭을 멨다. 여전히 꽁 꽁 언 고기를 대패질해서 팔고 있는 정육점을 지나 낡은 노래 방 간판을 보자 문득, 칼날에 베인 듯 사무치게 다가오는 그리 움에 현기증이 인다. 따뜻하고 평화로운 햇볕, 부드러운 봄바 람에 더욱 간절해지는 사람들의 부재. 우린 산이나 물가 어디 에서건 만나면 노래하고 즐거웠지. 식사 도중에도 갑자기 손짓 하며 가만가만 부르던 노래의 한 소절이 지금, 농협 간판 위로 날아간다. 큰 개 한 마리가 무심히 한길을 지나가는 오후다.

3년 전, 온 산이 매화꽃으로 물들 때, 우리는 만났다. 역에서 자동차로 15분 정도 산길을 따라 올라가는 토곡산 중턱에 있는 요양원에서. 대수술한 지 얼마 안 된 내가 혼자서 살아갈 수 있 을지 반신반의하면서 들어갔던 마을. 지치고 병든 몸을 추스르 러 찾아간 요양원에서 알게 된 그들은 나를 부러워했었지. "언니 는 우리 중에서 제일 행복한 사람이에요!" 그러고 보니 나만 암 환자가 아니었다. 그래도 그들은 왜 그렇게 밝고 씩씩했는지.

그들은 밥만 먹으면 무리를 지어 걸었다. 앞서거니 뒷서거 니 어린아이들처럼 순전한 마음이었지. 내 인생에 과연 언제 그렇게 아무 생각 없이 좋기만 했던 적이 있었던가. 우스갯소리에 킥킥거리다가도 누가 먼저랄 것도 없이 노래를 부른다. 이미 각자의 병명은 잊은 채, 생이 얼마 남지 않았다 해도 아랑곳하지 않았다. 운다고 해서 달라질 것은 아무것도 없음을 다들 잘 알고 있었다. 그래서 일출은 그토록 숙연하고, 일몰은 아름다웠지. 연달래 나뭇가지의 흰빛조차도 곧 다가올 아픔을 일러주고 있었지만, 귓등으로도 듣지 않았다. 이제는 다시 못 올 길로 간 그곳에도 이처럼 진달래가 피었을까. 애써 제쳐 두었던 그때 그 아픔이 지금 멀리 산허리를 돌아와 나를 감싼다.

작년 여름, 이곳 늘밭마을에 주문했던 매실을 서울에서 택배로 받았다. 여기서 함께 지냈던 사람들의 부고를 이미 하나하나 받았었고, 마지막 남은 이의 부고를 듣던 날이었다. 포대 안에 둘둘 말려 들은 열매들은 온갖 추억의 냄새를 풍기며 쏟아졌다. 미친 듯이 내게로 달려들던 그 추억들처럼 매실을 끌어안고 느닷없이 울던 날, 기차를 타야겠다고 생각했다. 그냥 아무 생각도 없이 순한 바람 속에 내 몸을 실어야 했다. 나무 아래에서 포대 안으로 매실을 쓸어 담던 할머니의 거칠게 튼 손만 봐도 위로가 될 것 같은 그곳으로.

길가에 매화 축제를 알리는 플래카드가 사람들을 내려다보고 있다. 이 축제가 끝나면 열매가 열리고, 또 매실 축제를 알리는 플래카드가 이어서 걸리겠지. 늘밭마을로 올라가는 길에 아낙들이 군데군데 봄나물을 펼쳐놓고 앉아 있다. 푸른 물이 뜯겨 나온 그 부드러운 살을 입에 넣고 씹자, 내 생애 그토록 아름다운 시간이 다시 올지 의문스러웠던 그 추억들이 쌉싸름히 묻어나온다. 마침내 엉개나물 한 소쿠리 앞에 놓은 할머니의 두텁게 튼 손등을 만났다. 나는 가방에서 지갑을 꺼낸다. 내가 가진 것이라곤 이제는 무의미해진 봄날과 맨 지갑뿐.

봄빛이 또 예리하게 가슴을 자르고 간다. 툭! 치면 쏟아질 것만 같은 슬픔이 아직도 밀려다닌다. 살붙이들처럼 정겨웠던 그때 그들은 다 어디로 갔나. 그 순전한 눈매로 기쁨에 빛나 웃던 얼굴들이 이제 다시는 아픔으로 일그러지지 않아도 되니 다행이려나. 정말 가기는 간 건가 보다. 어디를 둘러보아도 다시는 볼 수가 없으니.

멀리 원동교회의 첨탑이 햇빛에 부딪혀 눈이 부시다. 교회 목사님과 신도들이 해주시던 돼지국밥이 먹고 싶다. 아, 왜 혼자만 왔냐고 물으면 뭐라고 대답하나. 그냥 발길을 돌리자. 다시 또 그렇게 아프면 안 된다. 순전하게 주고받았던 마음자리라도 잘 간직해야지. 부드러운 바람이 여전히 산골의 저녁을 휘감아 돈다.

Ⅲ.

민주당 좌파 여인들

무수한 잎을 은빛 강물에 반짝이며
서 있던 자작나무. 추운 산림대에서 자라는 북쪽 지방의 나무가
어떻게 예까지 내려와 뿌리를 내렸을까.
궁금하면서도 반가운 마음에 다가간 순간,
낯설고 특이한 모양이 먼저 눈에 들어왔다.
희고 매끈한 나무껍질에 흑갈색으로 도드라진 그것은
분명히 눈동자였다.

자작나무 눈동자

숲에서 소리가 난다. 산 정상을 가린 채, 빼곡히 둘러선 나무들이 울리는 잎사귀들의 함성이다. 바람을 따라 일제히 일어나던 그 소리는 이내 자작자작, 잔불 타는 듯한 수런거림으로 잦아든다. 이따금 새들이 날카롭게 우짖는 파열음이 숲의 적막을 깨운다. 잠시 나뭇등걸에 걸터앉았다. 스르르 눈을 감자 이내 까마득한 심연으로 빨려드는 듯한 현기증이 인다.

이십여 년을 함께 한 글벗들과 찾은 인제의 자작나무 숲속이다. 삶의 언저리에서 서로를 격려하며 바라봐주었던 벗들은 언제 보아도 고맙고 든든하다. 그러면서도 가슴 한편에는 오래 전에 찍혔던 아픔이 한 점 매달려 있었다. 언젠가 세월이 지나다 보면 한 번은 말할 수 있으려니 했던 일이다. 그런데 사흘을 함께 지내는 동안 이렇듯 마음이 편안한 걸 보니, 그 일은 이미 내 마음속에서 사라진 게 분명하다. 그리움도 오래 되면 바래듯, 아팠던 기억도 그렇게 삭아버렸나 보다.

산 정상을 가리며 비탈에 사열하듯 늘어선 나무의 하얀 껍질이 주변을 환하게 밝힌다. 나무들은 조금이라도 더 햇빛을 받기 위해 하늘로 발돋움하는 존재다. 그런데 어쩌려고 그나마 누수처럼 새어든 빛을 반사하는 옷을 입었을꼬. 글벗 중 한 선생님이 대답한다. "나무들도 옆지기가 필요해서 그랬던 게야." 맞다. 그래야 모진 폭풍우도 서로 의지할 수 있지 않은가. 덕분에 다닥다닥 붙어 있는 나무들 사이에 빛이 넘나든다. 넓은 들판에 홀로 서서 그 많은 빛을 혼자 다 받아들인 나무는 이해하지 못할 우정이 넘실거린다.

몇 년 전, 바이칼호숫가에서 자작나무 군락지에 들어간 적이 있었다. 핀란드의 어느 산허리를 달리면서 버스에서 바라보았던 자작나무숲과는 판이한 광경이었다. 숲은 정령들이 숨어서 우리를 바라보고 있을 것만 같은 신비한 생명력을 품고 있었다. 러시아 아가씨들이 금방이라도 까르르 웃음을 터뜨리며 나올 것 같은 밝고 사랑스러운 빛이었다. 울창한 숲인데도 빛이 넘실거리고 있는 차가운 대기는 가히 '숲의 귀부인'이라 불릴 만큼 도도한 기운을 품어내고 있었다. 북유럽의 백야만큼이나 신비로운 체험이었다. 그러나, 외국 여행의 길목에서만 보았던 자작나무의 인상이 정작 내 마음을 전율케 한 곳은 양평의 남한강 가였다.

무수한 잎을 은빛 강물에 반짝이며 서 있는 자작나무. 추운 산림대에서 자라는 북쪽 지방의 나무가 어떻게 예까지 내려와 뿌리를 내렸을까. 궁금하면서도 반가운 마음에 다가간 순간, 낯설고 특이한 모양이 먼저 눈에 들어왔다. 희고 매끈한 나무 껍질에 흑갈색으로 도드라진 그것은 분명히 눈동자였다. 슬픈 듯하면서도 강한 생명력이 느껴지는 눈빛까지 필시 사람의 것과 다를 게 없었다. 얼어붙은 듯, 깊은 전율에 싸여 바라본 커다란 동공에는 예리하게 그려진 홍채까지 뚜렷했다. 아득한 옛날에 차디차게 얼어붙었던 땅을 추억하는지, 동공을 둘러싼 선의 회오리는 깊고도 서늘했다. 어떤 사연을 품었기에 저토록 애절한 눈빛을 가졌나. 저릿해져 오는 느낌을 안고 나는 그 앞을 서성거렸다. 나무 뒤로는 잔잔히 출렁대는 강물에 담청색 어둠이 내리고 있었다.

나무들의 생장 과정에서 수간에 형성되는 측지 중에는 끝내 살지 못하고 고사하는 것들이 있다. 말하자면 자작나무의 그 눈동자는 아직 떨켜가 형성되지 않은 상태에서 가지가 떨어져 나간 흔적이었음을 나중에 알았다. 악물었던 잇자국만큼 신명하게 남은 그 상처에는 곧 세포들이 집중적으로 모여들면서 서서히 벌어진 부위를 메워나간다. 그리하여 가지가 떨어져

나간 자리는 나무의 무늬를 따라 소용돌이치듯 굳어지면서 지문을 남긴다. 귀에 박힌 말이나 가슴에 맺힌 상흔처럼 패인 자리가 나중에는 더 단단한 옹이가 되는 것이다. 줄기뿐 아니라 마음의 상처까지도 단단하게 만드는 자연의 섭리다.

문득, 남한강 가의 그 눈빛이 생각나 두리번거려 본다. 한때는 싱싱한 나뭇가지가 뻗어 나간 시작점이었을 그 눈동자가 이곳에도 분명히 있을 것이다. 그러나 야수파 같은 터치의 검은 형체만 여기저기 튀어나와 있을 뿐, 결기에 찼던 그 눈동자는 어디에도 없다. 마치 내 마음까지 들여다보는 듯했던 그 선명한 눈빛! 그것은 어쩌면 나뭇가지에 걸려 굴곡져 있던 노을만큼이나 힘들었던 그때의 내 마음은 아니었을까.

삶이란 씨줄 날줄처럼 엮인 사람들과 함께 부대끼면서 살아가는 과정이다. 그 속에서 때로는 상처를 받고 가슴속 한가운데에 큰 돌이 얹히기도 한다. 무얼 그리 힘들까 싶은 하찮은 일이라도 사람마다 얽힌 인연 따라 그 차이가 다른 걸 어쩌랴. 상처는 누가 더하고 덜하고의 차이 없이 다 아프다. 깊고 깊어서 덧날 것만 같았던 그 자리도 세월 속에서 아물어지는 이치를 생의 한가운데서는 알기 어렵다. 그때는 몰랐던 것을 나 또한 인생의 봉우리를 넘어서야 깨닫는다. 상처는 세월이 지나서야 열어보게 되는 선물이라고. 오래 전, 내 상처는 세월에 바래 날아간 게 아니라, 깊었던 만큼 단단히 아문 눈동자가 된 듯하다.

문득, 이십여 년을 함께 해온 글벗들을 다시 바라본다. 뒤틀림 없이 수려하게 뻗은 자작나무 같은 모습들이다. 그동안 한결같이 맺어온 인연의 고리가 얼마나 단단한지, 서로 눈빛만 봐도 알 수 있는 고마운 사람들이다. 그들이 지금 내 옆에 있다는 충일감에 가슴이 벅차오른다.

바람이 또 서로 스크럼을 짜고 있는 숲을 흔들고 지나간다.

진달래와 할아버지

우리 집은 앞마당에 백 년은 족히 넘은 듯한 둥치를 지닌 다섯 그루의 소나무가 담을 두르고 있어 동네에서 소나무집으로 불린다. 처음 이곳으로 이사 올 때만 해도 이웃집들이 다 우리와 같은 수목을 자랑하는 주택으로 어깨를 나란히 하고 있었다. 2층 테라스에서 옆집을 내려다보면 그 집 정원이 곧 우리 마당처럼 서로 바라볼 수 있어서 좋았다. 덕분에 새들이 이집 저집으로 날아다니며 우짖는 소리를 들을 수 있어서 도심 같지 않은 전원의 즐거움도 누릴 수 있었다. 그런데 불과 몇 년이 지나지 않은 지금은 사정이 완전히 달라졌다. 그 아름답던 집들이 모두 사라지고 빌라로 바뀌어 달랑 우리 집만 섬처럼 남게 된 것이다. 그나마 다행은 우리 집 뒤쪽 구역에 백 평이 넘는 단독 주택이 하나 있어서 위안이 된다. 혹시 그 집도 없어질까 은근히 신경을 쓰며 외출할 때마다 부러 그쪽 길을 택하곤 한다. 가을이 오면 늘 우리 집보다 먼저 가지치기를 한 그집의 수려함을 보고서야 나도 서둘러 정원 손질을 할 정도로 잘 꾸며진 집이다. 그런데 아니나 다를까, 그렇게 보기 좋았던 그 집마저 덜컥 팔렸다.

획일적인 모양의 빌라나 아파트 단지와는 달리 잘 가꾸어진 단독 주택은 각기 다른 모습의 아름다움과 정겨움을 지니고 있다. 그런데 그 좋은 집들이 건축업자에게 팔리면 하루아침에 부서진다. 같은 동네에서 그 풍취를 완상하면서 걷던 즐거움마저 사라져 버린 나로서는 안타까운 일이 아닐 수 없다. 그 집은 우리 동네에 제일 먼저 봄을 알려주는 전령사였다. 담장 밖으로 늘어져 내린 영춘화가 노란 꽃잎을 터뜨릴 때마다 내 마음에도 봄이 찾아오는 듯했다. 곧이어 붓끝처럼 오므린 꽃봉오리를 내밀던 진달래가 활짝 필 무렵이면 봄은 이미 지천으로 흐드러질 채비가 된 것이다. 칙칙한 겨울의 끝에서 보는 연분홍 진달래꽃의 산뜻한 느낌은 깊은 산골짜기에 수줍게 피어난 진달래와는 또 다른 매력으로 내 마음을 항상 사로잡았다.

그 집 마당에 우거진 다른 훌륭한 나무들보다 그 진달래꽃에 애착이 가던 나는 생각다 못해 그 집을 계약해준 이웃의 부동산중개업소 여사장을 찾아갔다. 기왕에 건축업자에게 팔고 가는 집이니 진달래 나무를 얻어 달라는 청을 넣었다. 얼마 안

있어 돌아온 답은, 이미 그 집을 오랫동안 관리해 온 조경업자에게 정원의 모든 수목을 양도하였으나 이웃의 부탁이니 그 진달래나무만은 내게 주겠다는 것이다. 그 말에 나는 횡재라도 한 것처럼 팔짝 뛰었다.

이윽고 그 집이 이사 가는 날, 새벽부터 굴착기가 시끄러운 소리를 내며 정원수와 자갈들을 파헤치고 있었다. 부산하게 윙윙거리는 소음을 무릅쓰고 인부 중 정원사임직한 노인에게 진달래 나무를 가져갈 이웃이라고 인사를 했다. 그러자 노인은 주인에게 아무런 말도 들은 바가 없지만 정 원한다면 그냥 가져가라고 하신다. 부동산 여사장의 말과는 달리 주인에게서 아무 말도 듣지 못했다는 말에 내심 의아했지만, 저 큰 나무를 혼자 감당할 수가 없어 난감했다. 그런 나의 마음을 읽기라도 한 듯, 노인은 성큼 인부를 한 사람 대동하고 부러 우리 집까지 오셔서 정성껏 심어주고 가셨다.

그렇게 내 집 마당에 심어진 진달래 나무는 애초 생각했던 것보다 더 튼실하고 키가 커서 마당 한 편을 보란 듯 환히 차지하였다. 자상한 그 어르신의 배려가 생각할수록 고마웠다. 나뭇값은 차치하더라도 수고비는 드려야겠다는 생각에 약소하나마 얼마간의 돈을 넣은 봉투를 들고 찾아갔더니 웬걸, 단

박에 사양하신다. 몇 차례 실랑이가 오간 후 할아버지는 담배를 한 개피를 입에 물으시며 "이런 담배라면 또 모를까, 돈은 아니야!"라며 고개를 저으신다. 이때다 싶어 얼른 담배 이름을 여쭙자, 이제는 그것도 괜찮다며 담뱃갑을 주머니에 도로 넣어버리신다. 이건 아닌데, 하는 아쉬운 마음이지만 도리 없이 고맙다는 말씀만 다시 드리고 돌아왔다. 진달래꽃은 그 집 담장 밖으로 활짝 고개를 내밀어 나와 마주치던 그 모습 그대로 우리 집 마당에서 나를 맞이했다. 이제 한 식구가 된 듯, 앞으로 살갑게 정을 주고받을 생각을 하니 흐뭇했다. 커피를 내려 정원 의자에 앉아 진달래 나무를 바라보니 가슴 밑바닥에서 알싸한 기쁨이 진하게 솟구친다. 아, 진달래 한 그루에 이렇게 행복할 수 있다니.

그런데 마음 한 귀퉁이가 계속 불편하다. 사십여 년이나 정원을 관리해 주셨다는 할아버지께서 나무를 심어주시는 내내 표정이 어두우셨던 게 생각난다. 돈이 아주 많다는, 그래서 그 아름다운 주택을 팔고 강남 어딘가로 이사한다는 집주인이 나뭇값으로 잔돈푼까지 쳐서 받는 바람에 서운한 마음이 들었다고 하셨다. 그리고 보니 저 진달래 나무는 그 집주인으로부터가 아니라 정원사 할아버지에게서 얻은 셈이 아닌가. 게다가 직접 수고까지 해주셨는데 내가 너무 무심한 게 아닌가, 하는 생각이 또 들었다. 다시 뵙고 고마움을 표시할 수도 없는 분인데 막연히 따뜻한 인정으로 간직하고 말기엔 뭔가 개운치 않았다. 내가 누리는 기쁨만큼 그 할아버지께도 즐거움을 드려야겠다는 마음에 담배 가게로 발걸음을 옮겼다.

웬 담배 종류는 그리 많은지. 할아버지께서 잠깐 보여주셨던 그 담배와 비슷한 색깔과 모양의 것을 고르려니 딱히 이거다 싶은 게 없다. 가게 점원은 자꾸 담배 이름이 뭐냐고 묻는다. 그걸 알면 내가 왜 이러고 있겠는가. 석연치는 않지만, 얼추 이거다 싶은 것을 사서 아까 드리려던 봉투까지 얹어서 다시 그 집을 찾았다. 그런데 아뿔싸, 인부들과 할아버지는 벌써 일을 끝내고 모두 철수한 게 아닌가. 낭패였다.

어떻게든 건네드리고 싶은 마음에 이웃의 부동산중개업소를 다시 찾아갔다. 팔고 간 집주인을 통해서라도 정원사 할아버지의 연락처를 알고 싶어서였다. 그런데 웬걸, 그 부동산중개업소의 여사장이 그 집주인은 자기 대(代)에서만 잘 먹고, 잘 살고 말 파렴치한 인간이라며 험한 말을 퍼부었다. 보아하니 집주인이 중개수수료를 깎으려고 몇 시간이나 버티고 앉아 있는 바람에 마음 약하고 성질 급한 여사장이 그만 감정을 상한 모양이다. 결국, 부자는 수수료를 원하는 만큼 깎고 돈 없는 자기만 손해를 봤다는 푸념을 하며 붉으락푸르락 거린다. 그런 그녀를 통해 집주인에게 부탁해 전화번호를 알아내긴 글렀다.

돌아서는데, 사십여 년이나 정원을 돌봐 준 할아버지께도 주인이 저런 식으로 서운케 했을 거라는 생각이 들었다. 마당에 있는 나무마다 값을 매겨 잔돈푼까지 다 받아내던 그 주인에게 몹시 서운한 마음이 일었다는 말씀이 떠오른다. 부동산 여사장과는 달리 천천히 혼잣말하듯 하시던 그 목소리에 왠지 나까지 미안해졌다. 그렇게 좋은 집에 살던 그 주인은 연세가 일흔여섯이나 된다는데 왜 그렇게 인색하여 주변 사람들의 마음을 상하게 해놓고 떠났을까. 그 집주인과는 아무 상관도 없는 나까지 괜히 부아가 난다.

대문을 열고 마당에 들어서니 잠깐 잊었던 진달래 나무가 한껏 자태를 뽐내며 나를 반긴다. 신기하게도 그 모습이 나무가 아닌, 정원사 할아버지의 얼굴로 환하게 다가온다. 단순한 꽃이 아닌, 작은 느낌표를 던지는 얼굴이다. 부자의 얼굴에서는 나올 수 없는 그 잔잔한 느낌표 하나 덕분에 삶은 다시 온화해진다. 훤칠한 체격의 그 할아버지만큼 진달래도 우리 집

울타리 밖으로 자라나 그 느낌표를 무수히 전해줄 것이다. 미국에 이민 떠난 지 삼십 년이 넘도록 진달래꽃을 그리워하셨다는 큰시누님께도 전해드려야지.

아, 그런데 이 고마운 마음을 할아버지께 전할 수 있는 길이 없으니 어쩔거나! 나 혼자만 담배를 들고 혼자 서성거리는 모습이라니! 해는 벌써 기울어지고.

새끼 고양이

왜 또 왔을까. 후미진 도시의 골목길에서라도 끈질기게 살아
갈 것이지, 애물단지를 만난 것처럼, 나도 모르게 한숨이 나온
다. 녀석은 보름 남짓 전, 한파가 심했던 날에도 우리 식당 환
풍구 위에서 저렇게 울고 있었다. 그날도 달리 뾰족한 방법이
떠오르지 않아서 퇴근길에 집으로 데려갔다가 밤새 우는 통에
다시 데려와 놓아주었던 녀석이다. 목욕을 시켜놓으니 유난히
눈부셨던 흰털과 에메랄드색 눈빛이 형형했던 녀석이 생각난
다. 지금은 천장의 갈라진 틈새를 막아났기 때문에 내려오지
도 못하고 그 속에서 소리만 내고 있다. 아침부터 하늘이 잔뜩
흐려 있더니 함박눈이 내리기 시작하는 설 연휴라 가게는 손
님들로 가득 차 있다. 그렇지않아도 녀석이 궁금했던 차에 내
심 반갑기는 했지만 바쁘기도 해서 모른 척, 내버려 뒀다.

여기저기 흩어져 있던 가족들도 오늘 같은 날은 모두 한자
리에 모여서 정을 나눈다. 그러나 서울대 앞에 있는 우리 가게
는 고향에 내려가지 못하는 학생들로 다른 날보다 더 북적댔

다. 주방에서 나오는 훈김으로 유리가 자욱해진 가게는 종일 흥성한 열기에 차 있었다. 그 안에서 간혹 울어대는 고양이 소리는 어두워지는 창밖의 눈발과 함께 부지불식간에 옛 기억 속으로 빠져들게 한다.

딸내미 중학교 진학 때문에 경기도에서 서울로 막 이사했을 때였다. 학교 정문 앞에 있는 조그만 주택이었는데 이 집에는 터줏대감 같은 도둑고양이가 천장에서 살고 있었다. 그걸 알리 없었던 나는 이사 온 첫날부터 들리는 고양이 소리에 적잖이 놀랐다. 고양이라면 어릴 적 엄마가 키우던 나비 외에는 가까이해본 적이 없었다. 노란 털에 줄무늬를 가진 나비는 마당에서 쥐의 기색만 느껴지면 순식간에 공처럼 튀어나가 금방 쥐를 물고 오곤 했기에 나는 어린 나이에도 질색을 했다. 고양이가 아니라 쥐가 끔찍하게 싫었다. 갓 잡아서 아직 죽지 않은 쥐새끼를 마당에서 주둥이와 앞발로 요리조리 떠밀고 낚아채며 희롱하다가 물고 마루 밑으로 들어가면 한참 동안 나오지 않았다. 나중에야 녀석이 마루 밑에서 무얼 했는지 알게 되었다. 그럴 때면 내 이불 속에서 갸르릉거리는 소리가 조금만 들려도 나는 자다 말고 등골에 물을 끼얹은 사람처럼 비명을 지르며 깨어나 울곤 했다. 어디서 어떤 쥐를 잡아먹었을지 모를 그 입에서 나오는 숨소리에 기겁을 했던 것이다. 그래도 나비는 방에서 엄마의 털실 뭉치를 갖고 화닥화닥 놀다가도 여전히 저를 싫어하는 내 이불 속으로 기어코 들어와 천연스레 잠을 자곤 했다.

어느 날, 딸아이의 반 임원회를 마치고 엄마들 대여섯 명이 우리 집으로 와서 커피를 마시고 있을 때였다. 갑자기 목젖을 짜내는 듯한 고양이 소리와 함께 천장 속에서 우르르르 갔다가 다시 와르르르 오는 소리가 우레처럼 들려왔다. 나름대로 한껏 멋을 부리고 우아한 미소로 첫 모임을 하던 엄마들은 비명 속에 거실 여기저기 벗어놓은 옷들과 가방을 들고 혼비백산하여 뛰어나갔다. 나도 그녀들 못지않게 혼이 나갔지만, 덕분에 어떻게든 저것들을 이 집에서 내보내야겠다는 결단을 내리게 되었다.

날이 밝자 수소문해서 부른 인부 두 명이 거실 천장을 뜯었다. 몇 십 년은 묵었을 법한 시커먼 먼지가 천장 벽지와 함께 우수수 떨어져 내렸다. 반자 속에 얼키설키 세운 각목들이 길게 늘어선 보꾹 위쪽에 제법 넓은 구멍이 보였다. 그곳으로 고양이들이 드나들었던 모양이다. 그 구멍만 막으면 녀석들이 들어오지 못할 것이 확실하니 그리 지시하였다. 드디어 골칫

덩이 녀석들을 쫓아낼 생각에 한시름을 덜고 있는데 갑자기 인부들이 나를 부른다. 거두절미하고 올라가서 좀 보라는 말에 사다리를 타고 올라가서 천장 속을 들여다보았다. 순간, 내 눈은 어둠 속에서 잔뜩 겁먹은 채 푸른 안광을 내뿜고 있는 호 동그란 눈망울들과 정면으로 마주쳤다. 천장 끝에서 저들끼리 뭉쳐서 일제히 나를 바라보는 새끼 다섯 마리! 아, 섬뜩하면서도 놀란 가슴에 그만 다리에 힘이 풀려서 사다리에서 떨어질 지경이었다. 인부들이 어떻게 해야 하냐고 다그쳐 물어도 나는 어찌해야 할 바를 모르고 마당에서 서성거리기만 했다. 저 어린 새끼들을 내쫓아야 하는데 웬일인지 선뜻 내키지가 않은 것이다. 하찮은 짐승이라고 예전에는 증묘까지 했다지만, 저 어린 것들을 어찌해야 하는가. 하는 수 없이 천장을 다시 덮을 수밖에 없었다. 그 이후로 녀석들 소리가 들릴 때마다 나는 어쩔 수 없었던 그때의 심정으로 되돌아가곤 했다.

어느 날, 에미가 다 자란 새끼들을 떼어내려고 했는지 기왓장 밑으로 나온 새끼들이 한 마리씩 마당으로 떨어지는 것이 보였다. 공중곡예를 하듯 원을 그리며 날렵하게 떨어진 새끼들은 바로 도망치듯 뿔뿔이 흩어졌다. 그 민첩함을 보며 고양이도 야성이 있는 짐승이었지, 하는 생각이 들었다. 그런데 그

중에 한 놈은 웬일인지 도망치지 않고 계속 마당에 남아서 빌빌거렸다. 마당에는 한 살 된 진돗개가 한 마리 있었는데 어디서 있다 나왔는지 그 녀석을 붙잡고 있었다. 진돌이는 마당에 가끔 침입한 생쥐를 잡아서 마치 전리품인 양 자랑스럽게 주인 앞에 내보이곤 했던 녀석이다. 하지만 짧은 털을 곤추세워 하악거리며 야성의 본능으로 맞서는 새끼 고양이를 어찌해야 할지 몰라선지 몹시 허둥대고 있었다.

그렇게 첫 만남이 이루어진 이 두 놈이 서로의 냄새에 익숙해지며 종래는 친구가 되었다는 사실이 놀랍다. 견묘지간, 자고로 상극의 악연이라고 하는 앙숙인데 어찌 그리 친하게 지내는지. 거실에서 가만히 지켜보면 마당에서 목청껏 비명을 질러대는 고양이 놈이 가관이다. 아무래도 죽이나 보다 싶어서 나가보면 진돌이가 물고 자근거리기만 뿐, 상처를 입히지는 않았다. 그러다 놔주면 고양이가 먼저 또 할퀴고 도망가는 꼴이 마치 사랑싸움을 하는 듯했다. 밥을 주면 고양이가 먹고 물러날 때까지 진돌이는 의젓하게 기다리다가 남은 밥을 마저 핥아 먹는다.

어느 날, 피곤해진 고양이가 진돌이 배 위에 포개듯 엎드린 채 두 녀석이 포도나무 그늘에서 늘어지게 낮잠을 잔다. 그러다가 나무 위에서 기회를 노리던 참새가 밥그릇에 내려앉을라 치면 어느새 두 녀석이 화다닥 참새를 쫓는다. 화르륵 날아가는 참새를 따라 포도나무 덩굴 위로 날렵하게 뛰어오른 고양이는 진돌이의 애무에 몸살을 하면서도 여전히 진돌이의 품속으로 다시 돌아온다. 누가 개와 고양이가 앙숙지간이란 말을 했던가 싶을 정도로 환상의 짝꿍이었다. 뜨거운 여름, 마당에서 혼자 어슬렁거리다가 낮잠이나 자곤 하던 진돌이의 생애에 아마 그때처럼 행복한 적은 없었을 것이다

문득, 정신을 차리고 영업이 끝난 주방 환기구 위 널반자를 치우고 녀석이 내려오길 기다렸다. 그러나 녀석은 좀체 모습을 드러내지 않았다. 먹이를 환풍기 위로 놓으며 유인하자 그제야 천장 속에서 시커멓게 때 묻은 얼굴을 들이미는데, 몰골이 가관이다. 새하얗던 털은 간데없고, 목덜미에 상처까지 입은 채, 게걸스럽게 밥을 먹는 꼴이 그동안의 사정을 짐작케 했다. 지 에미는 못 찾아도 이곳으로 오는 길은 어떻게 알고 또 찾아왔을까.

뒤로 살짝 가서 목과 다리를 꽉 잡았다. 사납게 물면서 거세게 반항하던 저번과는 달리 이번에는 저항이 없다. 움찔 놀라기만 할 뿐, 야윈 몸을 맡긴 녀석의 해쓱한 눈은 야단맞은 아

152

이처럼 게슴츠레하다. 마치, 이제 나를 당신 마음대로 해도 좋아요! 라고 말하는 것 같은 표정이다. 표범같이 날랜 발톱으로 칠흑 같은 밤에도 올빼미처럼 눈 밝혀서 먹이를 잡아야 할 녀석이 한껏 움츠린 꼴이라니. 어디에도 길들지 않았던 야성은 어디로 갔나. 따뜻한 이불 속도 마다하고 울기만 하더니 고생만 죽도록 한 모양이다. 어쩌랴, 춥고 허기져 찾아온 놈이니 내칠 수도 없다. 또 상자에 담아서 집으로 데려갈 수밖에.

아직 추위가 매서우니 지하실에 넣어두고 길러야겠다. 마음 약한 내 탓으로 또다시 고양이와 한집에서 살게 되는가 보다. 팔자에도 없는 고양이 복이다. 새끼나 늘리지 말아야 할 텐데. 마당에 있던 진돌이는 이미 저 세상으로 가고 없는데.

고물이 주는 맛

이탈리아 음식점을 하는 우리 집에서 조금만 내려가면 골동품점이 하나 있다. 말이 골동품점이지 길가에 각종 잡동사니를 수북하게 쌓아놓은 고물상처럼 보인다. 가게 앞에는 돌확과 항아리 사이에 요염한 포즈로 서 있는 테라코타 여인상이 먼저 시선을 끈다. 소반처럼 작은 물건들이 유럽제 철제의자 위에서 비를 맞고 있다. 비닐이라도 덮어주면 좋으련만. 가구뿐 아니라 중고 가전제품도 각종 그릇이나 장식품들과 뒤죽박죽 섞여서 젖고 있다. 그 모습은 마치 세상 모든 이야기에 축축한 감정을 입혀서 길가에 쌓아놓은 것 같다. 지나가는 사람들을 그 이상한 감정으로 빠져들게 하여 끌어들이려는 건지도 모른다.

약간 내려앉아 기울어진 유리 출입문은 힘을 제법 써야 둔탁한 소리를 내며 옆으로 겨우 조금 열린다. 바닥에 깔린 부서진 물건들을 밟고 들어서면 틈만 겨우 내놓은 길 양옆으로 제법 값나간다는 골동품들이 산너미처럼 쌓여 있다. 고가나

고서적, 주물과 징, 거문고와 구제 옷, 가방과 신발, 보석처럼 반짝이는 장신구와 크리스털 제품들이 켜켜이 얹혀 있다. 그것들은 마치 선반 위에 곧 떨어질 것처럼 아슬아슬하게 걸쳐놓은 가방들만큼이나 위태롭게 보인다. 제일 안쪽에는 제법 값이 나간다는 유명 화가의 그림과 조각, 유럽제 앤틱가구와 밍크코트, 명품 유럽제 장식품, 달항아리와 브론즈 조각 등등. 그야말로 없는 게 없는 만물상이다.

몇 년 전, 이곳으로 이사 와서 넓은 마당을 채워줄 장식품이 필요해 처음으로 그 집을 찾아갔었다. 꽤 이름이 나 있다는 작가의 청동조각상을 몇 개 사고 화강석 모자상과 분재를 사고도 내 예산이 남을 정도의 값이 마음에 들었다. 지금도 비와 눈을 맞으며 든든히 마당을 지키고 선 녀석들을 보면 대견하다. 그런데 그 청동조각상의 작가를 잘 아는 분이 계셨다. 그분은 팔십 평생 수집해오신 골동품을 전시하기 위해 박물관을 여신 분이다. 평소에도 우리 마당에 있는 석탑이나 석등의 연대까지 추측해내시는 눈썰미가 예사롭지 않았다.

어느 날, 관장님을 모시고 그 골동품점에 갔다. 어쩌면 가게 앞 도로를 다 차지하듯 늘어선 잡동사니들이 너저분하여, 들어가기도 전에 발길을 돌리실지 모른다는 생각이 들었다.

하지만 웬걸! 그분의 눈이 매의 눈빛으로 변하는 걸 보았다. 천천히 전체적인 윤곽을 살펴보시더니 그 뻑뻑한 유리문을 열고 안으로 들어가셨다. 하이힐에 깃 달린 모자, 정장 차림으로 들어가기엔 썩 어울리지 않는 공간이었다. 겨우 들어갈 수 있는 틈처럼 난 길을 용케 헤치고 안으로 들어가신 뒤, 몇십 분이 지났다. 땀에 젖어 상기된 표정으로 나온 그분의 손에 물건이 들렸다. '福'자와 '壽' 자가 각각 새겨진 백자 그릇 두 개였다. 세월의 더께가 내려앉아 색이 좀 어두워지긴 했지만, 그릇의 모양이나 글자체가 여간 품위 있는 게 아니었다. 더구나 깨끗이 손질하여 박물관 진열장에 들어가 있을 때는 그 격이 달라져 있었다.

그 후, 관장님과 가까이 지내시는 분이 오셔서 함께 또 그곳에 들렀을 때였다. 그분 역시 골동품 수집에는 일가견이 있는 분이다. 일전에 고가구와 골동품으로 꾸며놓은 그분의 가회동 한옥을 본 적이 있기에 그 아취를 짐작할 수 있었다. 두 분은 또 그 뻑뻑한 문을 열고 곧 무너질 듯 아슬아슬하게 쌓여 있는 고물들 속으로 들어갔다. 따라 들어갈 엄두가 나지 않아 밖에서 기다리던 나는 그들의 손에 무엇이 들려 나올지 궁금했다. 몇십 분이 흐른 뒤 그분의 손에 들린 것은 달랑 놋주전자 하나였다. 언뜻 보아도 동그란 주전자 몸통이 손잡이와 함께 아담하면서도 예쁜 선을 가졌다. 산적해 있는 고물들 속 어디서 저런 물건을 골라내셨을까. 내심 놀라웠다. 허접해 보이는 고물 더미에서 건져낸 진기한 보물처럼 사람까지 달리 보였다.

다음날, 그분이 주전자 사진을 카톡에 올리셨다. 그런데 놀랍게도 주전자는 하나가 아니라 세 개였다. 큰 것과 작은 것 중간에 나란히 놓인 그 주전자는 다른 두 개와 원래 제 짝인 듯 잘 아울렸다. 구연산 용액에 담가서 닦았다는 말끔한 자태에 원래의 은은한 황금빛이 되살아나 볼수록 아름다웠다. 본인이 찾던 모양과 크기가 마침맞은 것을 발견했을 때의 눈빛과 감흥이 어땠을지 짐작이 가고도 남는다. 그 밝은 눈썰미가 놀라울 따름이다.

골동품은 희귀한 멋이 있지만 말 그대로 오래된 물건이다. 그동안 여러 사람의 손을 거쳐 돌고 돌아서 온 물건이라 선뜻 집에 들여놓기가 쉽지는 않다. 세월에 가라앉은 풍상이 죽음과 소멸에 대한 감정으로 이어지기도 하기 때문이다. 그런 것들과 잘못 인연이 엮이면 괜한 근심과 후회를 안게 되지나 않을까 하고 터부시하는 염려도 있다. 그러나 오래된 물건일수록 모호한 기호처럼 담긴 저마다의 흔적이 담겨 있어 사람들의 상상력을 건드린다. 그 속에서 문득 살아 숨 쉬는 빛과 아름다운 영감까지 자극하는 호기심이 발동할 때가 있다. 그때, 그것을 갖고 싶은 수집의 욕구가 일어난다. 그러한 탐닉의 눈길을 상점 주인은 용케도 잘 알아차린다. 어떤 집에서, 누구의 경로를 거쳐 나온 물건인지, 의미심장한 설명까지 곁들이는 주인은 마치 자신이 소장했던 물건인 양 열을 낸다. 그의 입담은 세월의 신비함까지 덧입힌 고물의 맛처럼 도저히 도달할 수 없는 경지에 올라 있다. 젊은 시절부터 골동품 수집에 미쳐 가산을 탕진하다가 아예 상점을 차렸다는 주인은 생김새마저도 영락없는 골동품상이다.

사람과 마찬가지로 물건도 오래되거나 쓸모가 다했다고 그 가치마저 사라진 건 아니다. 책상 하나라도 오랜 세월 대물림한 것을 보면 거기엔 반드시 그럴만한 이유가 있다. 좋은 재질과 훌륭한 솜씨로 만들어진 물건은 오랫동안 사람들의 관심을 받기 마련이다. 그 관심의 손길이 닿아서 만들어낸 속 깊은 결은 여인의 심성만큼이나 고운 멋을 자아낸다. 그런 물건을 골라내려면 웬만한 안목으로선 어림없는 일이다. 사람이든 물건이든 제값을 알아내는 것처럼 큰일이 있을까. 과시하지 않아도 저절로 빌산하는 멋을 포착해낼 심안의 시력은 아무에게나 있는 게 아니다. 수많은 시행착오를 무릅쓰고 손, 발품을 다 들여야 터득하는 큰 능력이다. 최순우는 "보다 깊고 높게 느끼어 바로 판단할 수 있는 마음의 소유자가 바로 안목을 지닌 사람"이라고 했다. 오래된 사기그릇과 놋주전자를 골라내 제 자리를 찾아준 분들의 마음자리가 새삼 귀히 여겨지는 이유다.

　새것은 새 물맛이 주는 설렘이 있지만, 볼수록 뭉근해지는 정은 역시 오래된 것에서 우러나온다. 골동품점에서 사 온 자개 사방탁자와 그 위에 놓인 도자기를 볼 때마다 드는 감정이다. 가끔 자개가 떨어져서 다시 붙이곤 하는 화초장 옆에 있어서 한층 더 은은한 조합을 이루는 것들이다. 그 자기들은 방 귀퉁이에 있어서 항상 이만치 떨어져서 보게 된다. 작은 달항아리만 한 투박한 백자는 조선 항아리의 호방한 모양새를 띠고 있어 볼 때마다 미소가 번진다. 가끔 이 녀석을 가만히 끌어안고 있으면 차가운 도자기의 질감 속에 오랫동안 버무려진 애틋한 감정들이 내 가슴으로 들어와 잔잔한 너울을 일으킨다. 고요한 시간 혼자서 즐기는 따뜻한 정감이다. 또 다른 도자기는 운학무늬가 새겨진 고려 상감청자 호리병이다. 얼마나 세월이 내려앉았는지 표면의 미세한 기포들이 터져서 노인의 피부처럼 난 잔 실금들이 자글자글하다. 그러나 푸른 빛이 은

은히 우러나오는 매끈한 선이 몸체를 따라 선회함은 아리따운 여인처럼 날렵하다. 그 옛날 이것을 만든 도공의 손길을 따라가듯, 볼수록 빠져든다. 그동안 어느 선비의 사랑방을 거쳐 예까지 왔을꼬. 도자기도 말을 할 줄 안다면 그 긴 시간을 여행하는 동안 자신을 고이 간직해온 사람들을 열거해줄 수 있으련만.

도자기만이랴. 뼈아픈 역사의 소용돌이를 견뎌온 크고 작은 문화재들은 어떠한가. 일제의 암울한 상황에서도 사재를 털어 우리 것을 지켜낸 간송, 교토 시내에 고려미술관을 세운 재일동포 정조문의 일화는 언제나 감동이다. 시대와 장소를 떠나 한 개인의 의지는 실로 위대하다. 지금은 시민들이 십시일반으로 만 원씩 회비를 모아 제대로 보존되지 못하고 사라질 운명에 처한 문화유산을 하나하나 사들여 국민에게 신탁하는 '문화유산국민신탁'이라는 단체가 있으니 그나마 참으로 다행한 일이다.

그런데 만약에 이 사방탁자가 없었다면 이렇듯 아름다운 곡선의 도자기는 대체 어디에 두어야 했을까. 작은 내 방아을 은은히 빛내며 환갑을 맞은 내 삶의 곡선까지도 되돌아보게 만드는 정거운 물건들이로다.

한증막

두꺼운 돌을 포개어 에스키모인들의 이글루처럼 둥그렇게 집을 만들어 그 안에 소나무 장작으로 불을 지펴 돌집을 뜨겁게 달군다. 열기가 잘 빠져나가지 못하도록 사발을 엎어놓은 것처럼 만들어 작은 문만 하나 달아놓은 돌집의 안을 가마, 또는 막이라고도 한다. 다 탄 잿더미를 끄집어낸 바닥에 물을 뿌리고 가마니를 깔고 나면 마대포를 뒤집어쓴 사람들이 그 속에 들어가 몸을 구워내다시피 하는 곳이 한증막이다. 조선왕조실록에 세종임금이 '한증소'를 설치했다고 하는 기록이 있으니 한증막의 역사는 어느덧 오백 년을 거슬러 올라간다.

내가 한증막을 처음 접한 것은 스물일곱 살 나던 해 첫아이를 낳고 친정집에서 산후조리를 하고 있을 때였다. 가을이라 춥지도 덥지도 않은 좋은 날씨였는데도 어머니께선 나에게 두꺼운 옷을 입혀 시외버스를 태우셨다. 터덜터덜 비포장 길을 돌고 돌아서 내린 곳은 임진강이 옆으로 흐르는 마을이었다. 친정인 광탄에서 버스로 한 오십 분 걸리는 거리다.

출입문의 가리개를 밀치며 들어가니 넓은 홀에 아주머니와 할머니 대여섯 분이 여기저기서 자리를 잡고 앉거나 누워 계셨다. 그중에 한 귀퉁이에서 낯익은 동네 아주머니들이 어머니를 부르며 손짓했다. 애 낳은 산모라 특별히 잘해줘야 한다며 아주머니들은 지금 막 불을 빼낸 꽃탕으로 얼른 들어가고 하셨다. 꽃탕은 금방 불을 땐 뒤에 처음 들어가는 막을 말한다. 한증을 오래 하여 노련해진 사람들도 3분 이상 견디지 못하는 막을 초보인 나는 아무것도 모르고 들어갔다.

어머니는 나를 수건으로 머리를 동여매고 거즈를 입에 물게 하더니 낡은 마대포를 머리부터 발끝까지 뒤집어쓰게 하고 작은 문을 통해 막 안으로 데리고 들어갔다. 훅, 끼쳐온 불같은 열기를 밀고 고개를 수그리고 들어가 막 안의 가마니 위에 쓰러지듯 웅크리고 눕자 들고 들어온 가마니를 내 위에 다시 포개 덮는다. 나는 엎드린 채 처음 보는 지옥의 불길 속이 아닌가 싶을 정도로 겁이 나 숨을 죽이고 눈을 꽉 감고 있었다. 흡사 불 때는 드럼통 안 군고구마 같은 느낌이었다. 설마 죽기야 하겠나 하는 생각으로 심호흡을 하며 안정을 구했지만 뜨거운 열기에 호흡마저 어려웠다. 숨이 막힐 지경이었다. 어머니는 옆에서 눈도 크게 뜨고 입도 크게 빌려 그 속에 있는 차가운

숨을 내뿜어야 한다고 주문하셨다. 다리 사이도 넓게 벌려야 자궁 속으로 더운 기운이 들어가 빨리 아문다는 둥, 마치 주술을 외우듯이 내게 계속 채근하셨다. 그러나 내 몸은 더는 견딜 수 없는 열기를 느끼며 있는 힘껏 눈을 감고, 다리는 모으고 계속 안으로, 안으로 오그라들기만 했다. 지금 생각하면 산모는 다 이런 데서 몸을 지져야 빨리 회복된다는 어머니의 말씀을 절대적으로 믿고 이글거리는 돌 구덩이 속에서 비오듯 땀을 쏟으며 견디려던 나의 인내심에 실소를 금할 수 없다.

그런데 이십여 년이 지난 지금은 그것이 인내심이 아니라 희열로 바뀌었다. 비라도 짓궂게 추적거리는 장마철이나, 눈발이 휘몰아치면 나도 이십여 년 전의 엄마처럼 갑자기 주섬주섬 옷가지를 챙겨서 가까운 한증막을 찾아간다. 비록 지금은 현대적 건물로 바뀐 근사한 한증막이라도 막 안의 풍경은 예나 지금이나 한결같다. 사십이 넘어서는 중년에서 초로에 접어드는 부인들이 할머니와 함께 뜨거운 막 안에 자리를 잡고 있다. 때로는 새댁같이 보이는 젊은 아낙들이나 아가씨들도 섞여 있지만 누구나 할 것 없이 마대포를 덮어쓰고 함께 고열의 세례를 흠뻑 맞는다. 뜨겁게 달군 돌에서 방사되는 원적외선을 쐬며 시원한 통증에 신음하는 둥그런 막 안은 흡사 생명을 주무르는 어머니의 자궁 같다. 둔탁한 소리를 내는 굳은 뼈마디마다 따뜻한 열풍이 스며든다. 전신의 굳은 근육들은 막 안의 뜨거운 열기에 닿으면 곧 연한 속살처럼 나긋해져 무거웠던 어깨가 날아갈 듯 가벼워진다. 몇 겹의 마대포를 뒤집어쓴 채 엄청난 열기에 신음을 하는 그 깊은 교감의 순간에 내 몸과 마음은 우주의 은하계를 한없이 날아다닌다. 송골송골 맺힌 땀방울들이 이내 주르륵 골을 지으며 흘러내릴 때쯤은 모두 덮었던 마대포를 벗어버리고 맨몸으로 열을 받아들인다.

그때쯤 되면 여인들은 나른해진 목소리로 한 마디 두 마디씩 삶의 애환을 토해낸다. 비만 오면 쑤시던 뼈마디들이 이젠 비가 안 와도 아프다고 한다. 비교적 젊은 아낙들이 생활의 무게를 탓할라치면 잠자코 들으시던 할머니가 거적 같은 마대포를 들치며 한마디 거들거나 나무라기도 한다. 그러면 이내 잠잠해진 철없는 아낙은 인생 대선배의 말인 양, 순응하며 고개를 주억거린다. 이 뜨거운 막 안에서는 오직 송골송골 맺힌 땀방울이 골 지어 흘러내리는 몸의 서열만 존재한다. 수술로 부풀린 풍만한 젖가슴으로 관심을 끌었던 중년 여인의 입담은 열 남매를 다 먹여 길렀다는 팔십 노파의 담벼락 같은 젖가슴 앞에서 슬그머니 꼬리를 내린다. 여인의 육체로 태어난 개체의 생명들이 지나온 삶은 막 안에 들어앉으면 너나없이 모두 평등해진다. 오직 나이테의 힘만이 질서를 끌어낸다.

지나간 한평생이 돌아보니 잠깐이더라는 팔순 노파는 하고 싶은 일은 꼭 해보고 죽으라고 하신다. 죽기 전에 꼭해야 할 일은 과연 무엇일까. 인생의 끝자락에 선 저 할머니는 지금 이 시점에서 꼭 하시고 싶은 것이 있다면 무엇일까. 막 안의 열기를 한 꺼풀 차단하던 마대포를 들치고 일어나 직접 여쭈었다.

"응, 나는 해주에 있는 내 고향에 한번 가보고 죽는 게 소원이야! 그럼 아주 원이 없겠어!"

"나는 인생이 다 지나도록 못 해본 지독한 사랑이나 한번 해보고 죽었으면 좋겠어!"

이번에는 묻지도 않았는데 옆에 앉은 중년 여인이 고개를 쳐들며 기염을 토한다. 그러자 박장을 치며 너도나도 한 마디씩 거든다. 비록 처음 보는 사이일지라도 막 안에서 만나는 여인들의 원초적인 대화가 이어진다. 거침없이 각자의 인생 파트너처럼 불쑥 속마음을 내놓기도 하며 마치 자기 일인 양 안타까이 충고도 마지않는다. 굳이 나 혼자만의 한증막 행을 즐기는 이유도 그런 묘한 친연성이 주는 연대감일 것이다. 함께 뜨거운 열기에 몸을 내어 맡길 때의 시원한 해방감이 맨몸으로 나누는 인생의 철학과 어우러진 막 안에서 여인들은 한껏 적나라해진다. 그러나 무엇보다도 내게 이곳이 필요한 이유는 어머니의 자궁처럼 푸근한 공간으로 들어갈 수 있기 때문이다.

새벽에

야간에 근무하는 종업원이 갑자기 못 나온다는 연락이 왔다. 대신 근무할 사람을 찾지 못해 서둘러 잠깐 눈을 붙인 뒤, 자정 무렵에 출근하였다. 선잠을 자고 나와선지 발걸음이 무겁다. 가게 안은 여전히 분주하고 손님들로 북적인다. 예전 같으면 이런 분위기에서 같이 뛰어다니며 부지런히 평소에 손이 닿지 않았던 곳까지 들쑤셔 놓았을 텐데. 지치도록 일하며 작은 것이라도 성취감에 집착하던 시절이 있었다. 그런데 지금은 어떤 해수면과도 같은 투명한 층이 예전과 지금의 나를 갈라놓은 것처럼 일손이 겉돈다.

작열하는 태양의 열기가 사라진 어둠 속에 하나, 둘 출근하기 시작하는 야간 근무조의 얼굴엔 늘 그렇듯 피곤한 기색이 역력하다. 그럼에도 기꺼이 일터를 찾아 들어오는 그들을 보니 오랜만에 노동의 신성함을 느끼다. 야간에 일하는 사람들의 암 발생률이 높다는 연구발표에도 불구하고 야근을 선택한 그들에겐 다양한 사연들이 있다. 특히, 군에 입대했다가 사고

167

사를 당한 아들을 가슴에 품고 사는 주방장은 아무리 몸이 아파도 힘든 내색을 하는 적이 없다. 불면증의 고통을 덜기 위해 야근을 선택했다며 육 년 전, 처음 우리 가게를 찾아왔던 그녀의 머리엔 어느새 무서리가 내려 앉았다. 그런 그녀가 주방 안에서 웃고 있다. 고통이 클수록 뭔가에 매진하여 몰두할 수 있는 시간이 필요하다. 그나마 그녀가 여기에 마음을 붙이고 있는 이유다.

자정이 지나면 종업원들과 함께 모여 식사를 한다. 도중에 손님들이 오면 몇 번이고 일어나야 하지만 그래도 힘든 노역을 함께 하는 동료들의 살가운 정이 밥술에서 묻어난다. 그들이 밤새 일할 수 있는 에너지는 함께 고생하는 동료들끼리의 유대감이 큰 역할을 해준다. 무슨 일인지 까르르, 웃음이 터진다. 나도 괜스레 따라 웃는다. 웃음소리는 누구에게나 시혜되는 투명한 기쁨의 에너다.

손님이 좀 뜸해지자 냉장고 청소를 시작했다. 모터 팬에 먼지가 쌓였는지 냉기가 통 시원치 않아서 철판의 나사를 풀어 떼어내 구석에 쌓여 있던 먼지를 닦아냈다. 내친김에 기름때까지 닦다 보니 시간이 어느새 훌쩍 지난 것 같다. 주방에서는 갓 만든 반찬들이 구수한 냄새를 풍기고, 분주했던 홀은 새벽

이 가까워지면서 뜸해졌다. 잠시 일손을 놓고 밀려드는 졸음을 쫓으러 밖으로 나왔다.

거리에 희부연 새벽안개가 도사리고 있다. 어둠 속의 희끄무레 드러난 거리는 늘 보던 오거리의 풍경이 아니다. 전혀 낯선, 어느 동떨어진 세계 속에 서 있는 것 같다. 지하철역의 표시등만 이곳이 어디인지 말해줄 뿐, 검은 형상의 빌딩들은 마치 영화의 한 장면을 보는 것 같다. 사람과 자동차가 사라진 텅 빈 도로에 가로등마저도 가상의 빛을 품고 있다. 문득, 나는 지금 어떤 세상에 서 있나 싶다. 혹시 내가 사는 세상도 이렇게 가상의 공간인데 나만 모르고 있는 것은 아닌가? 현실은 두 다리를 이 땅에 붙이고 서 있지만, 마음은 늘 다른 세상을 꿈꾸고 사는 것처럼. 놓고 싶어도 놓을 수 없는 삶의 굴레에서 이젠 좀 벗어날 수도 있으련만. 그때를 좀 더 과감하게 앞당길 용기도 결국은 내 마음에 달렸겠다.

뒤돌아보니, 어둠 속에 홀로 불 밝힌 영업장의 윤곽이 훤히 드러난다. 마치 호퍼의 '밤을 지새우는 사람들'처럼 종업원들이 손님과 눈을 마주 보고 대화를 하면서도 손은 여전히 쉴 틈 없이 움직이고 있다. 각자 자신들과 교대할 다음 영업시간을 위한 식재료들을 준비하느라 쉴 새 없이 움직인다. 문득, 가게

유리창에 서린 습기만큼이나 촉촉한 새벽의 한기가 끼친다. 형광 불빛을 머금은 버스가 툴툴거리며 다가와 거리의 적막을 깨운다. 어느새 아침이 오려나 보다.

다섯 시쯤 되니 손님들이 들어오기 시작한다. 주변의 유흥업소에서 퇴근하여 삼삼오오 모여드는 종업원들과 새벽 일터를 향해 나서는 사람들이 섞인다. 그런가 하면 손님을 기다리는 대리운전기사는 식사 중에도 호출기에서 눈을 떼지 못한다. 새벽의 출출함을 달래려 잠시 순찰차를 세우고 들어온 경찰관, 봉지커피를 들고 뜨거운 물을 얻으러 들어온 청소부, 개천가를 걷는 할아버지 등, 가게는 새벽을 깨우는 사람들로 분주하다.

어둠은 생각보다 빨리 지나간다. 우리네 인생도 그럴 것이다. 다시 못 일어날 것처럼 힘들었던 시간도 곧 떠오를 태양 앞에 어둠이 사그라지듯 그렇게 지나가리라.

민주당 좌파 여인들

시인 조지훈의 수필집인 『시인의 눈』에 실린 글 중에서 「우익 좌파」의 한 대목에서 우연히 눈길이 멎었다.

"난 민주당을 하지만 그래도 좌파야. 그때 민주당은 '한국 민주당'으로 우익 정당의 선봉이었는데 느닷없이 좌파라니……. 예끼, 민주당은 천하가 다 아는 극우익인데, 그 안에 있으면서 좌파가 다 무슨 좌파야…. 공연히 흥분하는 좌익투사 친구를 이끌고 오래간만에 술이나 한잔 나누자고 옆 골목 빈대떡집으로 들어갔다. 자리를 잡고 나서 민주당파가 하는 말은 이러했다. 여기가 우리 당 본부야…. 난 요즘도 막걸리를 마시네. 막걸리는 백성이 마시는 술이니 민주(民酒) 아닌가. 그러니 민주당이란 말일세."

말인즉슨, 민주(民酒)는 막걸리를 말하는 것이요, 선술집과는 달리 따뜻한 방바닥이나 의자에 앉아서 빈대떡을 안주로

하는 사람들이니 좌파(坐派)라는 얘기다. 우익인 그가 얘기하는 '민주당 좌파'는 실상 '막걸리당 빈대떡 파'를 지칭하는 말이다. 절친하던 사이에서도 좌우익 시비로 인해 증오를 일으키며 다투던 당시의 세태를 술이라는 매개체로 은근히 눙치려는 작가의 의도가 느껴진다.

당시의 정치판과 마찬가지로 평소에는 제법 소신 있던 정치가나 학자들도 자신이 발 담근 조직의 이해타산 앞에서는 쓴소리는커녕, 당리당략에 전전긍긍하는 모습이야 지금도 별반 다르지 않다. 그때에 비하면 지금은 상상할 수 없을 정도로 사회가 발전하였으면서도 정치는 아직도 제 밥그릇 싸움에서 벗어나지 못하는 것이다. 악취가 나는 썩은 과일도 발효가 되면 향기로운 술이 되듯, 열심히 살다 보면 좋은 날이 오겠거니 하는 희망만이 소시민들의 삶을 버티게 한다. 작가들이 그런 현실을 날카롭게 꼬집기보다는 술이라는 매개체를 빌려서 풍자하고 있는 것도 여전하다.

내가 운영하는 음식점에서도 조지훈의 '우익 좌파'와 같은 여인들이 가정을 이끌어가고 있다. 그들도 막걸리를 즐겨 마시는 주당들이기에 '민주당'이라고 할 수 있고 처한 현실이 바뀌기를 바라는 의미에서는 진정한 '좌파'라 할 수 있다. 작은 음식점에서 일하는 점원은 여덟 명이다. 그런데 터가 잘못되었는지, 40대 초반의 주방장을 비롯하여 모두 독신이다. 개중에는 더러 정상적인 가정을 꾸려갈 사람도 있을 법한데, 전혀 그렇지 못하니 애꿎은 터를 탓한 것이다. 각자가 처한 사연들도 다양하지만, 그중에 공통점이 있다면 모두 혼자서 아이들을 키우고 있는 가장이라는 점이다. 그래선지 언제 보아도 그녀들은 아마존의 여전사들처럼 씩씩하다. 적어도 겉으로는 그렇게 보인다.

하루는 주방장인 미선이에게서 전화가 왔다. 아이들만 남겨놓고 온 집에 보일러가 고장 나서 너무 춥다고 연락이 왔다는 것이다. 자기가 가야 하는데 지금 한창 점심시간이라 갈 수가 없다고 했다. 잠시 생각 끝에 나는 전기스토브를 하나 사서 집 주소를 불러달라고 했다. 그녀가 불러준 곳은 신사동 산꼭대기에 마치 성냥갑처럼 지붕도 대문도 없는 단층 콘크리트 건물들이 다닥다닥 붙어 있는 집 중 하나였다. 열려 있는 현관문 안으로 들어가니 복도처럼 길게 난 마루 양옆으로 방문이 여러 개 있었다. 이 높은 언덕 성냥갑 같은 집에서도 부엌과 화장실을 같이 쓰는 여러 가구가 사는 것이다. 어떤 방인지 몰라서 이름을 부르니 가운데 방문이 열리며 아이들이 뛰어나오

173

는데 그 모습이 또 가관이다. 학교에 들어가기 전인 여자아이들 세 명이 산발 머리로 내복만 입은 채 쪼르르 뛰어나왔다. 너희들이 미선이 아이들로구나, 생각하며 막내 아기 손을 붙잡았는데 어찌나 차가운지. 나는 말문이 막혔다. 아이들끼리 이렇게 있다가 사고라도 나면 어떻게 하나. 누가 이 아이들을 무료가 아니면 실비로라도 좀 돌봐주는 데가 있어야 될 것 같다. 남편이 교도소에 들어간 몇 년 동안 빚쟁이들을 피하느라 친정조차 갈 형편이 못 된다는 미선이를 생각하니 가슴이 먹먹하다. 그녀가 이런 환경에서 아이들과 어떻게 하루하루를 살아나가는 건지 도무지 상상이 안 되었다.

옛말에 가난은 나랏님도 못 당한다는 속담이 있다. 먹고 사는 일은 기본적으로 개인의 책임이라는 말이다. 그러나 정치가 필요하다면 이런 가정을 위해 존재해야 하는 게 아닌가. 암흑 같은 현실에서 어떻게든 살아 보려고 몸부림을 쳐도 안 될 때, 사회와 국가에서 그 길에 빛을 비춰주어야 한다. 처참하게 무너져 내린 개인의 삶에서 그 희미한 빛은 곧 생존과 연결되기 때문이다. 그게 국가다. 좌파든, 우파든, 정치는 국민 개개인의 삶을 떠나선 어떠한 의미도 없다.

그녀뿐 아니라 모든 종업원이 하루의 고된 일과가 끝나면 주방에서 각자 막걸리를 한 잔씩 시원스레 들이켠 후에 퇴근한다. 자신을 기다리고 있는 아이들을 위한 잠깐의 숨 고르기와도 같은 시간이다. 마라톤과 같은 인생길에 숨 고르기는 다음 구간을 뛰어야 할 필수요건이다. 짧은 거리지만 집으로 가는 길은 막걸리의 여운이 어깨동무해 준다. 그들에게 일은 하루를 풍요롭게 하고 막걸리 한 잔은 하루를 아늑하게 하는 친구다. 말하자면 술의 멋과 흥을 알고 마시는 흥객이 아니라, 삶의 밑바닥 의식에 깔린 일상의 불안과 고통을 잠시 잊는 취객이 되는 것이다. 힘겨운 만사에 굳이 악착같이 달라붙어 봐야 마음대로 안 되는 현실을 그렇게 스스로 달래며 호젓한 골목길을 걸어간다.

나는 그런 그녀들에게 조지훈의 글처럼 '민주당'이라는 별칭을 붙여본다. 오늘의 힘든 상황이 언젠가는 변하게 될 것을 꿈꾸는 진정한 '좌파'에게 보내는 갈채와 함께.

옆으로 날아가는 글씨

나는 글씨를 옆으로 날려 쓰는 버릇이 있다. 굳이 청탁받은 글을 원고지에다 써야 하는 이 순간에도 또박또박 나아가던 글씨가 어느새 흐물흐물 무너져 내리려고 한다. 무심코 써왔던 내 필체를 객관적인 시선으로 바라보니 여간 부끄러운 게 아니다. 다른 사람들의 훌륭한 필적을 대할 때마다 우러나던 존경심을 생각하면 당혹스러울 정도다. 필적이란 그 사람의 성장 과정에서 체화된 습관이기에 짤막한 메모에서도 그의 인품이 그대로 드러나는 것이 아닌가. 매번 수정하면서도 흘려 쓰는 이 버릇은 이대로 어쩔 수가 없는 걸까. 바삐 살아온 삶의 궤적이 고스란히 묻어 있는 내 필체를 보면서 지나온 세월을 돌이켜보지 않을 수가 없다.

어렴풋이 떠오르는 유년 시절, 어머니께서 지켜보는 가운데 나는 글을 배우느라 사각 칸이 그려진 공책에다 글씨를 쓰고 있었다. 말없이 내려다보시던 어머니는 칭찬과 함께 내 머리를 쓰다듬으셨다. 그 손길에 우쭐해진 나는 책꽂이에 공책을

꽂으면서도 계속 기분이 좋았던 기억이 난다. 처음 글자를 배우며 어머니에게 칭찬을 받았던 기억은 비록 지질은 그리 좋지 않더라도 흰 종이에 뾰족하게 잘 다듬은 연필심을 갖다 댈 때마다 느끼던 행복감과 연결된다.

그렇게 익힌 글자에 비로소 쓰기의 즐거움까지 가세한 건 중학교에서 글자체 교본을 만나면서였을 것이다. 잉크를 찍어 쓱쓱 소리를 내며 정성껏 써 내려갔던 그 교본은 어디로 사라졌는지. 아마도 그런 교본 쓰기를 한 권 이상은 더 했던 것 같다. 성격이 차분한 편에 속했던 나는 펜글씨 시간에 항상 칠판 앞에 내 교본이 걸릴 정도로 선생님의 칭찬을 받았다. 심지어 붓글씨 시간에는 아이들이 내 책상 주변을 겹으로 에워싸고 구경을 했던 기억도 난다.

얼마 전, 학고재에서 열린 추사 특별전을 관람하면서 오래도록 그 자리에 서 있었던 기억이 난다. 해남 대흥사에 갔다가 대웅전 마당에서 추사와 원교, 두 분의 편액 글씨를 보면서 파란만장한 그들의 삶을 떠올렸던 기억과 겹쳤기 때문이다. 인간의 타고난 성정이 삶의 파고에 휩쓸리면서 달라지는 과정이 작가의 필체에도 고스란히 담겨 있음을 알 수 있다. 조선에서 쌍벽을 이룬 두 명필가의 편액을 보면 필체란 과연 눈에 보이는 그 뒤의 삶과 연결되는 경지의 예술이라는 생각까지 든다.

그러고 보니, 만년필에 잉크를 채워가며 영혼을 찍어내던 시인들의 필체에서도 가슴이 뭉클했던 기억이 떠오른다. 시인의 가슴에 담긴 그 순수한 영혼이 그대로 투영된 글자마다 감정이 살아서 숨 쉬는 듯했다. 무수한 글자를 꼭꼭 박듯 빼곡히 써 내려간 편지를 가슴에 품고 우체국으로 향하고, 답장을 기다리던 어린 시절의 낭만도 그립다. 이제는 컴퓨터의 자판으로 모든 서류와 편지들이 오가니 워드프로세서만 잘 다루면 되는 세상이 되었다. 예전의 그 낭만과 삶의 흔적까지 담긴 필체의 다양함을 보기가 어려워졌다는 말이다.

그러나 서툰 워드 실력 또한 그 내용과 상관없이 형편없는 필적을 대할 때와 같은 인상을 주게 되니 역시 신경을 써야 한다. 엔터를 쳐야 할 부분에서조차도 스페이스로 대충 모양만 낸 것을 매킨토시나 아이비엠으로 호환하면 무수한 시간을 헛되게 하는 고생을 할 수도 있다. 수없이 백스페이스를 눌러야만 하는 교정 작업은 지식인으로서 할 짓이 못 된다는 어느 편집자의 푸념을 들은 적이 있다. 보기에 좋은 떡이 먹기도 좋다는 말이리라. 작품성과 관계없이 실무자에게 그러한 고통을 주는 글은 결코 아름답게 봐줄 수가 없다. 편집자로선 이왕이면 간결하고 완벽한 워드 작업을 한 사람에게 원고를 청탁할 마음도 들 터이다.

그런데도, 내 악필에 대해 말할 것이 있다면 역시 내 삶의 애환과 연결되는 부분이다. 어려서 그렇듯 자부심을 가졌던 나의 반듯한 글씨체도 세월이 지나면서 이렇게 무너졌다. 사회에서 첫발을 디뎠던 증권회사에서 그 변화는 시작되었다. 비서실에 근무하다가 회사가 합병되어 중앙지점으로 영업 소관이 바뀌는 바람에 비서실이 사라지자 나는 창구로 배치되었다. 지금으로부터 삼십여 년이 훌쩍 넘는 그때만 해도 모든 통장은 수기로 작성되던 시절이다. 가운뎃손가락의 끝 마디 옆으로 금방 굳은살이 올라와 손가락이 울퉁불퉁해질 정도로 거래되는 모든 명세를 손으로 기재하였다. 더구나 시시각각으로 변하는 장세를 받아 적어야 할 경우는 웬만한 속도가 아니면 따라갈 수가 없었다. 또한, 당시에 유공이나 현대건설 등, 대형 기업들이 속속 공개되자, 신주를 청약하려는 사람들의 줄이 명동성당 앞에 있던 우리 회사에서 당시의 코스모스백화점까지 이어질 정도였다. 그러니 그 모든 서류를 수기로 작성하기 위해선 속도가 문제였다. 그러면서 내 글씨는 점점 춤을 추기 시작하였다. 한번 휘날리기 시작하면서 편한 손맛을 본 글씨체는 점점 더 약자로 휘갈겨져 나중에는 내가 쓴 글을 내가 알아볼 수 없을 지경이 되었다.

그렇게 한번 망가졌던 글씨체가 더욱 형편없게 된 것은 결혼 이후에 다시 생활 전선에 뛰어들면서다. 아이들을 어느 정도 키워놓고 시작하게 된 작은 음식점에서 점심때면 그야말로 전쟁을 치르듯, 숨 가쁜 시간을 보냈다. 지금처럼 주문 내용을 컴퓨터로 톡톡 누르기만 하면 자동으로 주방까지 전달되는 시스템이 없던 시절이다. 모든 주문 내용을 일일이 장부에 받아 적은 뒤, 다시 옮겨 적어서 주방으로 보내야 했다. 점심시간 동안 영업장 내에서의 주문과 배달 전화 주문을 함께 받아 다시 옮겨 적는 동안 내 글씨는 춤을 추다 못해 훨훨 날아가고 있었다. 학이 날아가다가 날개가 꺾여 내려앉는 그림 같기도 하고, 모르스 부호를 옮겨다 놓은 것도 같고, 이집트 상형문자 같기도 한 그 글씨는 나중에 내가 보아도 웃음이 나올 정도다. 어떻게 그때 종업원들이 그런 글자를 보면서 점심시간을 무사히 치러낼 수 있었는지 불가사의하기까지 하다. 글씨 교본에서 정자로 익힌 내 필체가 살다 보니 악필로 변하게 된 변이라면 변이다.

그러나 글자가 춤을 추기 시작하면서 일게 된 게 하나 있다.

마치 비정상적인 사람들만이 가진 비상한 예지력처럼 흐물거리는 필체에도 묘한 기운과 운치가 살아 있다는 점이다. 골병든 육신처럼 무너져 내리는 글자. 휘갈겨 쓴 글자가 지쳐 보일수록 더 진지한 삶의 질문과 사유까지 담긴다. 휘갈겨 쓰지 않을 수 없었던 젊은 날의 치열함과 더불어 나이 들어 되돌아보는 그 민낯의 나를 떠올리게 한다. 그 모든 시간이 아름답게 순환하는 뫼비우스의 띠처럼 다시 되돌아보는 지점이 된다. 돌아보니, 내 글씨는 바로 내 젊은 날의 초상이로다.

이젠 문학을 탐하고 예술의 아름다움에서 즐거움을 찾는 시간을 보내려 한다. 아주 가끔, 노트에 추억의 한 자락을 붙잡고 글자를 써 내려가는 손맛을 느낄 때도 있다. 유년 시절의 기분 좋은 추억과 함께 정성 들인 글자의 획과 폭의 장단을 맞추어 써 내려가는 리듬을 즐긴다. 붓의 굴림에 나를 실어놓고 필압에 의한 농담을 조절해나가는 즐거움을 느낀다. 그렇게 조심조심 써 내려가던 글씨는 어느 순간에 또 여지없이 골병든 육신처럼 허물어져 날아가기 일쑤다. 그래도 문득, 그리 보기 흉한 모습은 아닌 것 같다는 위로를 해본다. 삶의 치열한 시간 속에서도 놓칠 수 없었던 이상의 꿈들이 거기에 빛나고 있지 않은가. 옆으로 날아가는 글씨체를 가진 나의 고절한 이야기다.

Ⅳ.

명성황후

숲은
영원히 빠져나갈 수 없을 것처럼
깊은 마력을 지니고 있다.
언제나 변하지 않고 내게 있는 그대로의 자기를
마구 가지라고 주기만 하는.
고마운 사람처럼.

아직은 다 풀어내지 못한 이야기

안산 올림픽기념관에는 예상했던 것보다 훨씬 더 많은 사람이 줄지어 서 있다. 선뜻 줄에 끼어들 용기가 생기지 않았다. 천천히 공원의 숲 쪽으로 들어가 한 바퀴 돌아 나와 조문객 행렬에 섰다. TV에서 처음 보았을 때부터 지금까지 줄곧 울컥거리던 가슴 통증이 여기 오면 좀 나아질 거라 믿었다. 아닌 게 아니라 줄지어 서 있는 동안 마음이 좀 가라앉는다. 슬픔도 함께 하니 훨씬 낫다.

바람도 없이, 고요한 해수면 위로 햇빛이 무량하게 쏟아지던 바다에서 기울어져 가던 배. 한 시간이 넘도록 배는 그렇게 떠 있었다. 처음에는 승객들이 다 구조되었다고 했다. 그러다가 다시 아이들이 아직 배 안에 있다고 말을 바꿨다. 뭔가 참혹한 일이 벌어질 것 같은 불안감에도 곧 해양경찰이든 누구든 와서 구조하겠지, 했다. 그날 그 기억이 결국 나를 이곳까지 오게 했다. 잔뜩 찌푸려 있던 하늘이 기어코 비를 뿌린다. 여기저기 우산을 펼치며 동요하던 행렬이 이내 잠잠해진다.

우산을 받치고 서 있으니 비로소 나도 뭔가를 하는 것 같은 생각이 든다. 너무 늦었지만, 바람도 뭔가를 해야겠다는 듯이 줄에 매달려 젖은 노란 리본들을 흔들고 지나간다.

커다란 체육관 안으로 들어가기 직전에 먼저 조문을 하고 나오는 아주머니와 눈이 마주쳤다. 손수건으로 입을 가린 아주머니의 벌겋게 충혈된 눈을 보고 빈소에 들어가기도 전에 대책 없는 내 눈물샘이 터져버리고 말았다. 아, 처음 맞닥뜨린 이 엄청난 충격을 어찌 말로 다 하랴. 영령의 도가니 속에 들어온 듯하였다. 삼백네 개의 영정이 쏟아지듯 나를 향해 일제히 눈인사를 보낸다. 단 한 분의 영정 앞에서도 저절로 고개가 숙여지는데, 이토록 많은 꽃봉오리를 어찌하면 좋단 말인가. 속 시원히 뱉어버릴 수도 없는 안타까운 절규가 목젖을 짓누른다.

왼쪽으로는 고인의 얼굴이 나오는 대형화면이 있고, 오른쪽 전광판에는 복원된 아이들의 메시지가 뜬다. 애절하고 다급히 살려달라고 시작한 문자는 한결같이 '사랑해요' 그리고 '미안해요'로 끝을 맺는다. 울음이 바위처럼 짓눌러내려 끝까지 읽어 내려갈 수가 없다.

엄마, 말 못 할까 봐 보내놓는데 사랑해

누나 그동안 잘 못 해줘서 미안해 사랑해

언니가 기념품 못 사갈 거 같애.

엄마, 나 아직 안 죽었으니까 안에 사람 있다고 좀 말해줄래

물이 자꾸만 올라와. 혹시 몰라서 그러는데 엄마 사랑해.

엄마 도와줘요. 저 살아 있어요. 무서워요 살려주세요

엄마 저 아직 살아 있어요. 그리고 감사해요. 사랑해요

Mum, this might be my last chance to tell you I love you

아빠 사랑해, 잘못한 거 있으면 다 용서해줘요.

– 갑자기 웬 사랑? 그래 즐겁게 잘 다녀와서 보자

– 아, 나도 사랑한다. 내 아들아, 제발 무사히 살아만 있어 다오.

– 아들아, 해경이 경비정 투입했대, 꼭 살아 있어야 돼.

– 나왔어? 헬기 탔어? 다른 사람 핸드폰으로라도 꼭 연락해 줘

– 죽으면 안 돼. 꼭 살아 있어야 해.

살아만 있으라는 아빠의 절절한 부탁의 메시지는 모두 '안

읽음'이다.

어? 왜 저러지? 왜, 아이들이 배 안에 있어 티브이로 중계까지 하고 있는데 아무것도 안 하고 있지? 한 시간이나 바다에서 기울어진 채 떠 있는데도 지켜보고만 있는 안타까움이 서서히 의문과 분개로 변할 즈음이었다. 배가 바닷물 속으로 완전히 잠기면서 화면에서 사라졌다. 그때부터였던 것 같다. 패닉상태였다. 전쟁터에서 이미 숨진 엄마 옆에서 팔딱팔딱 뛰면서 울던 아이처럼 안절부절못하는 증세가 시작됐다. 두 손에 내 아들과 딸을 붙들고 있다가 어, 어 하는 동안에 열 길 물속으로 빠트려버린 것 같은 충격과 같은 죄책감이었다. 아무것도 할 수 없었다. 무엇일까, 동정이나 연민과는 강도가 전혀 다른 그 절망감은! 그리고 내 마음을 떠나지 않고 있는 이 슬픔은! 나는 이제 바다에 떠 있는 배를 제대로 보지 못할 것 같다. 내 마음속에 맺힌 그 상이 거두어질 때까지는.

망망한 바다 위에 뜬 한 척의 배에는 선장이 있다. 흥남철수 작전에서 우리 피난민들을 태운 화물선 메러디스 빅토리호의 라루 선장은 25만 톤의 군수품들을 모두 버리고 그 공간에 민간인 14,000명을 태웠다. 그건 선택이었다. 사람을 구하려는 선택! 그런 선택이 아니라 의무인 여객선 세월호에서는 아무도 사람을 구하려는 행동을 하지 않았다. 304명이나 되는 아이들에게 구명조끼를 입고 대기하라는 방송만 내보낸 채, 선원들은 해경의 구조 경비정에 제일 먼저 탑승했다. 아이들에게 움직이지 말고 그 자리에 있으라는 지시를 하면서 선원들은 왜 탈출하였나. 제주 해상교통관제센터에는 "배가 넘어가고 있습니다. 본선 위험합니다."라는 구조요청을 하고 있었다. 그 위험한 상태에서 어찌하여 자기들만 나왔을까. 처음 사고를 인식하고 나서 한 시간이나 흐르는 동안 충분히 아이들을 탈출시킬 수 있었는데 왜!

반쯤 잠긴 채 기울어져 가던 그 배에는 반드시 있어야 할 것이 없었다. 아이들을 지켜야 할 선장, 해양경찰의 구조, 나아가 재난을 관리해야 할 국가마저 없었다. 사건이 인지되고부터 7시간이 흐르는 동안에 반드시 있어야 할 국가, 곧 대통령의 지휘가 없었다. 그 시간에 대한 대통령의 행적은 아직도 명확하지 않다. 삼백사 명이 죽어가는 현장을 지휘했어야 할 대통령은 스물아홉 시간이 지난 뒤에서야 사고 현장에 나타났다.

그리고… 최선을 다하려고 모든 분께 다 부탁을 하였다는 차분하고 또렷한 목소리에서는 울컥거리는 감정의 전이가 느

꺼지지 않았다. 그래서 뭔가 빠진 듯한 이상한 느낌이 들었다. 국민과 한마음이 되어 한 사람이라도 살리기 위해 시간을 다투어야 할 책임자의 비장한 모습도 아니었다. 그저 원하는 걸 다 들어주겠다고 말하는 인정 많은 옆집 아주머니 같은 즉흥적이고 엉성한 대답은 국민의 안위를 책임져야 할 수장의 모습이 아니었다. 개개인의 생명과 재산 보장을 위한 권리를 위임받은 대통령은 국가, 곧 국민과 계약을 한 사람이다. 그러므로 대통령은 국민의 생명을 지켜줘야 할 골든타임을 방치한 7시간의 직무유기부터 먼저 명확하게 해명함이 마땅하다. 그것은 원칙이자 상식이다.

세월호는 우발적이었지만 이미 예고된 안전불감증의 사고였다. 최대 이윤을 좇아서 과적한 화물은 그만큼의 균형수 즉, 생명수를 덜어냈다. 그러한 관행을 원인으로 규명하고 책임자를 선장과 선원들 일부와 사주인 유병언으로 돌리는 것으로 이 사고를 마무리할 수 있을까? 침몰은 선두 왼쪽에 달린 앵커(닻)가 섬의 수중바위와 부딪치면서 시작되었다. 출항할 때 올려졌어야 할 커다란 쇳덩어리가 그대로 내려진 채 달리다가 물속 바위와 부딪친 충격으로 갑자기 방향이 바뀌면서 균형을 잃은 것이다. 이미 동력을 상실한 배가 조류에 떠밀리며 거의

90도로 기울어졌을 때까지만 해도 아이들은 괜찮았다. 그 후 아이들이 복도를 빠져나와 갑판으로 나올 수 있는 시간은 8분 정도면 충분했다고 재판부가 예측했다. 90도로 기울어졌던 배가 침몰할 때까지 걸린 시간만 해도 50분이었다. 주변 해상에는 이미 민간 구조 선박들이 와 있었다. 나오라는 말만 했다면 마지막 순간에서도 아이들 대부분이 구조되고도 남을 시간이었다. 그때 바다에 뛰어들어 헤엄쳐나온 사람들은 모두 무사하다. 참사는 과적도, 앵커에 의한 것도 아니다. 단지 아이들에게 탈출하라는 그 한마디만 했더라면!

누가, 왜, 아이들의 발을 그렇게 묶어놓았는지 밝혀내야 책임자를 규명할 수 있다. 그 사실을 밝혀내기 위해 선내에 설치했던 VCR을 조사해야 한다. 세월호에는 블랙박스가 없었다. 그리하여 마지막 희망을 걸었던 VCR은 조작 흔적이 있었다. 도저히 납득할 수 없는 대목이 이 부분이다. 200일이나 해저의 펄에 박혀있던 배에서 수거한 녹슬고 뻘 투성이었던 VCR이 어떻게 깨끗한 새 VCR로 바뀌어 제출되었는가. 그 안에 든 데이터는 선박의 속도와 기울기 등, 선박운행의 항로를 기록한 AIS 데이터가 각기 다르게 기록되었다. 더군다나 가장 중요한 지점의 항로는 중간, 중간이 끊겨서 사라졌다. 도대체 이

191

사건을 은폐, 조작해서 무엇을 얻으려고 하는지 모를 일이다.

영화『국제시장』에서 주인공인 덕수는 말했다.

"힘든 세월에 태어나 이 세상 풍파를 우리 자식이 아이라 우리가 겪은 게 참 다행이라!"

눈물겨운 시절에도 그렇게 지켜온 우리의 아이들이다. 진실을 규명하는 것은 사고의 구조적 실체를 밝혀 책임의 소재를 분명히 하기 위해서다. 그렇지 않으면 사건은 또 세월에 묻히고, 안전에 대한 불감증은 제2, 제3의 세월호를 양산하게 됨은 불을 보듯 뻔한 일이다. 그걸 왜 정부에서 시원스레 밝혀주지 못하는가. 불안은 사실을 몰랐을 때 일어나는 감정이지만, 분노는 진실을 감추고 있음을 알았을 때 일어나는 감정이다. 어찌 슬픔에 빠진 국민이 직접 나서서 이토록 엄청난 분노의 물결을 이루게 하는지 안타깝기 짝이 없다.

삼백사 명의 영령들, 아니 그 외에 자책감을 못 이기고 극단적 선택을 한 단원고 교감, 구조 활동 과정에서 목숨을 잃은 잠수사들, 헬기사고로 숨진 사람, 자원봉사 도중에 쓰러져 일어나지 못한 사람을 다 합하면 삼백열다섯 명이다. 그 영령들이 부디 편안히 영면하시길 삼가 기원한다. 언젠가는 이 엄청난 충격도 기억 너미로 가라앉을 것이다. 희미하지만 세상은 우리가 살아가야 할만큼의 희망은 언제나 존재하기 때문이다. 아프지만, 나머지 이야기는 시간이 말해주기를 기다린다. 매서운 겨울을 지나 다시 나뭇가지에 물이 오르듯, 보이지 않게 이루어져 가는 것들처럼 그렇게 말해줄 것이다. 그러나 아픔을 마주하지 않고 진실을 알리지 않는다면 그 진실을 숨기려 하는 자들에게 모두 지고 만다. 언젠가는 용서함으로 희석되어야 할, 하지만 아직은 다하지 못한 이야기다.

서오릉

모처럼 한가로운 마음으로 가을 산책길을 나섰다. 밀린 숙제 끝낸 학생처럼 홀가분하다. 쓰던 논문도 마무리 짓고, 이음새 원고도 어제 출판사에 넘기고 약력, 사진까지 다 내 손을 떠나고 나니 빈손에 가을이 한 움큼 잡힌다. 일에 쫓기던 조바심 때문이었는지 여름 한 철이 그냥 가버리고 어느새 단풍이 완연하다.

집에서 가까운 서오릉을 찾았다. 앵봉산 자락에 터를 잡은 경내에 들어서면 늘 깊은 숲 내음이 나를 맞이한다. 산길을 따라 적당한 오름과 내림의 반복 속에서 짙어진 가을을 느낀다. 봄부터 혼자 가끔 걷던 산책로여서 익숙해질 만한데도 이 길은 올 때마다 새롭다.

경복궁을 중심으로 서쪽에 있는 다섯 기의 왕릉이라는 뜻인 서오릉에는 숙종과 그의 세 왕비와 장희빈이 묘가 있고 덕종의 아우인 예종과 그의 계비 안순왕후의 능이 있다. 세조의 세자였다가 사후에 아들인 성종에 의해 추존된 덕종과 나중에

인수대비로 더 잘 알려진 그의 비 소혜왕후의 능도 있다. 영조의 원비인 정성왕후 서 씨의 능과 명종의 첫째 아들 순회세자의 순창원까지 함께 있으니 가히 조선의 대표적 왕릉군이라 할 만하다.

이곳은 1972년부터 영내에 육군 기무사 교육장이 들어서면서 보안상 이유로 일부만 공개되었다. 그러다가 작년에 유홍준 교수가 문화재청장이 되면서 올 7월부터 전면 개방되었다. 무려 34년 만에 개방된 덕분에 숲이 잘 보존되어 있어 이곳을 즐겨 찾는 내겐 큰 위안이 된다.

이번에 개방된 명릉에는 숙종과 계비 인현왕후, 세 번째 왕비인 인원왕후가 잠들어 있다. 정자각을 중심으로 오른쪽으로 난 언덕은 숙종과 인현왕후의 쌍릉이 있고, 왼쪽 언덕은 인원왕후의 단릉이 있다. 이처럼 같은 능역에 하나의 정자각을 두고 서로 다른 언덕에 능침을 조성한 형식을 '동원이강식(同原異岡式)'이라고 한다. 말하자면 숙종은 동원에 단분과 쌍분이 함께 있는 특이한 형태의 능을 만든 것이다. 조선조의 궁중사에서 여인으로 인해 가장 많은 이야기를 남긴 숙종은 사후에도 여인들에게 둘러싸여 있다. 특히 명릉 아래쪽 산책로 초입에 있는 장희빈의 묘는 언제나 산책자들의 발길을 멈추게 한다. 인적이 드문 길가에 '대빈묘'라는 이름으로 누워 있는 희빈 장씨는 사후에도 관람객들의 관심을 가장 많이 받고 있다.

역사의 뒤안길에서 숙종과 그의 여인들은 오늘날까지도 우리에게 유명한 일화를 떠올리게 하는 주인공들이다. 그중에서 이 대빈묘는 희빈 장씨의 파란만장한 삶을 대변이라도 하는 듯하다. 경기도 양주에서 광주로 옮겨져 거의 폐허가 된 것을 1970년에 지금의 이 자리로 옮긴 것이다. 궁녀의 신분으로 세자를 출산해 중전의 자리까지 올랐으나 인현왕후를 무고한 죄로 43세의 나이에 사약을 받은 비운의 신분이기에 능이 아닌, 묘라는 택호를 붙였다. 분주한 일상에서 잠시 벗어나 이곳을 찾을 때마다 삼백여 년 전의 역사 속 일화로 잠시 빠져들게 하는 주인공이다.

봄내 연둣빛 새싹들로 살방스러웠던 길에 어느새 하얀 억새들이 내 키를 넘어 하늘거린다. 시간 될 때마다 자주 걷는 이 길은 그래서 올 때마다 그 느낌이 다르다. 살아가는 것도 그런 것 같다. 삶은 항상 그 길인데 언제나 새로 맞닥뜨리는 순간을 만난다. 뭔가에 깊이 매몰되어 있다가 문득 빠져나왔을 때처럼 어느 날 죽음도 낯선 얼굴로 순식간에 닥쳐와 저 능의 주인들처럼 말없이 잠들게 하겠지.

비탈진 고개를 넘어 숨이 가빠질 때쯤이면 마치 선물이라도 선사하듯 넓고 평평한 잔디가 펼쳐진 창릉이 나타난다. 세조의 둘째 아들인 예종과 그의 계비인 안순왕후의 능이다. 이곳도 동원이강릉의 형태다. 신성한 구역을 나타내는 홍살문 뒤로 정자각까지의 거리가 꽤 멀다. 가마에서 내린 왕이나 제관들이 사배하는 것으로 제례가 시작되어 정자각으로 이동하는 참도의 거리다. 아늑하고 정겨운 숲이 조용히 능역을 껴안고 있다. 어느새 낙엽이 포근하게 깔렸다. 무성하던 잎이 지고 쌓이길 반복하며 해묵은 낙엽까지 무르익는 냄새가 흥건히 올라온다.

능원은 마치 여인의 가슴처럼 나를 감싼다. 즉위한 지 13개월을 채 못 넘기고 세상을 떠난 비운의 주인이 잠들어 있지만, 지금은 그대로 편안하게 앉아서 시간을 보내기에 족하다. 지척이 바로 복잡한 시내인데 이렇게 깊게 빠져들 수 있는 숲이 보존되어 있다니 새삼 놀랍다. 예전에는 못 느꼈던 편안함에 젖는다.

숲은 영원히 빠져나갈 수 없을 것처럼 깊은 마력을 지니고 있다. 언제나 변하지 않고 내게 있는 그대로의 자기를 마구 가지라고 주기만 하는. 고마운 사람처럼.

서어나무 길이라는 팻말이 보이는 언덕을 오른다. 말 그대로 서어나무 서식지가 길가에서부터 숲속으로 펼쳐져 있다. 수령이 제법 된 듯한 나무의 수피가 장정들의 매끈한 근육질 피부 같다. 조금 더 올라가니 아름드리 통나무를 반으로 잘라서 그대로 엎어 놓은 벤치가 보인다. 편안하게 앉아서 가져온 초콜릿을 베어 물었다. 달콤하다. 바람도 그리 없는데 어디선가 갑자기 약속이나 한 것처럼 낙엽이 파도처럼 번지며 떨어진다. 가을의 소리인가. 우수수 떨어지던 소리가 잠시 멈추더니 다시 파도 소리를 내며 쏴아 밀려든다. 숲에서 파도 소리가 나는 건 바다로 나들이 갔던 바람 한 떼가 숲으로 돌아왔기 때문이라는 박경용 시인의 시구가 생각난다. 문득, 숨을 멈추고 위를 올려다보았다. 하늘에 말 없는 몸짓들이 무수히 낙하하고 있다. 거무스름하게 주름진 잎들이 가을 햇빛 속에 연보랏빛으로 휘날린다. 마치 푸르렀던 젊음이 이 세상을 떠나는 상여 꽃처럼.

새삼 가을 숲이 아름답다는 느낌이 가슴 한가득 담긴다. 살아 있다는 감성은 길섶에 무명으로 핀 꽃 한 송이만큼이나 눈물 나는 일이다. 조선 왕조의 영화가 머무는 이 넓은 왕릉에서 왜 삶이 이토록 황홀하게 다가오는지 모를 일이다. 모든 것은 저 혼자 존재하는 게 아니라 어떤 질서의 그물코에 걸려 있음을 일깨워주는 공간이라서 그런가. 아니면, 화려했던 생산의 녹음이 지나고 모든 걸 덜어내려는 몸짓이 주는 울림인가. 내게 주어진 이 소중한 시간, 살아서 누릴 수 있는 아름다운 감정이 죽은 자들의 영역에서 몹시도 감사히 살아난다.

코로나 19

한 콩, 두 콩, 세 콩, 커피콩을 세고 있는 카페주인이 자신의 블로그에 글을 올렸습니다. 자신이 좋아하는 베토벤도 그 가난한 시절, 아침이면 부스스한 얼굴로 오선지들이 널브러진 바닥을 지나 비싼 원두를 60알씩 세어서 갈았다고 합니다. 종일 있어도 손님이 몇 명 안되는 카페에서 주인이 할 수 있는 시간 보내기일 겁니다. 가끔 손님이 찾아와도 안에서 머물지 않고 포장해 갑니다. 어느 날부터 사람들이 모이는 공간에 대한 공포와 불안이 우리의 일상을 잠식하였습니다. 마치 바이러스가 모든 것을 삼켜버릴 것처럼.

모든 점포에 손님의 발걸음은 턱없이 줄어들고 나가야 할 비용은 여전히 남아 있습니다. 바이러스로 인해 사회, 국가, 나아가서 전 세계의 경제가 마비되었습니다. 아름다운 세계의 관광지와 문화예술 공연장이 텅 비었습니다. 코로나 19 바이러스가 숙주에게 교묘하게 잠입하여 증상을 일으키지 않고 있다가 마지막으로 폐에 강력한 공격을 가하는 것처럼 경제도 이후가 더 큰 문제라고 합니다. 무엇보다도 힘든 것은 나와 내 사랑하는 사람들에게 어떤 거대한 불행이 닥칠 것만 같은 불안감입니다. 그런데 어느 순간, 제 마음이 편안해지는 것을 느꼈습니다. 그것은 저뿐 아니라 제 주변과 모든 세계인이 서로 위로하며 보내주는 눈빛과 몸짓들이 서서히 제 마음에 들어오면서부터입니다. 만나지는 않아도 서로 힘든 것을 알아주는 마음들이 멀리서도 전해져 왔습니다. 스스로 격리된 집안에서 지구 반대편까지 한마음으로 연결되어 있다는 놀라운 공감이었습니다.

신종 감염병인 코로나 19의 확산은 그동안 전례 없이 길게 이어져 온 평화의 시기에 세계대전이 발발한 것 같은 공포감을 안겨주었습니다. 언제 끝날지 모르는 전쟁의 포화 속 최전선에서 과로에 지쳐가는 지구촌 의료진들과 책임자의 모습에 가슴이 뭉클합니다. 어느 순간에 이 지구에 버섯처럼 피어나던 지역적 시기와 반목까지도 덮어버린 것 같은 용서와 반성의 시간입니다. 거대한 쓰나미와도 같이 덮친 불행 속에서 인간의 잘못이 진정으로 무엇인지 자숙하는 시간이 흐릅니다.

집안에만 있은 지 벌써 석 달째입니다. 우리의 몸을 마음대로 움직일 수 있었던 그때가 참으로 대단하게만 느껴집니다.

만나서 서로 부여잡고 대수롭지 않은 일이라도 대단한 것처럼 이야기를 나누던 일상이 어서 돌아오기를 기다립니다. 그런데 우리가 지금 그리워하는 그때로 되돌아가기는 힘들다고 하네요. 바야흐로 '언텍트'(접촉하지 않는) 사회가 도래하였다는 겁니다. 온라인으로 쇼핑을 하고 음식은 배달 앱을 이용합니다. 매장에 방문하지 않아도 주문, 결제, 수령을 간편하게 할 수 있는 비대면 서비스가 이루어지는 거죠. 서로 모이지 않고도 일을 할 수 있는 재택근무가 보편화되고 식당에는 키오스크라는 단말기로 주문, 계산을 마치고 칸막이가 있는 1인석 테이블이 늘어난다고 합니다. 혼자 있으면 소외된 것 같았던 마음이 오히려 혼자 있을 때 편하고 안전하게 느껴지는 변화입니다. 코로나 19 이후에 예상되는 '코로나 사피엔스'의 삶이라고 합니다. 유발 하라리가 말하는 새로운 인간종의 변화인 '사피엔스'가 이런 식으로 출현하네요. 사람들이 많이 모였을 때 서로 어깨동무를 하며 누릴 수 있는 감동은 어쩌면 옛말이 될 수도 있습니다.

이제 삶의 방식을 달리할 때가 되었나 봅니다. 누군가 내 옆에서 나를 위로해주고 즐거운 대화를 나누는 행복은 사라지고 모이는 것을 피합니다. 인간은 사회적 동물인데 더불어 할 수 있는 일이 사라지는 거죠. 이제는 모든 것이 랜선 상에서 이루어질 것 같습니다. 만나기 위해 오가는 시간도 없이 각자의 모니터 앞에서 대화합니다. 결혼식이나 장례식도 유튜브나 드라이브 스루로 진행하게 될 것을 예고합니다.

지구상의 인류를 위협하는 이러한 '펜데믹'(세계보건기구에서 선포한 감염병 최고 등급) 현상은 시대적으로 계속 되풀이되어왔습니다. 중세의 흑사병과 콜레라, 근대의 스페인 독감, 그리고 현대에 들어서면서 에볼라, 메르스, 사스, 작금의 코로나 19와 같은 바이러스의 습격이죠. 인간의 탐욕으로 자행되는 무차별한 자연파괴와 소비주의, 생물학무기 등으로 인하여 그 주기가 빨라질 거라고도 예측합니다. 인간이 신의 섭리 안에서 큰 회초리를 맞는 것 같습니다. 사람들이 왜 야생의 박쥐나 천산갑을 굳이 먹으려 할까요. 중국뿐 아니라, 문명의 선진국이며 신사의 나라인 런던 시내에도 박쥐요리를 하는 레스토랑이 버젓이 영업한다고 합니다. 그런 야생동물 레스토랑에 고기를 대기 위해서 인간은 밀림의 동굴을 여전히 헤치고 다닙니다.

보이지 않게 피어나는 바이러스의 세력 앞에서 인간은 너무나 나약합니다. 사랑하는 부모님이 확진되어 세상을 떠나는 순간에도 자식들은 유리창 너머로 바라볼 뿐, 그 마지막 온기 남은 손마저 잡을 수 없습니다. 이 잔인한 바이러스는 지구촌을 돌고 돌면서 언제 끝날지 모르는 공포를 계속 확산시킵니다. 이 순간, 우리가 할 수 있는 것은 '사회적 거리 두기' 외엔 아무것도 없습니다. 그런 말도 처음 알았습니다. 동물들이 생존을 위해 도주의 거리를 유지하는 치명적 거리를 우리 인간에게 적용한 말입니다. 누군가 내게 영향을 미치고 또 내가 누군가에게 영향을 주고 있다는 현상이 이젠 두렵게 작동됩니다.

다행히 한국은 확진자가 나올 때마다 그 동선과 사후대처까지 일일이 밝힌 투명성으로 인해 세계인들의 관심을 받고 있습니다. 우리 스스로도 놀라운 성과였습니다. 특히, 신천지 신도들로 인하여 폭발적으로 확산된 대구지역의 의료인들과 주민들이 보여준 침착한 대응은 경계에서 찬사로 바뀌었습니다. 도시봉쇄도 없이 스스로 이동을 자제한 성숙한 민주시민의 모습이었습니다. 외국에서 보여지는 사재기나 다툼의 현상도 없었습니다. 한국형 방역 모델은 팬데믹을 겪고 있는 세계의 모범이 되었습니다. 특히 가장 취약한 의료체계의 민낯이 드러난 미국이 처참하게 무너지는 모습이 충격이었습니다. 선진 문명의 고고한 문화예술을 자랑했던 유럽도 마찬가지였습니다. 역사적으로 고난을 많이 당해온 우리 국민의 몸속에는 위기 극복의 DNA가 있음이 분명합니다. 아직도 미숙하기만 한 정치 속에서 우리 국민의 성숙한 의식이 집합적으로 발현된 결과라 생각됩니다. 한반도 평화를 해결하는 데에도 반드시 발현될 우리의 놀라운 잠재력입니다.

세계인들은 모두 속히 백신이 나오길 기다립니다. 애당초 세균이나 바이러스는 오랜 세월 우리와 함께 한 것들이죠. 그들을 퇴치한다거나 박멸할 수는 없습니다. 다만 자연의 숲에서 인간에게 옮기지 않도록 '거리 두기'를 해야 합니다. 그동안 우리는 곧 쓰레기로 버려질 물건들을 너무 많이 만들어내고, 소비했습니다. 무한소비는 자연의 무한파괴를 부릅니다. 박경리 선생님은 생전에 "자연은 원금은 그냥 두고 그 이자만 써야 한다."고 누누이 말씀하셨죠. 자연과 서로 거리를 두어야 문제를 일으키지 않고 공존할 수 있습니다. 아는 게 힘이 아니라, 그것을 실천하는 게 힘입니다. 그것이 바로 인간이 서둘러야 할 행동 백신입니다.

이 침묵의 시간에도 조물주는 어느새 잎을 돋우시고 꽃을 피우셨습니다. 계절은 자연스럽게 예전의 즐거웠던 기억을 소환합니다. 그런데, 봄이 왔는데 도무지 봄 같지 않아서 일부러 봄을 찾으러 눈길을 돌려봅니다. 길가에 꽃들도 마스크를 끼고 있는 듯, 말을 건네지 않고 제 눈빛만 살피고 있네요. 그 춥고 어두운 땅속을 용케 뚫고 나와 이렇게 꽃을 피운 녀석들에게 저도 고생했다고 눈빛으로 화답합니다. 앞으로 다가오는 날에는 우리도 꽃처럼 새롭게 피어나길 간절히 바랍니다.

함박눈 내리는 밤에

투둑, 투둑!

처음에는 부스럭 부스럭거리던 창밖의 소리가 이내 빗소리 같은 장단으로 바뀌어 아득히 이어진다. 웬 빗소리인가? 이 깊은 겨울밤에! 남의 글 더미에 심취해 있던 머릿속으로 오랫동안 잊고 있던 빗소리의 향연이 일어난다. 짐짓, 자세를 흐트리지 않고 글에서 눈을 떼지 않으려 애써 보지만, 마음은 이미 밖으로 나가 있다. 그대로 앉아 있을 수가 없어서 스웨터를 걸치고 마당으로 나왔다. 소리는 빗소리였지만, 마당에는 눈이 뭉쳐진 듯한 작은 알갱이가 땅으로 떨어진 파편이 깔리고 있다.

진돌이가 제집에서 나와 몸을 터는 사이에 어느덧 알갱이는 편편하게 부피를 늘여 제법 눈 모양을 갖추고 내려앉는다. 가로등 불빛 아래로 나부끼는 눈발이 마른 나뭇가지와 장독대 위에 내려앉는다. 제 몸을 내게 비비며 부대끼던 진돌이가 뛰어다니며 발자국을 찍는다. 천지가 순연한 흰빛으로 채워지기 시작한다. 무한한 눈발이 주위의 모든 소리를 덮어버리는 고요 속을 자맥질한다.

이 깊은 밤에 세상은 오직 함박눈과 나만이 존재한다. 어딘가 눈길에 무릎까지 파묻혀가며 굴뚝에서 연기가 피어오르는 오두막집을 찾아가는 동화 속으로 들어가는 듯하다. 이마를 적시는 함박눈의 차가움은 페치카에서 활활 타오르는 주홍 불꽃 앞에서 녹아내린다. 따뜻한 페치카 앞에서 도란거리던 친구들의 안부를 묻고 싶은 밤이다.

월백, 설백, 천지백이라더니! 세상이 온통 눈에 파묻힌다. 나뭇가지에 눈꽃이 소복이 피어난다. 행복감에 젖어드는 마음은 하염없이 쏟아지는 눈길을 밟고 학창시절의 기억속으로 날아간다. 여고 시절, 새벽 첫차를 타고 서울로 통학하던 길에 눈이 내리면 그날은 어김없이 지각하는 날이다. 낡아서 터덜거리던 시외버스는 어머니 젖무덤만 한 고갯길인데도 눈이 덮이면 오르지 못했다. 그런 날이면 학생들은 고개 아래서 내려 눈길을 걸어 올라간다. 발이 눈길에 푹푹 빠지며 발갛게 상기되어 고갯길을 넘어가면 다른 버스가 와서 우리를 기다리고 있었고 으레 버스 안에 연탄재가 실려 있었다. 차장이 고갯길 왼쪽으로 줄을 지어 올라가는 여학생들의 발아래 연탄재를 부수어 걷기 편하게 해주며 앞장서 눈길에 발자국을 내주었고,

그 발자국을 따라 여학생들이 일렬로 서서 올라갔다. 그때마다 길 건너편에서 눈길을 걷던 남학생들은 "아저씨, 우리도 연탄재 뿌려주세요오!" 하고 소리쳤다. 그때, 등에 연탄재를 가득 지고 앞장서 올라가다가 정상에서 내려갈 때는 빈 몸으로 홀가분하게 내려가던 그 남자 차장은 그 뒤에 어떤 인생길을 걸었을까? 까만 교복을 입은 학생들이 줄지어 걷던 그 고갯길 풍경이 지금도 아련하다.

그보다 더 어린 시절 어렴풋이 생각나는 눈이 몹시 내리던 저녁, 나는 택시 뒷좌석에 외할머니와 엄마 사이에 앉아 있었다. 아무 말 없이 내 손을 꼭 쥐고 있는 엄마와는 달리, 외할머니는 무섭게 화를 내고 계셨다. 덜컹덜컹 산길을 지나 읍내로 들어서서 허름한 간판을 단 식당 앞에 차가 멈췄다. 앞장서서 문을 열고 들어간 할머니의 목소리에 어정쩡하게 나와 인사를 한 아버지는 나를 번쩍 안고 밖에서 기다리던 택시에 올랐다.

"동네 무시래이! 난리 통에 자네 혼자만 삼팔선 넘어온 것도 아인데 고향 가시나라꼬 그리 끼고 돌믄, 마 살림을 차릴 기가, 아를 날기가!"

목소리는 애써 낮추었지만, 차 안에 감도는 긴장감 때문인지 할머니의 한마디 한마디가 얼음장 같았다. 올 때와 마찬가지로 엄마는 이따금 한숨만 폭폭 내쉴 뿐이었다. 눈발은 모든 걸 다 덮어버릴 듯 점점 더 거세지고 있었다. 그 와중에도 조수석에 앉은 아버지 무릎 위에서 나는 자꾸만 눈꺼풀이 내려앉았다.

"아가 없나 마느래가 없나! 함부래이 우세 날 일 할끼면 고마 다 집어 치아라!"

신작로를 벗어나 산길로 접어들면서 할머니가 다시 입을 열려는 순간, 갑자기 아버지의 과장된 헛기침이 택시 안에 가라앉은 공기를 흔들었다.

"허어, 참! 거, 눈도 되지가이 오네!"
택시 기사 아저씨도 기다렸다는 듯이 아버지 일성에 맞장구를 친다.

"와 안 캄니꺼! 이제 고마 와야 할 낀데, 눈 땜에 지도 일 고마하고 마 일찍 집에 들어가 봐야겠심더!"
앞좌석 두 사람의 이야기가 이어지자 할머니 서슬은 곶감 먹은 아이처럼 쑥 들어갔다. 엄마는 또 가늘게 한숨을 뱉었다.

눈은 계속해서 집으로 돌아가는 길을 하얗게 덮어 내렸다. 어린 내 기억속에 남아 있는 눈 내리던 저녁의 삽화다.

짧은 상념에 빠져들던 시간에도 계속해서 쏟아지는 함박눈은 회색빛 하늘과 바다가 한통속이 되어 덮쳐 흐르는 듯하다. '라그나뢰크' 세상의 종말이 다가올 때도 이렇듯 온통 잿빛 눈보라 속에서 아우성치듯 파묻힌다면! 불과 몇 년 전만 해도 모든 일이 틀어져 다 포기하고 싶었던 때가 떠오른다. 모든 힘을 다 짜내어 스스로 다독이며 통제력을 잃지 않으려고 무진 애를 쓴 날들이었다. 절망으로 암울했던 그 시절을 생각하면 이렇게 눈이 내리는 우주의 몸짓은 다 신의 선물임을 알게 된다. 어릴 적, 편편이 휘날리는 눈송이만큼 무한한 이야기들을 도란거리던 아랫목은 얼마나 아늑했던가. 깊은 밤에도 창밖은 새벽처럼 환했지. 그래서 눈 내리는 밤은 잠들지 못했다.

어느새 마른 가지를 소복이 덮었던 눈 무지가 여기저기서 후드득, 후드득 떨어진다. 마당에 찍힌 진돌이 발자국도 소복이 덮었다. 무한 속에 어쩔 수 없는 개체인 나, 이제 들어가 따뜻한 차라도 한잔 마셔야겠다. 아껴두었던 찻잎이라도 우려내 이 설레는 마음을 다독여야지. 그래도 거실 창밖에서는 계속 사각거리며 이 신비한 세계로 나를 초대할 것이다.

명성황후

연말의 크고 작은 공연의 홍수 속에서 한 여인을 만났다. 비운의 조선조 마지막 왕비! 처음으로 브로드웨이의 문을 연 우리의 순수 창작 뮤지컬인 『명성황후』의 주인공이다.

겨울바람 속에서 오랜만에 찾아간 장충동 국립예술원에는 여전히 고적한 위용이 감돈다. 다른 사람이 예매한 터라 명성황후 배역을 미처 확인하지 못했는데 오늘의 차례는 이상은이었다. 처음 듣는 그녀의 목소리가 어떨지 궁금했다.

항상 그러하듯이 공연이 시작되는 첫 무대, 첫 장면은 나의 감성을 몹시 자극한다. 그것은 내가 가지고 있는 모든 기억을 반추하여 만나고자 하는 극중 화자가 곧, 나의 사랑과 아픔, 그리움이 되어주기를 바라는 마음이다. 어쩌면 여흥 민씨 집안에 태어나 고아로 살다시피 한 민자영이 어느 날, 조선의 국모가 되어 망국의 불운을 자초했던 역사에서 내가 모르는 그녀의 또 다른 인간미를 발견하고자 했을 수도 있다. 그녀는 과연 수탉이 제대로 울지 못하고 있던 암울한 시기에 나라의 자주권을 지키고, 헐벗고 굶주리는 백성들을 구하려는 고육지책으로 수탉 대신 울어주었던 암탉이었나. 아니면 단지 시아버지와의 권력투쟁에서 아들 순종을 왕위에 앉히기 위해 주변 강대국을 분별없이 끌어들인 탐욕의 아녀자에 불과했던가. 나는 오늘 이문열이 만들어낸 그녀를 보면서 그때 그 안타까운 시절로 들어간다.

창작 뮤지컬『명성황후』는 민비 시해 100주기가 되는 1995년에 맞춰서 에이콤의 윤호진 감독이 소설가 이문열에게 원작을 의뢰하여 4년여의 준비 기간을 거쳐 제작하였다. 소설가인 이문열이 최초로 집필한 희곡작품이 된 이 원작의 제목은 〈여우 사냥〉이다. 이를 한국예술종합학교 연극원 김광림 교수가 뮤지컬 대본으로 각색하고, 음악은 양인자(작사), 김희갑(작곡) 부부의 합작품이다. 대중음악계에서는 거장으로 손꼽히는 이들이지만 뮤지컬에서는 경험이 없었던 그들은 보란 듯이 우리 정서와 서양음악을 절묘하게 조화시킨 음악을 만들어냈다. 공연 초기 대중가요 작곡가의 작품이라는 이유로 한동안 음악성이 폄하되기도 했지만, 뉴욕공연에서 기립박수를 받은 이후 비판의 목소리는 사그라들었다. 그만큼 무대장치나 의상, 연기자 등, 스텝들이 각 분야에서 국내 최고를 자랑하는 장인들로 구성된 결과였다. 기존 무대에서는 볼 수 없었던 새로운 발상과 혁신적 디자인이 곳곳에서 빛을 발했기 때문이기도 하였다. 그렇게 십여 년 동안 공을 들인 〈명성황후〉는 역사 속 진의를 전하고자 하는 의도와 우리 창작 뮤지컬의 세계화란 두 마리씩 토끼를 잡은 것으로 인정받았다.

　뮤지컬에서 오프닝의 중요성은 아무리 강조해도 지나치지 않다. 과연 첫 장면에서부터 보이는 웅장한 무대가 관객을 압도한다. 장면 전환마다 위에서 바뀌어 내려지는 거대한 휘장과 함께 내실의 분위기를 나타내는 발 사이로 비치는 실루엣, 무대의 양옆에 병풍처럼 세워진 틈새마다 비쳐나오는 조명이 최고의 뮤지컬에 대한 기대감을 무너뜨리지 않았다.

　서주와 함께 막이 오르자, 히로시마 원폭투하 영상이 스크린에 비치고 1945라는 자막이 나타난다. 이어 1944, 1943,1942……. 연도가 하나씩 줄다가 1896에서 멈춰지며 무대가 밝아지고, 명성황후시해사건에 대한 재판이 진행 중인 히로시마 법정이 나타난다. 여기서 민비를 시해한 미우라를 비롯한 낭인들의 무리가 모두 무죄 선고를 받고 '일본의 승리가 대동아의 평화'라고 노래한다. 마치 영화를 보듯, 영상과 자막, 시간상으로 가장 나중에 해당하는 일본군의 기세등등한 모습을 맨 앞의 오프닝에 갖다 놓았다. 초반부터 불운한 전조를 미리 깔아두어 비극적 결말을 시사케 하는 연출이다.

프롤로그와 같은 서막이 끝난 후, 1866년 명성황후가 고종과 가례를 올리고 처음 궁에 들어오는 장면으로 1막이 시작된다. 어린 민자영이 등장해 앞으로의 생에 대한 밝은 희망을 노래한다. 넓은 무대에서 들려오는 이상은의 목소리는 꽃처럼 어여쁘고 낭랑했다. 더블 캐스팅된 이태원의 풍부한 성량과는 대조적인 미성이었다. 다음 장면에서는 철없는 고종이 민비를 멀리하고 "사알랑 사알랑 봄바람아 꽃잎에 봄바람아, 취한 술에 흔들려도 한세상, 속치마에 휘감겨도 한세상…."의 가사를 부르며 궁녀들을 희롱하며 장면이 나온다. 내리어진 발 뒤에서 그 모습을 지켜보며 한숨짓는 민비, 그리고 유약하며 결단력 없이 나약한 고종의 캐릭터를 초반부터 드러낸다.

이어서 훌륭한 무술 실력이라도 과시하듯 택견 동작을 응용한 안무로, 기량과 힘이 넘치는 남성적 군무로 장대한 장면을 연출하는 무과시험 장면이 나온다. 거의 대사 없이 노래로만 이어지는 무대는 뒤를 높이고 앞으로 비스듬히 기울이며 돌아가는 2중식 회전무대가 펼치는 원형 무대의 역동적인 장면들로 효과적인 볼거리를 제공하고 있다.

여기서 홍계훈이라는 캐릭터가 처음으로 등장한다. 그는 민비를 시해하려는 낭인들의 총을 맞고도 마지막 순간까지 그녀를 지키고자 했던 실제 인물이다. 뛰어난 무술 실력으로 무과시험에 장원급제한 홍계훈 장군은 어릴 적 같은 마을에서 담장 너머로 얼핏 민비를 쳐다보고 난 후 그녀를 운명처럼 잊지 못한다. 『명성황후』에서 거의 유일하게 자신의 속마음을 드러내어 한 여인을 사랑하는 인물이다. 작품의 흥미를 유발코자 하는 작가의 의도에서 확대 생산된 설정일 수도 있다. 하지만 그의 등장으로 역사의 한 인물이라는 액자 속 민비를 하나의 여성으로도 부각시키는 연출은 성공한 셈이다.

민비의 일생에서 첫 번째 목표가 고종의 사랑을 얻는 것이라면, 두 번째는 세자를 생산해야 한다는 커다란 과제였다. 이로 인해 대원군 앞에서 제대로 기를 펴지 못하는 민비는 무당을 불러들여 수태 굿을 한다. 어미 무당과 네 명의 새끼무당이 부채와 방울을 들고 추는 화려한 굿춤은 관객의 혼을 빼는 듯했다. 이 신들린 장면은 1997년 8월 뉴욕공연을 앞두고 새로 삽입된 것이라고 한다. 외국 관객들에게는 가히 이국저이며 화려한 볼거리였을 것이다.

드디어 아들을 얻이 위세를 확보한 민비는 정치적 야욕을 드러내기 시작한다. 공중에 매달린 커다란 배에서 큰 코의 서양인들이 나타나서 무언가 소리를 치면서 관객석을 압도하는 양이선 출몰장면이 나온다. 민비는 대원군의 섭정을 벗어나기 위해 고종의 자립과 친정을 부추기며 "당신은 조선의 왕이십니다."를 고운 음색으로 호소하듯이 열창한다.

민비의 일족들이 포진한 대전에서는 수구파와 개화파가 친미, 친일, 친러, 친청파로 나뉘어 각각 자기주장을 펼친다. 나약한 고종이 이런 다툼에 지쳤다며 애초에 개화를 결정했던 것조차 후회하는 지경에 이르자, 드리워진 발 뒤에서 민비의 아리아가 나온다.

"전하께오선 근심 마오소서. 백 사람 백 가지 말을 하게 하고, 백 나라 백 가지 문병으로 오게 하소서 그들은 그들에게 맡기소서. 승냥이와 이리는 먹이를 나누지 않는 법, 경들은 잊지 말라. 무엇이 바탕인지를. 모두가 방책일 뿐, 이 나라 방책일 뿐. 어느 쪽 주장이든지 어느 편 믿든지 간에 이 나라 이 왕실 언제-나 먼저 기억하라."

적극적인 그녀의 배포가 고종과 신하들을 일깨워 지금의 혼란스러운 상황을 넘어설 것을 종용하고 있다.

이어지는 장면에서는 3인의 일본인 거상이 유곽에서 게이

217

샤들을 희롱하고 있다. 조선에선 돈 벌기가 식은 죽 먹기라고 즐거워하면서 배고픈 조선 사람들을 착취하는 일본인들을 클로즈업하는 화면을 배경에 띄운다. 곧이어 임오군란을 의미하는 군무가 시작된다. 신식군인 별기군을 우대하며 13개월 동안 구식군의 군료를 지급하지 않았다가 대규모 폭동으로 일어난다. 그 틈에 다시 재집권하게 되는 대원군과 자신을 죽이려는 구식군들을 피하여 홍계훈과 급히 피신하는 민비의 모습이 교차 연출된다. 고종이 다시 불러들인 청나라의 개입으로 환궁하게 된 민비. 위안스카이에 의해 어이없이 청나라로 끌려가는 대원군의 모습이 앞뒤 사정이 다 생략된 채 전개된다. 민비를 제거할 계략을 꾸미는 일본 각료들과 그 일을 맡을 인물 미우라를 소개하는 장면을 마지막으로 1막의 단원이 막을 내린다.

1막에서 전개되는 사건이 돌아가는 형국을 제대로 이해하기에는 역사를 웬만큼 아는 내국인들이 아니고는 어리둥절하기에 십상이다. 얼마 전, 우리 현대사의 비극이라고 할 수 있는 10·26사건을 다룬 영화『그때 그 사람』에서 사건 경위에 대한 유기적 인과관계를 충분히 보여주지 못한 부족함을 느꼈을 때와 같다. 역사물이나 시대물이 가지고 있는 한계성이다.

사건들의 나열식 전개 과정이 오락과 여흥도 함께 기대하며 온 뮤지컬 관객들에게 어떻게 비쳤을지 궁금하다. 역사의 지식을 동원해야 하는 과정에 다소 스트레스가 생긴다. 비록 비극적 역사를 소재로 하지만 단지 사건을 재구성하는 것만이 아닌, 역사를 잘 모르는 외국인들까지도 울림을 줄 수 있는 연출이 필요하다. 등장인물들의 인간적 양심과 갈등까지도 심도 있게 저며내는 아리아가 필요하다.

2막은 각국 공사들과의 대연회가 벌어지는 장면이다. 아름답고 화려한 궁중의 화관무로 시작되는 연주곡에서 민비와 고종은 개혁을 축원하는 아리아를 부른다. 여기서 민비의 의상은 그 어느 때보다도 화려하다. 이 뮤지컬의 특색 중의 하나가 이 화려한 의상이다. 임금의 용포 또한 민비의 대례복과 잘 어울린다. 독특한 황금빛과 자수 무늬, 고풍스러운 자주색의 색상이 조화로운 궁중의상은 고귀한 조선의 왕실을 나타내주는 배경이다. 그러나, 그 화려한 궁중의상뿐만 아니라 궁녀들의 허리에 맨 끈이 길고 하늘하늘한 복장이 내 눈에는 편치 않다. 조선 무사들의 상징적 색상인 흑백이 아닌 화려한 색상과 장신구가 달린 복장은 언뜻 중국인인지, 일본인인지 모를 정도다. 이러한 이국적 터치의 의상들은 동양적이라는 느낌을 준다. 말하자면 외국인 관객에게는 낯익은 동양적 분위기를 선사할지언정 흑백, 대비 색상과 옷감에 익숙해진 한국인의 정서에는 낯선 복장이다.

2막에서는 사건 나열보다는 민비의 아리아를 중심으로 장면이 연출되고 있었다. 각국 공사들과 부인들이 민비의 환심을 사기 위해 예물을 바치고, 홍계훈이 훈련대장에 임명된다. 불. 독. 러. 삼국간섭을 받는 일본의 야심을 견제하기 위해 민비는 러시아의 세력을 이용하고자 고심한다. 그러면서도 이문열은 그녀를 기본적으로 지아비를 충실히 섬기면서 왕세자를 지극히 사랑하는 명민하고 지혜로운 국모로서도 부족함이 없게 하였다. '총명하고 심성 어진 우리 세자'를 부르는 그녀의 얼굴은 귀밑머리 길게 내려진 단아한 쪽머리와 함께 살굿빛이 흐르는 오똑한 콧날이 돋보인다. 청아하면서도 곱디고운 음색은 듣는 이로 하여금 콧등까지 시큰하게 한다. 민비가 시해당하기 전날 밤 경복궁 안에서 「우리가 어디서 만났었소!」를 부르는 민비와 「나의 운명은 그대」를 번갈아 부르는 홍계훈의 아리아가 백미다. 처음이자 마지막으로 그의 마음을 온전히 고백하는 홍계훈의 애틋한 사랑은 민자영의 존재를 새롭게 부각시키는 장면이었다.

이어서 천둥 번개가 치는 밤, 세자와 민비의 코러스에서 관객들은 불운한 결말을 감지하며 곧이어 벌어질 전대미문의 만행을 무거운 침묵으로 예감한다.

– 민비가 노골적으로 러시아에 접근하자 대원군과 일본은 민비 제거라는 공통 목표에 합의하게 된다. 민비시해사건 당일인 1896년 8월 20일(음력) 새벽 3시, 대원군은 "암여우를 죽여라"라고 외치는 일단의 일본 낭인들과 조선군 훈련대 군졸들의 호위를 받으며 자신의 거처이던 마포 공덕리 별장을 떠나 경복궁으로 향한다. 대원군은 함께 따라나서기를 간청하는 종손자 이준용에게 "너는 여기 남아 있다가 오늘의 거사가 실패하면 일본으로 망명하여 후일을 도모하라"라고 말한 뒤 가마에 올랐다. 대원군은 출발에 앞서 자신의 거사 취지를 밝히는 '고유문'을 발표하고 이를 서울 시내에 게시하라고 지시했다. 고유문은 '민씨 척족이 권력을 잡고 갑오경장의 개혁을 무위로 돌려 나라를 위태롭게 하고 있으니 이들을 척결해 버리겠다'라는 내용이다. 민비가 마지막 숨을 거두는 장면을 목격한 훈련대 제2대대장 우범선(육종학자 우장춘의 아버지)에 의해 민비가 살해됐음을 알게 된 대원군은 겁에 질린 고종이

그를 부르는 형식을 빌려 이 날 아침 경복궁 내 건청궁에서 아들과 대면하게 된다. 대원군이 건청궁으로 향하던 바로 그 시각, 민비의 시신은 홑이불에 싸인 채 대궐 소나무 숲으로 옮겨져 석유가 뿌려진 가운데 초가을의 새벽하늘로 한 줄기 연기가 되어 사라지고 있었다. 대원군은 고종과 대면한 자리에서 자신의 장남 이재면을 궁내부 대신에 앉히고 다시 정권을 장악했다. 당시 조선에 주재하고 있던 미·러·영·프·독일 등 구미 외교관들은 민비 시해와 관련해 일본 측의 책임을 추궁하면서도 이 사건의 주범이 대원군이라는 데에는 이견이 없었다. 그래서 그들은 모두 대원군을 기피 인물로 삼게 되었다.

일단의 역사적 고증을 토대로 한 민족문제연구소의 문건에서 발췌한 글이다. 그러한 역사적 존재인 대원군과는 상관없이 우리는 뮤지컬 『명성황후』에서 보다 인간적이며 도의적인 아리아를 부르는 대원군을 만나게 된다. "국왕은 바로 조선, 왕비는 국모이다. 더구나 사사롭게는 내 아들이요 며느리인 것을 이 무슨 해괴한 소리냐? 불행이 있다 해도 집안일이요, 분란이 있다 해도 조선의 내정이다." 민비 시해 당일 일본군에게 이용당해 광화문 앞까지 끌려온 대원군이 "그래도 왕비를 해쳐서는 안 된다. 며느리도 자식은 자식, 왕비는 이 나라의 국모."라고 외치며 민비가 죽은 후에는 "죽지 못해 보게 되는 기막힘이여"라고 비통한 심정을 토로하는 아리아를 부른다. 비록 역사극을 보고 있지만 우리는 지금 만나는 등장인물 속의 그를 바라보며 착잡함을 금할 수 없다. 역사의 진위가 어찌됐든 한 인간의 고뇌가 세계정세의 흐름에서 어떻게 구겨지고 이용당하게 되는지 그 당시는 누구도 알 수 없었다.

이어서 1막의 마지막 장면인 왕비의 시해를 예고하는 낭인들의 살생의식이 연주되며 장검을 들고 아주 느리고 절제된 동작으로 민비의 살생을 의미하며 펼쳐지는 의식무는 일본 낭인들의 잔인함이 가득하여 섬뜩할 정도다. 곧 이어서 민비와 김 상궁이 쫓기며 「왕비 마마 들짐승에 쫓기시네」의 코러스가 깔린다. 옥호루가 그려져 있는 대형 걸개그림과 무대 중앙의 이중 턴테이블을 이용하여 빠르게 돌아가는 어두운 조명 속에서 쫓고, 쫓기며 쓰러져가는 속옷 차림 궁녀들의 피가 낭자한 급박한 장면, 그 속에서 홍기훈이 쓰러지고, 왕비 또한 실로 어이없이 쓰러졌다.

일단의 대서사가 막을 내린 후, 드디어 피날레의 엔딩곡인 '백성이여 일어나라'라는 클라이맥스가 연출된다. "나는 조선의 국모다. 비록 타오르고 타올라 한 줌의 재로 흩어져 바람을 타고 빗물에 쓸려 외롭게 떠돌지라도 이것이 어찌 나의 마지막이라 할 수 있는가…. 나 슬퍼도 살아야 하네. 나 슬퍼서 살아야 하네….”의 가사는 유명한 조수미의 『명성황후』 OST 못지않게 여러 사람에게 잘 알려진 합창곡이다. ‘동녘 붉은 해, 동녘 붉은 해….’ C장조의 단순한 선율에서 조용히 시작해서 F장조로 도약하면서 점점 커지며 한 음 더 올라간 G장조에선 최대의 볼륨으로 노래함으로써 화려한 클라이맥스의 효과를 극대화 시킨다. 더구나 ‘슬퍼서 다시 살아야’만 하는 민비가 소복 차림으로 절규하듯 무대 앞에서 한 발짝씩 걸어 나오며 지금까지와는 완전히 다른 강력한 톤으로 콜로라투라의 음역까지 올라가는 소프라노 발성으로 “동·녘 북.은. 해, 동·녘. 북.은. 해”를 단음절로 반복하며 “스스로 지켜야 하리, 조선이여 무궁하리, 흥왕하여라”라고 외치는 마지막 장면은 관객들에게도 거대한 슬픔과 장엄하면서도 숭고한 절규의 기립박수를 하게 만들었다.

역사 속에서 상반된 평을 받는 민비는 하나의 뮤지컬로 재탄생되었다. 이문열은 그녀를 어찌 이렇게 감성까지 살아서 육화된 존재로 그릴 수 있었나. 민비는 참혹한 죽음으로 백성의 지탄을 대신했던 조선 제일의 영민한 여인이 되어 다시 탄생하였다. 나라의 운명보다는 오직 자신의 권속과 혈육의 집착을 놓지 못했던 그녀로 인해 우리는 외세의 야욕으로 얼룩진 근대 역사를 앞당기게 되었다. 그러나, 그녀가 마지막까지 나약한 고종을 일으켜 세워 종사의 운명을 지켜나가고자 했던 가상한 몸부림을 어찌 후대의 사람들이 질타만 할 수 있겠는가. 나는 그 어느 쪽도 받아들이기 힘든 착잡한 심정으로 찬바람 이는 장충동 길을 내려왔다.

『디 아더스』그 빛과 어둠의 변증법

"모르는 무엇인가가 있다는 게 우리를 두렵게 만든다."

영화『디 아더스』의 감독 아메나바르가 한 말이다. 그의 말대로 공포는 함부로 그 모습을 드러내지 않는다. 아메나바르는 의혹의 퍼즐을 짜 맞추어 나가는 방식을 귀신같이 잘 알고 있는 감독이다. 빛과 어둠을 이용한 심리적 방법이 그의 무기다. 화면 깊이 어둠을 느리게 깔아놓고, 밝은 햇빛은 오히려 두려움의 대상으로 접근시키는 구조다. 첼로에서 나오는 저음조의 사운드트랙을 히스테리컬한 니콜 키드먼의 표정과 병치하여 미스터리를 구축해 나간다. 마치 빛의 연금술사처럼 주인공의 의식과 무의식 속에 있는 삶의 의지를 빛으로 표상해내며 인간의 내면에 자리잡고 있는 삶과 죽음의 정체성을 짚어낸다.

1945년, 제2차 세계대전 말기에 만연한 죽음의 기표를 음침하게 드리우고 있는 안개 낀 외딴섬에 영국 빅토리아풍의 낡은 저택이 나타난다. 두꺼운 커튼과 등불로 채색된 그 집은 죽음에 대한 인간들의 솔직하지 못한 심리가 은폐된 공간이다. 동시에 그 미궁의 구조를 우리에게 제공하는 무정형의 장소이기도 하다.

어떻게 보면, 이 영화의 서사구조는 단지 어느 날, 자기 집으로 일하러 온 하인들과 살면서 집 안에서 나는 소리의 실체를 찾아다니는 것이 전부처럼 보일 수 있다. 그러나 이면의 이야기는 계속 살아 움직이는 그녀의 외상적 충격의 후유증, 곧 그녀의 의지적 기억을 기표화하여 관객들에게 고스란히 전이시켜 가는 과정이다. '전이'란 다분히 환상이라 말할 수 있다. 자신은 객관적인 사실 속에 있는 것 같지만, 사실은 자신 안에 있는 것이다. 그 과정을 아메나바르는 모르는 무엇인가를 설정하여 관객을 모호하게 속이는 방법을 택했다. 마치 음흉한 사기꾼처럼.

주인공 그레이스는 새로 온 하인들에게 꼭 지켜야 할 수칙을 알려준다. 방문을 여닫은 뒤 다른 문을 열기 전에 빛이 새어들지 못하도록 반드시 열쇠로 잠그는 것, 등불 외에는 다른 조명을 사용할 수 없으며 창문에는 햇빛이 새어들지 않도록 항상 두꺼운 암막 커튼을 쳐야 한다. 그렇기에 누구든 한 뭉치의 열쇠꾸러미를 항상 주머니 속에 담고 있다. 그녀가 그토록

227

예민하게 반응하는 빛과 어둠의 가장 깊은 내실에는 그녀의 아이들이 있다. 햇빛에 노출되면 바로 살갗에 물집이 부풀어 오르고 호흡 곤란으로 목숨까지 위험한 희소병을 앓고 있는 두 아이, 앤과 니콜라스의 얼굴은 흰 석고상처럼 창백하다. 빛과 어둠을 따라가는 공간 이동의 열쇠는 한 프레임 안에서 곧이 아이들의 생명과 연결되는 미장센을 구축하고 있었다.

그런데, 마치 세상에서 동떨어져 있는 듯한 이 저택에는 주인이 알지 못하는 타자가 존재하고 있었다. 감독은 그것을 '보이스오버' 기법으로 처리하고 있다. 여기저기서 뛰어다니는 발소리, 피아노를 연주하고 웃는 사람들의 목소리처럼 소리는 들리지만, 모습은 보이지 않는 기법이다. 포착되지 않는 목소리의 실체로 인하여 비로소 두려움은 그 긴장의 그물망을 떠나간다.

"가끔은 죽은 자와 산 자가 섞여 살기도 하지요."

하녀인 밀다 부인의 무표정한 소리는 관객들에게 문득, 한 계단이 더 내려간 깊은 어둠의 틈을 제공한다. 마치 둔주곡의 진행처럼 이중적으로 분리되어 층지어진 공간이다. 불현듯 넌

져진 그 느낌은 은폐된 기표의 그물망으로 들어가는 대기실이 된다. 행동의 장소인 세상과 침묵의 방 사이에 포진한 그 대기실은 감춰진 비밀이 곧 발설될 것 같은 함정과도 같다. 그 문지방을 넘고 싶은 마음과 금기의 두려움은 죽은 남편이 나타나면서 가시화된다.

앞을 분간할 수 없는 자욱한 안개 속에서 길을 잃은 그녀 앞에 전사한 줄 알았던 남편이 나타났다. 경이로움으로 떨리는 그녀의 얼굴을 바라보는 남편의 눈에는 친밀한 애정이 깃든 슬픔과 함께 체념의 어두운 그늘이 드리워져 있다. 마치 네가 한 모든 것을 다 알고 있다는 듯한 표정의 남편은 그녀에게 강한 어조로 '그날'의 일을 추궁한다. '그날' 무슨 일이 있었는가. 앤은 그날 엄마가 미쳤다 하고, 그레이스는 밤중에 하인들이 갑자기 떠났을 뿐이라고 말한다. '그날'은 각자의 마음속에 존재하지만, 정신의 심층에 숨어서 의식의 눈에는 보이지 않는 지점이다.

"애들에게 용서를 빌어야지."

다시 전쟁터로 사라지는 남편의 넋 나간 듯한 이 한마디는 관객들에게 어떤 중대한 오류를 수정하게 하면서 지금까지 침묵해 왔던 폭로의 시퀀스를 앞당긴다. 과연 아이들에게 무슨 용서를 빌어야 한다는 건가.

엽총을 들고 집안의 침입자인 목소리의 실체를 찾아 저택의 좁고 긴 복도를 지난 그레이스는 구석방에서 낡은 사진첩을 발견한다. 먼지 쌓인 검은 가죽으로 된 그 사진첩에는 마치 잠을 자듯, 음영이 나타나지 않은 얼굴의 사람들이 있었다. 의자에 비스듬히 기대어 앉은 노파, 아이와 함께 침대에 나란히 누워 있는 젊은 부인, 유모차에서 잠든 어린아이 모두 눈을 감고 있다.

"모두 자고 있어요."

"자는 게 아니라, 죽은 겁니다."

그레이스의 중얼거림에 밀다 부인이 답한다. 살아 있던 사람의 영정 사진이 아닌, 바로 죽은 자의 모습이라는 말이다. 그것은 사진을 통해 영혼이 부활하기를 바라던 그 당시의 풍습이다. 아메나바르의 빛과 어둠은 결국 암실에서 그 기호를 바꾸어 이상한 충격으로 환기되는 사진의 아우라를 만들어냈다. 어느 시골 대청마루 위에 걸려 있는 오래된 가족사진에서 보는 얼굴들이 아니다. 실제 죽은 이들의 얼굴에서 느낄 수 있는, 건드릴 수 없는 오래된 금기의 감정이 관객의 눈에 화살처럼 달려와 꽂힌다. 곧 주관적 응시자는 관객이 아닌, 바로 사진 속의 응시자였음을 나타내는 죽음의 시퀀스가 시작되는 순간이다.

차갑고 이지적으로, 고품격의 공포 분위기를 시종일관 이끌던 니콜 키드먼의 우아한 표정은 곧, 하인들의 '눈감은 사진'을 발견하면서 경악스럽게 일그러진다. 누구에게도 복제될 수 없는 '죽음'이라는 아우라에 소스라치며 주저앉는 그레이스. 밀다 부인이 자신들은 이미 오십여 년 전에 세상을 떠난 사람들이라고 말한다. 그레이스는 곧 자신을 괴롭히던 소리의 실체가 누군지 알게 된다.

"너희들은 죽었으면서 왜 이 집에 남아 있니?"
"우린 안 죽었어요!"

앤과 접촉을 계속 시도하던 목소리의 실체는 주술로 좀비를 불러내어 대화하는 사람, 즉 퇴마사였다. 그레이스는 남편이 추궁했던 바로 '그날' 자신의 아이들을 베개로 눌러 숨지게 하였다. 그리고서 자기 머리에 댄 엽총의 방아쇠를 당기고 난 뒤, 마치 침대에서 잠이 깬 것처럼 사진 속의 주관적 응시자로 다시 살아난 것이다. 유령의 침입자는 바로 자신이었던 것을 깨닫지 못한 채로. 산 자들에게 이 집에서 모두 나가라고 외쳤지만, 긴 복도의 끝에서 그레이스는 비로소 자신의 아이들을 끌어안고 깊은 참회에 젖는다.

"침실에서 너희 목소리가 다시 나고, 아무 일 없는 듯 놀고 있었어. 신의 은총이 내게 다시 기회를 가지라고 말씀하시는 듯했지."

이른바, 그레이스는 환상의 상상계에서 실재의 상징계로 들어가고자 하는 욕망의 베일 앞에 서 있던 것이다. 이는 의식이 이미 문제가 되는 사건을 망각했다는 사실에도 불구하고, 무의지적 기억이 계속 살아 있는 것과 같다. 생가의 '속임수'를 쓴 저자 권택영은 "무의식은 의식의 타자로서 속임수를 통해 위장된 모습으로 끈질기게 자신의 억압된 충족을 시도한다."

라고 말한 바 있다. 아메나바르가 특별한 사건이나 갈등을 그려내는 대신, 그레이스의 의지적 기억을 은폐시킨 채로 그 이야기를 끌고 나갈 수 있었던 것도 바로 이 때문이다. 어떤 화제든 이야기되는 내용은 맨 처음 술회하거나 기록될 때는 이미 그 수명을 다한 것이다. 중요한 것은 기억 속에 있는 이야기다. 주체는 그런 서정성의 기억을 망각했는지 몰라도 그것들은 결코 그 주체를 잊지 않고 따라다닌다. 한 컷의 프레임 안에서 그레이스가 발견한 사진은 그러한 무의지적 기억의 단초가 되었다. 그것은 부재의 증거가 되어 허구화된 현재의 낯설고 신기한 시간을 분명하게 잘라주는 역할을 해주었다.

그렇듯, 영화는 낯선 세계를 서로 나누었다 붙이는가 하면, 함께 섞어놓기도 한다. 그곳은 벤야민이 말한 것처럼 '의식과 무의식이 스며들어 함께 섞여 있는 공간'이기 때문이다. 그 공간 속에 사람들의 욕망과 꿈, 이상이 투영되는 것이다. 문득, 내가 지금 사는 이 공간은 과연 이승의 시간 속에, 어느 지점일지 생각해보게 한 영화다.

죽음은 또 다른 시작

დ

딸이 사는 샌프란시스코에 와서 지내는 동안에는 버클리에 있는 '버클리 은혜 장로교회'에서 주일예배를 본다. PCA 북가주 노회에 속한 이 교회는 이십오 년의 역사가 있다. 신도 수가 많지는 않지만, 교인들 간에 결속력이 강하고 각자 직분에 맞춰 헌신하는 모습이 은혜로운 교회다. 멀리 타국에서 이민자로 살아가는 삶에서 반드시 있어야 할 생명의 터전이다.

오늘은 설교 중에 큰 교회에서 부목으로 사역하던 중 새 교회를 개척하려고 나갔던 제임슨 스톡하우스 목사님께서 새벽에 소천하셨다는 비보를 들었다. 작년에 왔을 때 암 투병 중이어서 교인들과 합심 기도를 드렸던 기억이 난다. 놀람과 충격의 술렁임 속에 목사님의 애틋한 기도가 이어졌다. 유족인 여덟 살 맏이를 비롯한 네 자녀와 부인 크리스티를 향한 위로와 평안을 기원하는 기도가 깊은 날숨과 함께 내 입술을 움직였다. 큰 슬픔과 어려움 중에도 하나님의 인도하심이 그들을 이끌어주시리라 믿는다. 그러면서도 생각은 '죽음'이라는 충격과 혼란의 단어에서 벗어나지 못하였다.

　제임슨 목사는 떠나고, 그가 이루려던 꿈도 사라졌다. 나를 비롯해 남은 자들 또한 언젠가 가야 할 그 길을 떠난 것이다. 과연 내게도 그때가 도달하면 어떤 심정이 될까. 문득, 이 세상의 모든 관계를 끊고 떠나야 하는 생의 마지막 숭고함이 엄습해온다. 큰 교회의 부목으로서 안정된 삶을 유지할 수 있었는데도 새 성전을 개척하려던 제임슨 목사는 어떤 심정이었을까. 모든 사람이 기구했던 치유의 기도는 결국 이루어지지 않았다. 그러나 그가 어떤 상태로 그 순간을 맞이하였는지 그의 부인의 글에서 곧 알게 되었다. 45세에 세상을 떠난 제임슨 목사의 아내 크리스티는 자신의 블로그에 그가 떠나던 순간을 이렇게 기록했다.

　어젯밤, 자정 직전에 저는 제임슨에게 작별인사를 했습니다. 말은 그 순간의 고통과 사랑과 슬픔과 감사를 다 표현하지 못합니다. 그의 심장은 마지막으로 희미한 숨을 들이쉬며 멎었습니다. 그런데도 나는 내 심장이 계속 뛰고 있는 것을 믿을 수 없습니다. 아이들은 작별인사를 해야 할 때라고 느낄 때까지 그와 함께 있을 수 있었습니다. 우리는 마지막 포옹을 하며 많은 눈물을 터뜨렸습니다. 그는 치유에 대한 기도가 응답되지 않음이 분명했던 순간에도 하나님을 더 많이 신뢰했습니다. 우리가 성경을 읽을 때마다 아멘, 또는 '그것이 사실입니다!'라고 대답했습니다. 지금 나는 그가 정말로 사라졌다고 믿지 않습니다.

그녀는 남편을 보내는 순간이 '거룩하고, 아름답고 경이로웠다!'라고 말했다. 남편의 마지막 순간을 그렇게 표현을 할 수 있는 사람이 과연 몇 명이나 될까. 이 세상에서는 아무것도 할 수 없는 상태에서 제임슨은 절망이 아닌, 평온과 기쁨 속에 놓여 있었음이 느껴진다. 그는 더이상 고통 속에 방황하고 있는 가련한 길손이 아니었다. 오히려 죽음의 권세를 이긴 환한 얼굴로 한 걸음 더 나아가고 있다. 구원의 확신, 그가 이루려고 했던 것이 바로 그 순간이었음이 자명하게 다가온다. 그리하여 가장 어두운 순간에 그는 진실로 빛나는 사랑 안에 있었다. 그 사랑의 빛은 그를 바라보며 작별인사를 한 가족에게도 임했을 것이다. 그것은 바로 그 안에 그리스도가 거하시고 주 안에 그가 거했음이다.

며칠 전, 백 세 인생을 사는 김형석 교수의 글이 중앙일부에 크게 실렸다. 대한민국에서 최고령 명사인 그는 백 년을 살면서 만난 친구 중에 가장 성공한 사람으로 윤동주 시인을 꼽았다. 만주에서 중학교를 같이 다닌 윤동주 시인이 27세에 옥에서 요절해 불쌍하기 짝이 없었는데 수수십 년 후에 보니 제일 성공한 사람이 되었더라고 한다. 김형석 교수가 말한 '성공'은 암울했던 시대에도 별을 노래하며 모든 죽어가는 것들을 사랑한 그의 영혼이 담긴 시에 있음을 말하리라. 윤동주 시인과 제임슨 목사에게서 느낄 수 있는 순수한 영혼, 그것은 인간의 의지에서 발현되는 것이 아니라 신이 주신 선물이다. 할아버지가 장로였던 집안의 토대 위에 자라난 시인은 죽음 앞에서 그 순결함을 간직하였고, 그것은 다시 그의 시에서 순수함으로 발현하여 우리들의 가슴에 전해진다. 마치 죽음이 끝이 아니고 이후에도 계속 삶이 이어지고 있는 것처럼, 과거는 기억속으로 사라지고 다가올 미래는 아무도 알 수 없는 가운데 순간이라는 현재는 계속 지나갈 뿐이다. 그 속에서 계속 우리의 마음에 살아 있는 영혼은 신이 주신 영생의 선물이리라.

그는 주님과 함께 집에 있습니다. 그는 부서짐이 없습니다. 그는 이제 모든 것을 새롭게 만드시는 사랑과 친절과 자비의 하느님과 마주했습니다. 그는 더는 고통이 없는 천국에 갈 준비가 되었습니다. 그곳이 얼마나 멋지고 좋은가에 대한 확신이 우리의 마음과 정신을 감싸기엔 오랜 시간이 걸리지 않을 것입니다.

그의 영혼이 기쁨으로 두근거리는 발걸음을 떼었음이 느껴진다. 더는 아프지도 않고, 절망이나 위험도 없이 빛나는 본향을 향하고 있다. 어떠한 의심도 없는, 너무나 단순하면서도 명확한 느낌이다. 주변의 모든 것이 사라진 뒤에 오롯이 남는 그 무엇, 비로소 보이는 그것이 영혼이라고 감히 말해본다. 인간을 감싸고 있는 모든 상황을 배제한 뒤에 홀연히 나타나는 영혼. 그 순결무구함을 주신 분께로 다시 나아가는 것이다. 그 순간은 그 무엇도 두렵지 않을 것이다. 두려움이란 모르는 것에 대한 의문에서 나온다. 확신할 수 있는 앎 앞에서는 오직 기쁨으로 나아갈 뿐이다.

죽음이라는 미스터리한 개념은 존재에 대한 질문을 끊임없이 던지게 한다. 만약 우리에게 죽음이 없다면 인생은 어떤 식으로 이어질까. 육체의 기능만 요구되는 삶으로 이어지고 말 것이 분명하다. 마치 결승선이 없는 마라토너처럼 영원히 뛰어야 할 육체만 존재할 것이다. 죽음이 있기에 우리는 영혼을 노래할 수 있고 삶은 보다 은유적이고 창조적이고 수 있다.

나 또한 죽음이 확연히 내 앞에 와 있음을 느꼈을 때가 있었다. 먼 곳에서 평화롭게 달리던 죽음의 기차가 갑자기 내 앞에 멈춰 선 것 같은 충격이었다. 처음으로 삶이라는 실체가 죽음이라는 필연성과 맞닿아 있음을 절감했다. 그 속에 신이 있다면 어디에 있을까. 하늘을 올려다보았다. 푸른 하늘은 구름이 흐르고 있는 스크린처럼 깨끗하고 맑았다. 그때, 내 속에 이미 빛으로 와 계셨음을 깨닫지 못하고 있던 나를 발견하고 오열에 빠졌던 순간을 잊지 못한다. 그분은 이미 내 안에 와 계셨던 것이다. 비로소 나의 본질이 어디서 왔는지 깨달았던 순간이다. 지극히 개인적이고도 완전한 영적 충격이었다. 처음으로 두려움을 알게 되었고, 그리하여 신의 존재를 체험하는 아이러니한 연결고리가 바로 '죽음'이었다.

인간의 삶은 여러 가지 모습으로 존재하는 악의 세계에서 이어진다. 그 속에서 생명이 잉태될 때부터 주어진 영혼의 순수함을 잃지 않고 살아가기란 쉽지 않다. 그러나 누구나의 마음속에 존재하는 순결함을 깨닫기만 하면 그는 신이 주신 영혼을 획득하게 될 것이다. 그 순수한 마음이 내게 있음이 나는 지금 한없이 자랑스럽다.

V.

아, 티베트

아이들과 있을 때면 다시 돌아보는
내 푸른 시간이 이어지고 있다는 느낌이
나를 움직이게 합니다.
마치 내가 차고 있는 손목시계의 초침이
나만의 속도로 자유자재 째깍거리는 것처럼요.
지나간 것은 시간이 아니라,
나였음이란 자각이 확연해집니다.

캘리포니아 연가

아이들이 오후 간식을 먹고 수영학원을 가기 위해 애들 엄마
와 함께 나갔습니다. 여기저기 널브러진 책들과 장난감으로
어지러운 거실과 2층 침실들은 이제 적요한 공간이 되었습니
다. 잠시 주어진 넓은 공간과 알뜰한 시간이죠. 주방에 산재한
일거리에서 손을 떼고 거실로 나와 따끈한 커피와 마주했습니
다. 한쪽 다리는 옆의 식탁 의자에 걸치고 앞치마는 그대로 입
은 채 의자에 기대어 앉아 앞마당의 꽃나무들을 바라봅니다.
거실에 매달린 보스 스피커에서는 말러의 「거인」이 예의 그
조용한 시작을 울리고 있습니다. 그를 지휘하는 아바도는 암
투병 중에도 오랜 애인의 몸을 어루만지듯 온몸을 기울여 열
중하고 있겠죠.

마당에는 이국의 꽃나무들이 하늘하늘 꽃망울을 매달고 흔
들립니다. 살랑바람이 흰 벽에 기댄 초록색을 인식시켜 주려
는 듯 나무들을 터치하며 지나가네요. 나무들은 그를 따라가
고 싶은 몸짓을 하며 흔들립니다. 우두커니 바라보는 마당의

돌바닥에 태양이 지나가는 그림자를 드리울 때까지 그렇게 멍하니 무료함을 즐깁니다. 나는 그저 아직 세포가 죽지 않은 단순 생물체가 되어 말할 수 없이 편안한 상태로 멍하니 있습니다. 손님을 맞이하러 뛰어나갈 필요도, 관리해야 할 종업원들도 없습니다. 그저 물 흐르듯 다가오는 시간을 아무런 제재 없이 흘려보내도 무탈한 상태죠. 이런 평안함이 그동안 내게 몇 번이나 있었던가요. 나는 늘 말하고 있었습니다. 그럴 시간이 없었다고요. 무엇을 위해 그렇게 뛰어다녔던가 설명할 수 없습니다. 다만 내 몸을 빼내 멀고 먼 이곳으로 옮겨놓고 비로소 찾아오는 풍요의 시간을 누리는 이 시간만이 제겐 중요합니다. 이국에서 오롯이 즐길 수 있는 자유로움이죠. 해가 뜨면 하루가 시작됨을 느끼고 밤이 오면 편안히 잠들면 되는 평화입니다. 조금 후, 문을 열고 들어오는 아이들과 다시 세포와 근육을 움직여 떠드는 소리로 행복한 시간을 보내면 되는 거죠. 생각이라는 걸 안 하니 오히려 기억들이 나를 향해 달려옵니다.

아, 4악장의 우레와 같은 인트로가 시작되네요. 말러는 이제 온갖 악기들과 음표들을 대 동원하여 내 감정을 다 부숴버리려고 합니다. 그 속에서도 아바도의 손가락은 더욱 절제하며 안으로 그 음들을 품으려는 모양이 그려집니다. 이제 곧 환희의 평원을 달려 펼쳐질 그 푸른 음들의 운명을 달래려고 하겠죠. 지금은 말러도, 아바도도 이 세상에는 없습니다. 그 사실만으로도 나는 살아있음으로 특별해짐을 가슴속으로 조용히 만끽합니다. 시간은 너무나 빨리 지나갑니다. 그래서 시간은 기다리는 게 아니죠. 그것은 죽음의 열차가 내 앞에 와서 서는 순간을 기다리는 것과 마찬가지 아닌가요. 행복은 늘 그 자리에 있었지만 내가 미처 깨닫지 못하는 사이에 모든 것은 변하죠. 이제는 그 모든 것을 바라볼 수 있는 때가 되었다고 봅니다. 오직 내게 와 있는 지금이라는 순간만이 유일한 답입니다. 매일을 풍요롭고 행복하게 하는 것은 단지 내 마음에 있다는 사실도 이제는 확실히 말할 수 있습니다.

지금 나는 요람처럼 흔들리는 하프의 감미로운 피아니시모를 들으며 캘리포니아의 겨울을 바라봅니다. 말러, 꽃, 살랑 바람 등, 내가 제일 좋아하는 요소가 녹은 칵테일을 마시면서. 그리고 내 품에는 자고 있어도 깨워서 안고 볼을 비비고 싶은 손자, 손녀가 있습니다. 오로지 이 아이들만을 위한 시간을 보내고 싶은 일념만 가득합니다. 아이들을 보고 있으면 휘감아 오르는 사랑의 기운이 그물처럼 내 핏줄 사방으로 퍼져 나갑니다. 지금껏 살아오는 동안 한 번도 내보지 않았던 기쁨의 목소리가 나오고, 어릿광대처럼 과장된 바보 표정을 짓습니다. 내 인생에 다소 성과가 있다면 바로 이 아이들이겠지요. 내 혈육이며 신이 주신 축복의 선물입니다. 이 아이들과 첫대면할 때 마구 흐르던 눈물을 기억합니다. 오직 신께 올리는 감사의 기쁜 눈물이었습니다. 이 아이들을 보려고 내가 지금까지 살아왔나 보다 생각했어요.

12월의 캘리포니아 정취는 그저 밤이 새도록 오는 비가 말해줍니다. 이 겨울이 지나면 비를 보기가 어렵거든요. 2층 손녀 방의 벽 하나를 다 차지하는 넓은 창문 밖으로는 키 큰 자작나무가 한 그루 서 있습니다. 동토에나 있을 법한 북방의 나무가 어떻게 이 사막과도 같은 더위에서 저토록 몸집을 불렸는지 신기할 정도입니다. 가로등에 비치는 나뭇잎 위로 물방울이 반짝이며 튀는 밤. 커튼을 닫으면 밤새도록 속살거리는 다정한 빗소리. 이곳의 밤은 적막강산의 무인도가 되어 나를 자유롭게 하는 동시에 잠 못 이루게 합니다. 내 안의 뿌리가 내린 곳을 떠나 몸체만 옮겨온 이곳에 뿌리 또한 함께 있다면 어떨까요. 태생부터 지금까지 내 선택보다는 주어진 환경에 맞춰 살아나온 시간을 떠올립니다. 이제는 내 선택의 향유를 누려볼 마지막 시기가 되었다는 느낌에도 불구하고, 나는 또

주어진 내 아이들을 먼저 생각합니다.

　아이들과 있을 때면 다시 돌아보는 내 푸른 시간이 이어지고 있다는 느낌이 나를 움직이게 합니다. 마치 내가 차고 있는 손목시계의 초침이 나만의 속도로 자유자재 째깍거리는 것처럼요. 지나간 것은 시간이 아니라, 나였음이란 자각이 확연해집니다. 젊은 엄마였던 그때, 나는 진정한 인생은 조금 후에, 어떤 시점이 오면 시작되는 것처럼 여기며 살았습니다. 그때를 위해 지금은 모든 걸 참아야 한다는 생각이었죠. 그러나 그때가 이미 과거가 되어 버린 지금에 나는 더는 시간과 상황을 탓하지도, 기다리지도 않습니다. 그리고 이보다 더 가치 있는 일이 없다는 듯, 내 아이들을 좀 더 견고하게 품습니다. 나는 언제나 분주히 먹을 것을 준비하고 문을 열고 들어오는 아이들과 더 오래 눈을 맞추고 스킨십을 합니다. 그 모든 것들이 언젠가 또 아쉬움과 후회가 되어 나를 다시 찌르지 않도록요.

　먼 시간을 돌아 하나의 산맥을 넘은 듯, 나는 지금 캘리포니아에서 내 딸의 아이들을 이토록 사랑하고 있죠. 녀석들을 안고 어우르면 내 푸른 시간에 대한 보상이라도 받는 듯, 눈물이 납니다. 집으로 돌아가는 비행기 안에서도 끊임없이 솟아나는 사랑의 눈물입니다.

환 바이칼호 열차 안에서

한때는 시베리아 횡단 열차의 노선이었던 선로를 달리는 환
바이칼호 열차 안은 각국에서 온 여행객들로 가득 찼다. 광활
한 시베리아의 수많은 물길이 흘러들어 생성된 호수는 가히
바다라고 불릴 만한 크기다. 앞 좌석과 옆의 일행들도 이런 바
다, 아니 호수는 처음이라는 듯, 차창에서 눈을 떼지 못했다.
호수의 검푸른 물결을 따라가는 차창에는 실비가 부딪치며 방
울져 내렸다. 선로 옆 야생화들이 달리는 기차가 일으키는 비
바람에 허리를 꺾으며 넘어진다. 열차는 덩굴식물로 둘러싸인
허름한 터널로 들어갔다. 무엇인가 아스라한 역사의 현장으로
나를 데려갈 것만 같은 긴 터널이다.

시베리아는 계절 덕분인지 내가 막연히 상상했던 유형지라
는 황량함은 없었다. 호수를 따라 이어지는 숲과 부슬비에 젖
은 초록 물결이 차창으로 흐르는 8월의 시베리아를 풍요롭게
비춰주었다. 게다가 아직도 사람의 손길을 타지 않은 태고의
신비함이 서린 바이칼호까지 품은 천혜의 대지다. 지구의 건

248

강을 지켜줄 마지막 보루와 같은 거대한 생명의 원천이 시퍼렇게 살아 숨 쉬는 것 같다.

천천히 달리던 기차가 마을이 보이는 다리 위에 멈춰 섰다. 그 아래 호숫가에 겨우 빗물만 피할 수 있는 차양 아래 허술하게 차린 생선 판매대가 몇 개 있다. 이 호수에서 많이 잡힌다는 'Omul'이라는 물고기가 수북이 쌓여 있다. 숯을 피워 소금을 뿌린 채 굽고 있는 오물의 냄새와 연기가 여기저기서 피어오른다. 여행객들은 그곳에 서서 오물오물 먹는 사람도 있고, 봉지에 싸서 기차로 가져오는 사람도 있다. 기차는 다시 움직이기 시작했다. 객실 안에는 난데없는 파티가 벌어졌다. 각자가 가지고 온 도시락과 맥주, 과일을 꺼내서 좌석 앞 테이블 위에 펼쳐놓는다. 일행 중에는 오는 길에 준비해왔던 보드카를 호기 있게 꺼내놓는 사람도 있다. 오물은 신선해서 그런지, 비린내도 별로 없고 담백하며 고소하다.

흥이 오른 어수선함을 뒤로하고 화장실에 가다가 화장실 바로 앞에 있는 두 좌석짜리 테이블에서 뭔가 좀 색다른 느낌의 일행이 눈에 들어왔다. 문득, 걸음을 멈추고 돌아서서 다시 보니 팔십 대 정도로 보이는 두 노인이었다. 러시아 노부부인 듯한 그들은 오랫동안 말을 하지 않고 지낸 사람들에게서 볼 수 있는 퀭한 눈빛으로 관광객들을 말없이 지켜보고 있었다. 떠들썩한 기차 안 분위기에서 그들이 눈에 띈 건 그 표정에 내려앉은 적막감 때문이었을 것이다. 창밖으로 펼쳐지는 호수의 풍광은 아랑곳없다는 듯, 창을 등지고 앉아 기차 안의 사람들을 물끄러미 바라본다. 그 공허한 눈빛에는 깊게 가라앉은 고독감이 담겨 있다. 마치 이 모든 것들이 자신들과는 상관없다는 듯한 이방인 같은 느낌이다. 이방인은 정작 우리인데, 태어나서 지금까지 이곳을 떠난 적이 없었을 것 같은 두 노인에게서 왜 그러한 이질감이 느껴질까. 평범치 않은 노인의 차림새 때문인가. 바짝 마른 몸피를 감싸고 있는 옷은 2차대전을 다룬 영화에서나 봄직한 오래된 군복 같다. 허름하지만 단정한 스웨터 차림의 할머니와는 달리, 할아버지는 마치 수용소에서 방금 나온 사람처럼 남루한 복장이다.

나는 자리에 돌아와서도 아예 앞자리 친구와 좌석을 바꿔 앉은 후, 그들에게서 눈을 떼지 못했다. 혹시 영화의 한 장면은 아닐까 싶을 정도로 낯선 조명이 오롯이 비치는 듯했다. 순간, 할아버지와 눈이 마주쳤다. 이내 눈길을 돌렸지만, 찰나의 교감이랄까? 간절한 호기심과 같은 궁금증이 전율을 일으켰다. 할머니는 가끔 창밖을 바라보며 아이 같은 웃음을 지었다. 아마도 치매를 앓는 듯해 보였다. 기차가 다시 또 터널을 빠져나오자 사람들이 일제히 환호를 질렀다. 제대로 탁 트인 거대한 바이칼호수가 나타났기 때문이다. 푸르다 못해 검은 물빛은 보는 이의 간담을 서늘하게 했다. 이 대지에 어떤 물길이 저토록 바다같은 호수를 이루었나! 그 위력적인 깊이에서 생성된 생명의 종은 또 얼마나 다양할 것인가. 차창문을 지나가는 키 큰 나무 잎사귀들이 눈앞을 혼란케 해도, 시퍼런 물결은 기차 안을 점령하고 놓아주지 않는다.

문득, 눈을 돌려 그 노인들을 다시 보았다. 그 자리에 무표정한 얼굴 그대로 계신다. 이내 작은 움직임이 인다. 할아버지가 탁자 위에 세워둔 반지르르하게 손때 묻은 나무통을 만지작거린다. 마치 아주 예전에 보았던 구두닦이 통처럼 작은 나무를 여러 개 덧대어 못질한 직사각형 나무통이다. 뭔가 실처럼 감겨 있던 오래된 이야기들이 풀려 나올 것 같은 물건이다. 꼭다리 모양의 손잡이를 위로 들어 올리자 2층 선반으로 된 나무통 속 구조가 보인다. 할아버지가 안에서 뭔가를 꺼내자 할머니도 앞으로 구부정하게 고개를 숙여 그 안을 들여다본다. 할아버지는 깡통과 사과 한 개, 플라스틱 물병, 낡은 손수건에 싼 빵 조각, 일회용 PVC 접시와 용기를 하나씩 꺼내 식

251

탁 위에 나란히 놓는다. 용기 안에 든 것은 채소절임 같은 음식이다. 그릇들은 일회용 용기의 색이 바랜 것으로 보아, 오랫동안 재사용한 것임이 확연했다. 깡통을 둘둘 말고 있던 탁한 빛깔의 비닐봉지도 여러 번 빨아서 쓴 흔적이다. 노인은 아무 말도 하지 않은 채, 의식을 치르듯 식탁에 손수건을 편다. 플라스틱 접시에 캔 속에 든 음식을 덜어 놓고, 사과와 거친 빵을 잘라서 할머니 입에 넣어준 뒤, 당신 입으로 가져간다.

평화로운 여행의 즐거운 풍경 속에서 두 노인이 최소한의 음식을 드시는 모습은 카메라에 담을 용기조차 낼 수 없는 경건함이 흘렀다. 누군가 살아온 역사를 스치듯 만난 전율이 인다. 다른 가족 없이 오직 병든 할머니만을 보살피며 살아갈 것 같은 노인의 눈빛 너머에 어떤 사연이 있을까. 이념과 경제가 붕괴된 러시아의 근현대사를 몸으로 겪었을 당신들의 삶을 그대로 보여주는 기차 속 작은 풍경이다. 마치 소비에트연방 시절에 중앙아시아로 강제 이주된 고려인의 삶을 떠올리게 한다. 쓸 수 있는 돈이라고는 일절 수중에 없이, 주변에 널려진 자연에서 얻은 것들에 의지해 연명하고 있을 것만 같다. 기차표는 어떻게 마련하셨을까. 자녀들은? 어쩌면 병든 아내와 마지막 여행은 아닐까?

나와 동시대 사람이라곤 믿기지 않는 노인의 모습이 지금도 기차 안의 관광객들과 함께 오버랩된다. 시베리아 여행이라는 이국적 감흥이 그 거대한 대지에서 살아왔을 한 인생과 섞여 묵직한 질감으로 내려앉았다. 그들이 살았을 그 시대에도 이 고장의 햇빛과 바람은 다르지 않았을 것이다. 두 노인은 이르쿠츠에 도착하기 전 어느 역에서 내려 마을 속으로 들어갔다. 나무도시락통을 들고 남은 손으로 할머니의 손을 꼭 잡은 노인은 한 시대를 작별하듯 유유히 멀어져갔다.

기차는 다시 자작나무숲이 이어진 호수를 따라 움직이기 시작했다. 내가 가본 적 없는 시대의 잔흔이 노인이 떠난 빈 의자에서 흔들린다. 열차 안에서 흘러나오는 쇼스타코비치의 왈츠가 비로소 귓가에 들어왔다. 왠지 모를 뭉클한 감정이 시베리아라는 이 대지의 질감과 섞여 함께 흘렀다. 짧은 동행이었지만 우리는 과연 어디에서 무엇을 하다가, 어디로 가는가에 대해 저릿한 울림을 준 기억이다.

시베리아의 파리, 이르쿠츠크에서

칠월의 시베리아는 짙푸른 물을 가득 담고 있는 그릇 같다. 드넓은 평원을 차지하고 있는 빽빽한 수림과 검푸른 바이칼호의 물빛으로 출렁인다. 거대한 바이칼호에서 흘러나오는 물길로 발원된 안가라강이 도심을 지나가는 이르쿠츠크에 도착했다. 몽골과 중국이 가까운 시베리아 교통의 요지인 이곳에서 '데카브리스트 기념관'을 찾아갔을 때다.

'데카브리스트'는 러시아어로 12월이 '데카브리'로서 12월의 혁명당원을 뜻한다. 며칠 동안 바이칼호 알혼섬에서 머물다 사전지식 없이 이곳에 도착한 나로선 데카브리스트라는 러시아 이름에 무척 흥미가 일었다. 더구나 거기에 얽힌 눈물겨운 순애보라니!

정확히 지금으로부터 210년 전에 일어났던 그 혁명의 시작은 나폴레옹이 러시아를 침공하면서였다. 이른바 '청야입보전술'이라는 초토화 작전을 내세운 러시아군은 모스크바를 텅빈 도시로 만들어놓고 퇴각하였다. 청야입보전술은 우리 역사에서 을지문덕의 살수대첩이나 임진왜란에서도 사용했던 전술로 러시아는 2차 대전 중에 독일군에게도 적용하여 성공했다. 아무것도 남기지 않고 퇴각한 황량한 크렘린궁에서 나폴레옹은 도저히 겨울을 날 수 없음을 깨닫고 퇴각을 명령한다. 퇴각하는 프랑스군을 재빨리 뒤쫓아 드디어 파리에 입성한 젊은 러시아 장교들은 그곳에서 프랑스혁명이 가져온 근대정신의 자유 물결을 접하게 되었다. 아직도 절대군주 아래 시달리는 조국을 생각하며 그들도 개혁을 결심한다. 고국에 돌아온 젊은 장교들은 니콜라이 1세에 대한 충성 서약식이 열리는 페테르부르크의 원로원광장에서 혁명의 불꽃을 올렸다. 1825년 12월 14일, 삼천여 명의 병사들이 농노제 폐지와 입헌군주제나 공화제로의 전환 등을 외쳤지만 곧 진압당하고 말았다. 그후, 원로원광장은 '데카브리스트 광장'으로 개명되었다.

반역자들은 종신형에 처하여져 20㎏이나 되는 쇠고랑을 차고 시베리아로 떠난다. 당시 시베리아 유형은 곧 죽음을 의미하였다. 영하 40도의 살인적 추위 속에서 길 가던 도중에 죽은 사람들이 많았던 때문이다. 그런 위험을 무릅쓰고 귀부인의 몸으로 마차와 도보로 만 리가 넘는 길을 찾아간 아내들이 있었다. 그야말로 고난과 형극의 길이었을 것이다. 더군다나 반역자들의 아내에겐 형벌과도 같은 선택의 조건이 있었다. 데카브리스트 부인들에게는 귀족의 신분과 재산을 보장해주었다. 그러나 남편을 따라가면 그 모든 특권을 포기하고 자녀들조차 데려갈 수 없었다. 다시는 페테르부르크로 돌아올 수 없을뿐더러 유형지에서 태어나는 아이는 농노의 신분이 된다. 그럼에도 불구하고 남편을 찾아 그 먼 길을 나선 부인들의 순애보가 지금 나를 몹시 감동시킨다.

수수한 목조건물로 된 '데카브리스트 기념관'을 찾아갔다. 데카브리스트인 '세르게이 발콘스키' 백작의 집이었다. 안으로 들어서자 한쪽 벽면을 가득 채울 정도로 큰 액자에 여인의 초상화가 보인다. 백작의 아내인 '마리아 발콘스키야'다. 마치 방금 그린 듯한 생생한 눈빛으로 방문객을 맞이한다. 가혹한 운명을 받아들인 혁명가의 아내라기보다는 지극히 평범한 어머니요, 주부의 모습이다. 당시에 그들이 사용했던 옷과 가구 등 생활 소품들이 그대로 보존되어 있다. 거실은 마치 페테르부르크의 귀족 집안을 보는 것처럼 세련됐다. 당시에 정치 토론도 하고 시 낭송이나 음악회를 열었다는 거실 한쪽에 특이한 모양의 피아노가 있다. 1700년대 말엽에 만들어져 지금은 세계에서 2대밖에 없다는, 희귀한 피라미드 모양의 울림통이 달린 뽀르테 피아노다.

동토의 유배지에는 어울리지 않게 화려한 집이라는 생각이 든다. 미개의 유형지인 시베리아, 특히 당시의 18세기 러시아에서는 더욱 야만적인 샤먼의 땅이었으리라. 그런 마을에서 이러한 문화가 존재할 수 있었던 배경에는 부인들의 친정이 있었다. 하녀도 없이 직접 밭을 일구며 살아갈 딸을 생각하며 보내준 돈과 물자들로 인해 가능했던 환경이다. 그 돈으로 집을 장만하고 남편들을 보살폈다. 친정어머니의 애끓는 모정은 머나먼 시베리아에서 딸들이 한 여자요, 아내로서 살아낼 수 있게 해주었다.

당시 이곳으로 유배 온 병사 중에 기혼자는 열여덟 명이었는데 열한 명의 부인이 남편을 찾아서 왔다고 한다. 제일 먼저 여행허가증을 얻어 이르쿠츠크에 도착한 여인은 '세르게이 트루베츠키' 공작의 부인 '예카테리나 트루베츠카야'였다. 트루베츠키 공작은 혁명의 지휘자였으며 실패의 책임자이기도 하다. 거사 전날 지도자들 몇 명이 사전체포되자 위기를 느낀 나머지 도주하여 거사 당일 나타나지 않아 봉기가 실패로 끝나는 데 결정적 요인이 되었다. 그녀는 그곳에서도 훨씬 더 멀리 떨어져 있는 네르친스크 광산에 남편이 있다는 사실을 알게 되었다. 그러나 그녀의 허가증은 이르쿠츠크까지만이었다. 시베리아 총독은 그녀에게 되돌아갈 것을 명령했지만 그녀는 5개월을 버텼다. 그 사이에 발콘스키 백작의 부인 마리아가 도착한다.

이들은 1827년 2월이 되어서야 은광에서 노동하던 남편들과 만날 수 있었다. 수용소 벽 틈으로 남편을 본 예카테리나는 남편을 만나기도 전에 실신하고 만다. 해진 외투를 걸치고 족쇄를 찬 채, 핼쑥하게 여윈 얼굴로 수염이 덥수룩한 사람을 남편이라 믿을 수 없었을 것이다. 마리아는 남편 앞에서 무릎을 꿇고 모두가 보는 가운데 남편의 족쇄에 입을 맞췄다. 그 장면을 본 다른 유형수들과 간수는 어떤 마음이었을까. 젊은 귀족 청년들이 끌려와 은광에서 곡괭이질을 하는 상황에서 귀부인들이 엎드린 모습이라니! 지금은 이토록 푸르른 천혜의 대지가 그토록 험난한 땅이었음을 상상하듯 당시를 떠올려본다.

두 여인은 은광 근처의 허름한 나무집을 사들여 남편들을 뒷바라지했다. 얼마나 작고 형편없는 집이었는지 훗날 예카테리나는 당시를 이렇게 회고했다. "한쪽 벽에 머리를 두고 누우면 발이 문에 닿았다. 겨울 아침에 눈을 뜨면 통나무 틈새에 머리카락이 얼어붙어 있었다." 그녀들은 남편뿐만 아니라 다른 유형수들에게도 헌신적으로 봉사했다. 음식을 만들어주고 세탁한 옷을 수선해 주고 가족들과 연락을 취해주었다. 페테르부르크에서 보내온 약도 환자가 생기면 주민들과 나눴다. 그때 함께 했던 유형수 중 한 명인 오블렌스키는 자신의 회고록에 다음과 같은 기록을 남겼다.

"진정 고귀한 성품을 지닌 지체 높은 여인들의 도착은 우리 모두에게 축복이었다. 이 여인들이 자신의 남편과 함께 우리까지도 보살펴주었던 그 오랜 세월 동안 우리가 그들에게 진 신세를 어떻게 일일이 다 헤아릴 수 있겠는가. 실제로 한 번도 해 본 적이 없던 요리를 온갖 노력을 기울여 만들어 우리가 지내던 블라고다츠크 광산 막사로 가져다준 음식들을 어떻게 잊을 수 있겠는가. 우리는 그 음식에 환호했고 너무나 맛이 있어서 부인들이 가져온 덜 구워진 듯한 빵조차도 페테르부르크 최고의 빵집에서 만든 것보다 더 훌륭하게 느껴졌다."

여인의 손길은 생명을 지키고, 고난은 인간의 고귀함을 일깨워주는 숭고한 가치를 만들어냈다. 러시아 최고의 엘리트였던 그 젊은 귀족 당원들과 아내들은 일주일에 두 차례 교도관 앞에서 보는 게 다였다. 그동안 마리아가 황제에게 꾸준히 올린 청원서가 받아들여져 7년이 지나서 강제노역이 면제되고

권리의 상당 부분이 회복되었다. 그로부터 다시 20년이 지나 사면령이 내려질 때까지 그들은 주민들을 가르치며 살았다. 지역의 지적 토양을 가꾸고 교육시설과 문화시설을 갖춰나가는 데 앞장섰다. 그 힘으로 마을에는 도서관과 병원이 생기고 지역신문이 창간되었다. 그리하여 변방의 유배지는 점차 문화의 도시로 탈바꿈했다. 오늘날 이르쿠츠크를 '시베리아의 파리'라고 이름 붙이게 된 것이 다 그 아내들의 놀라운 헌신과 집념의 소산이었다.

부부가 함께 살 수 있게 된 트루베츠코이 부부는 1830년 기적처럼 첫 아이를 낳았다. 이후 모두 아홉 명의 자녀가 태어났는데 그중 다섯은 어린 나이에 죽었다. 에카테리나는 이르쿠츠크에 새집을 짓던 중 안타깝게도 완공을 보지 못하고 1854년 폐암으로 세상을 떠난다. 그녀는 수도원의 앞마당에 먼저 간 그녀의 아이들과 함께 묻혔다. 트루베츠코이는 3년 후, 아이들과 모스크바로 떠나면서 이 무덤에 들러 통곡을 했다고 한다. '명철한 지혜와 선한 가슴이 하나가 된 무한한 자비의 화신'이라는 평가를 받은 장례식에 총독을 비롯한 수많은 참배객이 모여들었다고 한다.

발콘스키 부부는 우릭 마을에서 살다가 1846년 이르쿠츠크로 옮겨와 지금 이 집을 지어서 살게 되었다. 니콜라이 1세가 죽고 알렉산드르 2세가 즉위한 1856년에 30년간의 유배 생활을 끝내고 그들은 고향 페테르부르크로 돌아갔다. 마리아는 귀환하고 7년 후, 58세로 세상을 떠났다. 이후 2년 뒤에 발콘스키도 78세로 고난의 일생을 마감했다.

데카브리스트의 혁명은 과연 실패한 것이었을까. 아이러니하게도 그들이 성사시키지 못한 혁명의 정신은 이 유형지의 땅에서 뿌리를 내렸다. 조국의 미래를 위해 젊음과 돈, 지위를 버렸던 데카브리스트에 대한 주민들의 존경이 그 질문을 뒷받침해 줄 것이다. 진정한 혁명은 위에서가 아닌, 아래에서부터 일어날 수밖에 없다. 질곡의 삶을 벗어나려는 각각의 치열한 의지가 모여서 변화의 주체가 되었다. 중앙부 행정력이 제때에 미치지 못하는 시베리아에서는 그러한 의지들이 모여서 실질적인 자유 농민 공동체를 형성하고 있었다. 그곳에서 데카브리스트의 귀족적 에너지와 자유를 갈망한 영혼은 마침내 1861년 '농노해방'이라는 감격의 순간을 맞게 되었다. 그 '농노해방령'의 실행을 감독한 톨스토이는 발콘스키 백작의 조카였다. 러시아의 지배층이었던 가문에서 태어난 톨스토이의 대작 『전쟁과 평화』는 데카브리스트인 숙부가 그 출발점이 되었다.

톨스토이의 어머니는 발콘스키 가문의 딸이었고 외할머니는 트루베츠코이 가문 출신이다. 어렸을 때부터 데카브리스트 이야기를 듣고 자라난 그는 숙부의 이야기를 소설로 썼다. 그것은 미완성작 「데카브리스트들」이라는 제목으로 2010년 출간된 『톨스토이 중단편선』 1권에도 실려 있다. 이는 곧 『전쟁과 평화』의 원형이 되었다. 1856년 고향으로 돌아온 데카브리스트 숙부와 그 가족을 보면서 작가는 어떤 감정에 봉착했을까. 이 책에서 동생 라바조프와 30년 만에 상봉하는 누나 마리아의 모습을 보면서 시베리아 유배 생활을 마치고 돌아온 혈육을 대하는 마음을 짐작하게 한다. 당시 페테르부르크나 모스크바에서 말로만 듣던 유배의 삶을 마치고 온 사람들은 엄청난 뉴스의 대상이었을 것이다. 사면과 복권은 되었지만, 돌아온 초라한 귀족들에 대한 그들의 인식이 어떠했을지는 각자의 상상에 맡겨야 할 것이다.

이 책에서 작가는 "1856년도에 러시아에서 살지 않은 사람은 인생이 무엇인지 모른다고 감히 말하겠다."라고 했다. 그 말은 백 년 후에 다시 혁명의 소용돌이에 휘말린 러시아를 배경으로 한 소설 『닥터 지바고』를 떠올리게 한다. 우랄산맥의 오지인 바리키노에서 유리가 라라에게 말한 "당신이 슬픔이나 회한 같은 걸 하나도 지니지 않은 여자였다면 난 당신을 이토록 사랑하지 않았을 거요. 그런 사람은 인생의 아름다움을 보지 못한단 말이오."의 대사와 비슷한 울림이다. 전쟁과 혁명이라는 격동기의 삶을 살아보지 않은 나로선 상상으로라도 그때를 말할 수 없을 것 같다. 그러나 어떠한 고난과 시련 속에서도 사랑은 그 모든 것을 고결하게 함을 알게 된다.

데카브리스트 이야기의 종결 부분은 내 시베리아 여행의 끝과 맞닿는다. 여행자의 발걸음은 이제 그 상상의 나래를 접어야 한다. 전혀 아는 바 없던 낯선 도시를 서성인 것처럼, 나는 이곳에서 전혀 살아본 적 없는 시대의 사람들에게 깊숙이 빠져들었다. 여행의 막다른 길목에서 나는 진정 아름다운 사랑의 순애보를 만난 기분이다. 나는 과연 언제 그토록 뜨겁게, 아니 차갑게 나를 내려놓은 적이 있었는지 반문하면서.

아, 티베트!

∽

1. 라싸

중국 성도에는 밤비가 내리고 있었다. 묵묵히 걸음을 옮겨 호텔에 이르러 방을 정하는데 약간의 실랑이가 벌어졌다. 오지 전문 여행사 주선으로 만난 이번 일행들은 이전의 여행팀들과는 사뭇 분위기가 달랐다. 대부분 무거운 배낭을 등에 지고 제법 큰 렌즈를 장착한 카메라를 목에 걸고 있어서 은근히 나를 주눅 들게 하는 팀이었다. 그중 세 명이 여자들인데 방 배정을 하면서 서로들 독방을 안 쓰겠다는 것이다. 보아하니 두 명은 나와 나이 차가 좀 나는 아가씨들 같아서 내가 못 이기는 척하고 싱글룸을 택했다. 하지만 속으로는 내심 쾌재를 불렀다. 혼자 쓰면 편하고 좋을 것 아닌가. 그러나 혼자 여행을 많이 해본 베테랑인 그녀들이 왜 독방을 사용하지 않으려고 했는지 나중에야 이마를 치며 깨달았다.

다음날, 라싸행 비행기 안에서 티베트의 옛 국경인 히말라야산맥을 내려다보았다. 웅장한 설산이 펼쳐지는 산맥은 은색의 봉우리들이 운무에 갇혀 그 장엄함을 말없이 잘라내고 있었다. 지금도 그 속에서는 아무도 모르는 거대한 신의 숨결이 깃들어 있는 것 같다. 과연, 저 금단의 신비한 영역으로 내가 들어갈 수 있다는 사실에 가슴이 두근거린다.

드디어 라싸의 공가 공항에 발을 디뎠다. 황량한 고원의 돌산이 보이는 작은 공항이다. 얼음장 같은 날씨지만 햇볕은 따스하게 느껴진다. 해발 3,650m의 고도! 2,744m의 백두산 천지에 서 본 이래로 내 생애 밟아보는 가장 높은 땅이다. 7,000미터급의 봉우리가 40개를 헤아리고, 8,000m 이상의 봉우리가 11개나 되는 히말라야의 땅에 도착했다는 사실에 가슴이 벅차오른다. 순간, 히말라야의 선물인 듯 두통이 잠시 올라온다.

공항에 마중 나온 현지 가이드 '칼'과 운전기사가 우리에게 환영의 흰 가타를 걸어준다. 단순한 흰 천이 뭐라고, 갑자기 다른 나라, 다른 문화의 땅에 온 기분을 확연히 느낀다. 라싸까지는 버스로 30분 정도 이동해야 한다. 히말라야의 만년설에서 녹아내린 얄룽짱포강을 끼고 달리면서 보이는 풍경은 황량한 돌산, 그 자체다. 때가 겨울이긴 하지만 풀 한 포기, 나무 한 그루도 없이 거대한 바위산의 기복이 자아내는 색다른 광경이 이어진다. 트리 라인을 넘어선 고원이라 여름에도 푸르름을 잘 볼 수 없다고 한다. 수량이 풍부하다. 인도양에서 생긴 구름이 히말라야산맥에 걸쳐있다가 눈으로 녹아 다시 인도양으로 돌아가는 강물이다. '성스러운 땅'이라는 의미의 티베트, 그 심장부인 라싸에 들어간다는 사실에 새삼 조용히 솟아오르는 기쁨을 눌렀다.

2. 오체투지(五體投地)

차가 멈춰서 내린 곳에 저만치 조캉사원이 보이고 그 앞으로 바코르 광장이 펼쳐져 있다. 추운 날씨임에도 인파로 붐빈다. 그 속으로 섞여들면서 비로소 티베탄과의 대면이 시작된다는 실감에 가슴이 계속 떨렸다. 전통복장인가? 꼬질꼬질해진 옷감의 우중충한 색감이 먼저 눈에 들어왔다. 두껍게 솜을 두어 누빈 옷은 마치 이불을 몸에 두르고 띠를 맨 것처럼 보인다. 붉은 가사 위로 붉은 잠바를 걸친 라마승들의 모습, 북경의 농민공들처럼 우중충한 무리의 남자들, 두툼한 가죽 외투를 두른 여인과 남정네의 모습들이 뒤섞여서 묘한 기운의 냄새를 풍긴다. 등에 얹은 바구니를 동여맨 끈을 이마에 건 여인들이 지나간다. 화려한 색실로 땋은 머리를 허리까지 늘어트리고 튼 얼굴은 찬바람에 발갛게 상기되어 있다. 세탁이라곤

해본 적 없이 꼬질꼬질한 땟물이 흐르는 색감의 옷, 그러나 때 묻지 않은 사람들에게서만 느낄 수 있는 눈빛이 나를 사로잡고 지나갔다. 비로소 티베트에 왔다는 현장감에 또다시 가슴이 요동친다.

조캉사원은 각종 상점과 노점들에 빙 둘러싸여 있는 것처럼 보인다. 라싸가 티베트의 지리적 심장부라고 한다면 이곳은 티베트 정신의 정점이자 순례자들의 목적지인 최고의 성지다. 이 사원에 안치된 불상을 참배하기 위하여 전국에서 순례객들이 모여든다. 인파를 뚫고 앞으로 나아가 사원의 정문 앞에 도달하자, 익숙한 듯 낯선 장관이 눈앞에 펼쳐졌다. 오체투지를 하는 사람들의 행렬이다. 갑자기 일행들의 손놀림이 분주해지면서 카메라 셔터 소리가 빗발치듯 요란해진다.

냉기가 뼛속까지 스며드는 추위 속에서 그들은 자신의 몸을 구도의 도구로 사용 중이다. 두 팔을 머리 위로 들어 합장 기도한 뒤, 손바닥에 댄 나무판을 앞으로 밀면서 엎드려 다시 합장 기도를 한 뒤 일어남을 반복한다. 까맣게 탄 낯선 차림의 가녀스러운 얼굴들, 어디서부터 와서 얼마 동안 저렇게 절을 하였을꼬. 반질반질해진 앞치마의 가죽이 닳고 닳은 만큼 그 인고의 과정을 대변하고 있다. 짧게는 몇 달, 길게는 일 년이 넘도록 자갈길, 개울, 눈길을 가리지 않고 왔을 것이다. 그동안 계속 벌레처럼 온몸으로 기어서 목적지에 다다른 사람들. 실제로 이 광경을 직면하는 먹먹함은 티브이를 통해서 보았던 느낌, 그 이상의 전율을 일으킨다.

오체투지는 양 무릎과 팔꿈치, 이마 등, 신체의 다섯 군데가 땅에 닿아야 한다. 머리의 위치를 순간적으로 위에서 바닥으로, 다시 아래서 위로 들어 올리는 과정이 만만치 않은 체력을 요구할 텐데, 더구나 이 희박한 공기 속에서 그 속도가 어찌나 빠른지 눈을 뗄 수 없을 정도다. 몸이 땅에 닿아 있는 시간이 길어질수록 다음 생에서 미물로 태어날 확률이 크다고 믿기 때문이다. 입으로는 계속 '옴마니밧메훔'을 외운다. 외우고 외우면 부처님의 지혜와 자비로 윤회의 업에서 벗어날 수 있음을 확신하는 사람들이다.

가끔 힘이 들면 앉아서 쉬기도 한다. 가족 단위의 순례자들인지 쉬는 동안에 옆 사람이 보온병에서 흰 야크 버터 차를 따라준다. 누군가 옆에서 저런 도움을 주지 않는다면 어떻게 그 먼 고행의 길을 버틸 수 있으랴. 한 가족이 팀을 이룬 인생 최고의 과업이다. 추운 날씨에도 송골송골 땀이 맺혀 발그레해진 얼굴에 가득히 웃음을 머금는다. 그 해탈의 표정을 보자 또다시 묘한 충격에 휩싸인다. 어떠한 한이나 분노도 없는 카타르시스의 표정이다. 자신의 윤회를 도와달라는 바람의 몸짓이 아닌, 자신을 온전히 낮추고 낮추다 보면 찾아오는 고요함에 귀의한 수행자의 얼굴이다. 저들처럼 땅바닥까지 몸을 낮춰본 적이 없는 나로서는 가히 짐작으로도 저들의 경지를 가늠하지 못하리라.

세상에는 수많은 신(神)이 있어서 그 모습도 각양각색이지만 저렇듯 혹독한 순례를 하게 된 시발점은 어디에 있었을까. 붓다는 '일체개고(一切皆苦)'라 하지 않았던가. 인간의 존재 자체를 고통으로 규정해 놓은 붓다가 또다시 저런 극한의 몸짓을 요구하지는 않았을 것이다. 이 엄혹한 환경에 순응하여 자연과 합일을 이루려는 인간의 적극적인 의지가 저런 방식으로 굳어진 건 아닌지. 모든 것은 그들의 영혼에 내재된 영원함의 현신이리라. 다만 이방인들에겐 자신을 극한으로 몰고 가는 고행의 연자매를 지고도 환하게 웃는 이 사람들이 경이로울 따름이다.

3. 조캉사원

슬슬, 티베트의 어떤 불가사의한 기운을 느끼기 시작하는 가운데 조캉사원 입장이 시작되었다. 7세기 초, 티베트를 통

269

일하고 그 세력을 주변에 떨쳤던 손첸캄포 왕에게 시집올 때 당나라의 문성공주가 가지고 온 석가모니(죠오 린포체) 불상을 모셔놓은 사원이다. 1,350여 년 된 이 목조사원이 이 나라의 정신적 심장부가 된 이유도 그 본존불 때문이다.

역대 달라이라마와 판첸라마의 즉위식이 거행되던 이 사원은 황금으로 장식된 지붕이 있는 4층 건물이다. 이곳에는 달라이라마의 선조뻘 되는 스님으로 오늘의 티베트불교의 노란 모자파인 황모파의 창시자가 있었다. 그가 사후에도 이곳에 잠들어 더욱 이 사원이 성지가 되었다. 정문을 통과하면 바로 시계방향으로 돌아가면서 관람한다. 경건한 대상에는 언제나 오른쪽으로 접근하여 돈다. 아이를 업거나 배 앞의 옷 속으로 넣어 안고 있는 젊은 아내와 남편, 지팡이를 짚고 걷는 노부부, 현대적 옷차림을 한 젊은 청년들과 여인과 아이들이 섞여 함께 돈다. 그들은 한결같이 진지한 눈빛으로 현생의 업보를 씻고 내세를 염원하며 불상 앞에서 야크 기름을 보태어 넣으며 중얼거린다. 경을 외우면서 종이돈을 바친다. 이들이 바친 지폐들이 사원마다 지천으로 쌓여서 빗자루로 쓸어 담는다.

경내에 들어서자 노란 야크 기름 등이 타오르는 특유한 냄새로 자욱한 불당에 감도는 어두운 기운에 압도된다. 마치 오래된 지폐에서 나는 냄새처럼 시공간을 뛰어넘는 전설 속 동굴사원 같다. 안쪽으로 조금 더 들어가니 기름 위에 수백 개의 촛불이 일렁이고 있는 뒤편으로 그 유명한 석가모니불이 나타났다. 열두 살의 부처상이라고 하더니 유난히 어려 보이는 예쁜 황금빛 얼굴이 알듯말듯한 미소를 띠고 있다. 무려 1,300년이 넘는 동안 숭배를 받은 대단한 보물이다. 티베탄들이 그토록 다다르고자 하는 해탈을 상징하듯 무수한 세월에도 변함없이 살아 있는 얼굴이다. 다시 한 번 쳐다보려 얼굴을 드는데 갑자기 현기증이 핑 돌면서 몸이 이상하다. 야크 향 때문인지, 아까부터 지끈거리던 머리를 들 수 없을 정도로 온몸이 무거워졌다. 마치 하늘이 위에서 나를 덮쳐 누르는 것 같아 곧 주저앉을 것만 같다.

4. 고산병

호텔에 돌아오자마자 침대에서 곯아떨어졌다. 저녁식사를 알리는 전화벨이 울렸지만 받을 수가 없었다. 잠깐 자고 일어나면 괜찮을 줄 알았던 잠이 혼절하듯 이어졌다. 저녁식사를 마치고 돌아온 가이드가 나를 깨웠지만 일어날 수 없었다. 저승처럼 깊은 어둠 속으로 한없이 가라앉았다. 가이드는 묻지도 않고 나를 병원으로 싣고 갔다. 그곳에서 정신을 차리고 진찰을 받으면서부터 구토가 시작되었다. 완벽한 고산증세였다.

'急求病院'이라고 쓴 병원은 열악한 이곳의 환경만큼이나 조악했다. 의사는 방금 중국에서 대학을 졸업한 듯한 젊고 앳된 아가씨였고, 간호사는 땟물이 흐르는 앞치마를 입고 부스스하게 땋은 머리에 두 뺨은 빨갛게 텄다. 간호사가 링거 주사를 놓으려 하지만, 내 팔의 혈관도 제대로 찾지 못한다. 그곳에서 나와 같은 증세를 보이는 일행의 두 명과 함께 서너 시간 동안 산소를 마시고 링거를 맞았다. 돌아오는 길에 가이드는 내게 비행기 표를 예매할 테니 서울로 다시 돌아갈 것을 권유했다. 순간 정신이 번쩍 들었다. 어떻게 이곳까지 왔는데, 이렇게 약한 모습을 보이다니! 그래도 강단으로 버티는 내가 아닌가. 나는 단호히 그 제안을 거절했다. 산소를 쐬고 상태가 호전된 상태였으니 무슨 말을 못 하랴.

호텔에 들어오니 독방을 승낙한 것이 비로소 잘못되었음을 알았다. 이럴 때 누가 물이라도 끓여 주었으면 좋겠다는 생각을 하며 잠을 청해 보았지만 쉬 잠이 들지 않았다. 해발 팔천 미터가 넘는 거대한 산맥에 둘러싸인 땅에 사는 사람들은 어떨까, 늘 생각했었다. 내가 알고 있는 '순수'라는 의미가 무력

해질 것 같은 태고의 자연과 생명, 문화를 보고 싶었다. 먼 옛
날, 지각변동이 만들어 낸 하늘 위의 염호(鹽湖)에는 과연 어
떤 바람이 일까. 아득히 치솟은 산맥에 가려져 세상과 단절된
채, 혹독한 자연을 감내해 온 사람들의 눈빛이 보고 싶었다.
아, 그런데 내 몸은 이곳에 맞지 않는 모양이다. 남은 일정을
무사히 잘 버티어 낼 수 있을지 첫날 밤부터 낯선 불안감 속에
뒤채었다.

5. 속도를 잊은 여행

아침을 맞았다. 간밤의 악몽에도 불구하고 이렇게 눈부신
하루를 맞이할 수 있음에 감사의 기도를 올렸다. 그러면서도
어떤 알지 못할 폭력에 속수무책으로 당한 것같이 억울한 심
정이다. 왜 그랬을까. 낯선 땅에 적응하지 못할 정도로 내 몸
이 약해진 걸까?

"괜찮으세요?"

로비에 모인 일행들이 걱정스러운 눈길로 묻는다. 순간 얼
굴이 붉어졌다. 어제의 일로 나는 가이드의 집중 보호 대상이
되었다. 틈만 나면 내게로 눈길을 주면서 "천천히, 천천히"를
연발한다. 가이드는 모든 일정을 천천히 엮어 나갔다. 하루에

한 곳만 관람하는 것을 원칙으로 하는 것 같다. 산소가 희박한 고원에서 무리한 의욕은 금물, 잠깐 방심하면 바로 쓰러질지도 모르는 일이니 조심해야지. 더구나 오늘은 포탈라궁에 가지 않는가.

영화 『티벳에서의 7년』을 보고 지금까지도 그 아름다운 잔상이 남아 있던 포탈라. 그러나 막상 와보니 사뭇 다르다. 영화에서 실제 인물이었던 오스트리아인 '하인리히 하러'로 분한 '브래드 피트'가 혹한의 히말라야산맥을 넘어와 처음 목격하게 된 궁전이다. 그때의 모습은 산악의 황량한 언덕일 뿐이었던 것 같다. 그런데, 지금 내 앞에 펼쳐진 궁의 주변은 해자는 없어도 너무나 반듯한 광장과 호수, 나무들이 잘 손질된 넓은 정원 도시 앞에 있다. 정문 앞에 바로 가까이 시가지가 형성되어 있어 마치 아테네의 파르테논 신전과도 같이 도시 속에서 함께 호흡하고 있는 궁전이다. 17세기부터 1,300년이 넘도록 변함없이 저 모습이었다니, 잘못된 기억의 잔상에 약간 어리둥절, 현장감이 가져다주는 진한 패러독스에 쏘인 기분이다. 나중에 안 일이지만 이 앞의 광장은 중국이 해자를 메워 넓은 정원과 도로로 꾸며 놓은 것이라고 한다. 공원의 한가운데에 오성홍기가 걸려 있는 게 보였다. 티베트를 보러 온 관광객의 눈에는 몹시도 거슬리는 국기다.

라싸의 마브르 산상에 13층 높이의 위용을 드러낸 포탈라는 거대한 네모꼴 건물이다. 가히 세계에서 가장 높은 곳에 있는 궁전이라 할 만하다. 아침 햇살에 드러난 전경이 눈부시다. 설산처럼 하얀 궁벽과 승려의 가사 같은 붉은 벽의 조화가 웅장하고 고고한 기운을 품어낸다. 반짝이는 황금빛 기와지붕과 창문의 조화가 푸른 하늘과 어우러져 눈과 가슴이 깨질 정도로 아름답다. 고급 대리석도 아니요, 비싼 재질의 보석도 없이 그저 화강암과 나무를 섞어 요새처럼 만들어 놓았을 뿐인데 왜 저토록 아름답게 느껴지는가. 평균 고도 육천 미터가 넘는 히말라야의 순도 높은 대기권에 있어서인가. 아니면, 척박한 환경 속에서도 꿋꿋이 이어져 온 이 땅에서 벌어진 역사의 아우라 때문인가. 저 높은 곳에 우뚝 솟아 있는 궁전의 주인은 지금 산 넘어 인도의 시골 마을인 다람살라에 피신하여 지금까지 사십여 년이 넘도록 비어 있는 궁이다. 하긴, 그러하기에 멀리서 온 이방인들이 이런 보물을 관람할 수 있다.

유구한 세월 속에서 이 궁이 겪은 가장 큰 참화는 1950년 중국의 침공이리라. 기실, 청의 건륭황제 때만 해도 박지원의 열하일기에도 나오듯 달라이라마를 황제와 동등하게 대우를 했었다. 열하에 거대한 여름 별장을 지어줄 정도로 예우를 했던 중국이었다. 하지만 모택동은 활불이 거처하는 성전에 폭격을 가하고 육천여 개의 사원을 파괴하여 40만 명의 승려가 희생되었다. 대기원시보 기록에 의하면 문화 대혁명 때는 종교를 아예 말살하기 위한 홍위병들에 의해 판첸라마 10세는 의문의 죽임을 당하고 11세는 실종되었다. 궁이나 사원에 있던 귀중한 문화재에 대한 무자비한 약탈로 10만 점이 넘는 귀중한 기록들이 사라지고 장구한 세월 동안 간직했던 보석과 불화, 거대 갑옷, 불상들을 대부분 도둑맞았다. 그나마 포탈라궁과 조캉사원은 주은래 총리의 관심으로 살아남았다. 세상에 존재하는 모든 신의 영역을 파괴하는 인간계의 만행은 이후에 바라보는 인간의 마음을 실로 무상하게 만든다. 티베탄들은 잘 생기고 똑똑한 아들을 모두 승려로 키웠다. 자식의 앞날은 사원에서 가장 잘 보장된다고 믿는 부모들의 믿음 때문이다. 자연히 인구증가가 둔해지고 문명의 발달이 저해된 요인이 되었다. 종교심에 치우친 나머지 근대력을 키우지 못한 결과다. 지금까지도 수시로 사원과 승려에게 가해지는 핍박으로 승려들의 분신이 이어지고 있다

　이곳에서도 어김없이 이어지는 오체투지의 행렬이 정문 앞

광장을 점령하고 있다. 아, 이 땅에 사람들은 무엇을 저토록 원하고 갈구하는 걸까. 사람들의 행렬 사이로 옮기는 발걸음이 무겁고 착잡하다. 입구에는 사람들의 손에 닿아서 반질반질해진 구리장식물이 죽 늘어서 있다. '마니차'라고 한다. 경전의 글귀를 동판에 새기거나 넣어서 둥그렇게 만든 것이다. 글을 모르는 사람들도 이 마니차를 한 번 돌리면 경전을 한 번 읽은 것과 같다고 믿는다. 그래서 사람들은 사원 앞에 정렬해 놓은 큰 마니차를 밀어서 돌리거나, 아예 작은 마니차를 손에 들고 다니면서 돌린다. 정말 편한 방식이다. 돌리고 돌리면 경전을 읽고 외운 효과를 보니 얼마나 중생의 마음을 편하게 해주는 자비심인가.

궁 안으로 들어가기 위해 언덕과 같은 길을 오른다. 해인사의 일주문에서 사찰까지의 길이쯤 되는 것 같다. 아침 햇볕이 따뜻하게 등을 쬔다. 가이드인 칼이 내 옆으로 와서 또 '천천히'라는 모션을 한다. 그렇지 않아도 나는 가쁜 숨을 몰아쉬면서 쉬엄쉬엄 가는 중이다. 젖은 솜처럼 무겁게 내려앉는 몸을 이끌고 빨리 걷기란 있을 수 없는 노릇이다. 호흡은 길게, 걸음은 천천히, 천천히 순응하려 애쓴다. 문득 긴 시간을 허락받은 느낌이다. 축복과도 같은 느림이다. 사는 동안 한 번도 이렇게 느슨하게 걸어본 적이 없었다. 꼭 해야만 하는 일이 반복되는 일상에서 종종걸음치기가 일쑤였지. 이제는 바쁜 걸음을 멈추고, 세상을 천천히 다시 바라볼 때가 되었나 보다.

티베트는 인구의 80%가 불교라지만 4,000년을 이어온 티베트 특유의 토속신앙 뵌교다. 뵌교는 스승의 가르침을 따라 깨우침을 얻는 밀교 형식으로서 관세음보살이 환생한 활불을 믿는다. 이 나라의 제정을 주관하였던 달라이라마를 말한다. 지금은 비어 있지만, 포탈라는 24세 된 달라이라마가 인도로 망명하기 전까지 거처했던 궁이다. 이 궁도 손첸캄포왕이 문성공주를 위해 637년에 지었다. 999개의 방이 있으니 당시로서는 어마어마한 규모였을 것이다. 손첸캄포는 토번국의 통일을 이룬 왕이다. 그 세력이 막강하여 네팔의 공주와 결혼하고도 당나라에 다시 공주를 요구할 정도로 위세를 떨쳤다. 지금의 포탈라궁은 토번왕국이 망하면서 파괴되어 자연재해로 황폐해진 것을 약 삼백여 년 전에 달라이라마 5세가 재건한 모습이다.

궁의 구조는 좀 특이하다. 밖에서 보면 건물이 여러 채가 있어 보이는데 안에서 보면 흰색과 붉은빛의 건물이 두 개다. 흰 벽은 일 년에 한 번씩 백석흙과 우유, 밀가루와 사탕가루 등을

278

혼합하여 단장해서 눈이 부시게 하얗다. 달라이라마는 백궁에서 정치를 돌보고 홍궁에서는 종교행사를 주재했다고 한다. 내부에는 역대 달라이 라마들의 영탑, 불당, 거실, 침실, 도서관 등 수백 개의 방이 있다. 그중에서 관람이 허락된 곳을 우리는 빙글빙글 돌아 올라가면서 보았다. 나무나 화강암으로 만들어진 계단이 유구한 세월에 반들반들 닳아 있다. 이곳에서도 야크버터의 촛불 타는 냄새가 가득 차 있다. 안내자가 없으면 길을 잃어버릴 정도로 미로가 이어진 긴 복도가 있는 규모가 상당히 큰 실내다. 지붕이 압권이다. 전체가 금으로 덮여 있다. 홍궁 중앙의 달라이라마 5세의 영묘탑 지붕에만 무려 11만 냥의 금이 들어갔다고 하니 전체 지붕을 덮은 금의 양이 얼마일지 감이 안 잡힌다. 가히 당시에 누리던 정교 합일의 권력을 실감케 하는 지붕이다. 이 궁에 보관하고 있던 금의 양이 어느 정도였는지 달라이라마가 망명정부를 지금까지 운영할 정도의 규모를 상상해보면 될 것 같다.

오랜 세월에 바래 탁해진 내부와는 달리 불상은 빛나는 황금색이다. 아침마다 정성 들여 금박을 입히며 보살피는 라마들의 손길이 있어 가능한 색이다. 고색창연한 탱화들을 지나서 궁의 중반부에서 쉬었다. 더 올라갔다간 다시 내려갈 수 없을 것 같아서 칼에게 나는 여기 있겠다고 하였다. 그런데 이 성은 입구와 출구가 다르다는 것이다. 생(生)을 기리는 동쪽의 정문을 들어오면 사(死)의 세계인 북서쪽으로 넘어가야 한다. 아뿔싸, 나는 그 중간의 연옥쯤에 주저앉은 셈이다. 파드마삼 바바가 말하는 바르도의 영역이다. 시간만, 아니 신이 허락한 다면 이대로 의자에 기대어 앉아 이 청정한 대지의 풍광을 마 냥 바라보고 싶다. 하지만 다시 무거운 발걸음을 옮겨야 한다. 이 무슨 혹독한 수행인가. 어느덧 반대편 문으로 빠져나오니 햇빛에 눈이 부시다. 무거운 몸을 억지로 끌고 온 성취감 때문 인가, 마치 태어나 겪어야 할 인생 팔고의 어두움을 벗어난 것 처럼 후련하다.

점심을 느지막이 끝내고 넓은 바코르광장에서 각자 흩어진 다. 이른바 자유시간이다. 모두 흥미로운 시선으로 물건도 사 고 자유롭게 사진을 찍는다. 문득, 이 넓은 광장에서 한 점이 된 것처럼 한없이 작아지는 나는 어찌해야 할지 모르겠다. 까 무룩히 멀어졌다 다가오는 현기증이 눈앞을 가린다. 덜컥, 겁 이 나서 시종 내 곁을 떠나지 않던 칼에게 버스에 기 있겠다고 했다. 그러나 자유시간이 끝나는 2시간 후에 버스가 오기로 하고 다른 곳으로 떠났다고 한다. 아, 이젠 식은땀까지 흐른다. 근처의 찻집에 들어가니 예의 특유한 냄새가 코를 찌른다. 담배인지, 향인지 모를 연기로 자욱한 실내에는 붉은 가운을 걸친 라마승들로 가득했다. 갑자기 숨이 탁 막혀서 아랫입술을 깨물며 견디었다. 주변에 즉석음식점 같은 식당을 찾아가 긴 의자에 기절하듯 맥없이 드러누웠다. 칼은 자기가 올 때까지 여기 있으라 하고 일행들이 있는 곳으로 갔다. 얼마를 잤는지 모르는데 칼이 다시 나를 깨운다. 버스가 왔다고 한다. 그렇게 티베트의 둘째 날이 저물었다.

6. 하늘호수

카메라도 고산병인가? 여행 때마다 늘 들고 다니던 디카가 오늘 아침에는 화면이 깜깜무소식이다. 아무래도 DVD가 고장 난 것 같은데 서운하기는커녕, 거추장스러운 짐 하나를 떼버린 것처럼 홀가분하다. 렌즈를 꺼버리자 편안한 휴식과도 같은 틈이 생긴다. 그러고 보니 사람들은 자신의 신체에 붙은 렌즈보다 손에 들고 있는 렌즈에 더 집착하고 있다. 눈으로만 보고 지나는 것은 너무나 무의미하다는 듯이.

오늘은 7시간을 달려서 장체로, 다시 시가체로 이동해야 한다. 아침 8시에 출발하여 30분 정도 지나 라싸 시내를 벗어났는데도 계속 어둡기만 하다. 하늘과 가까운 동네라 더 밝아야 하는 거 아닌가? 알고 보니 북경과 이곳의 시차가 몇 시간이나 나는데 중국의 모든 지역을 북경 시각에 맞춰서 사용했기 때문이라고 한다. 그러니까 지금은 새벽 5시인 셈이라는 인솔자의 말에 일행들이 여기저기서 너무 무지막지한 것 아니냐는 말을 꺼낸다. 하긴, 이 넓은 땅덩어리를 북경을 중심으로 시간을 통일하다니. 우리도 이렇게 중국의 시간에 맞춰서 사는 것을 안타깝게 여긴 세종대왕이 물시계인 자격루와 해시계인 앙부일구를 만드셨지 않은가. 그 어지신 마음이 이곳 티베트에 와서 새삼 위대하게 다가온다.

라싸를 벗어나자 바로 얄룽창포강이 나온다. 처음 공항에서 올 때 보았던 그 강이다. 히말라야의 성산이라 알려진 카일라스산에서 내려온 이 물이 양쯔강과 황하강의 발원이라니 중국에서는 결코 포기할 수 없는 자원이다. 강을 넘자 거대한 산이 나타나고 우리는 그 산을 넘어야 한다. 해발 4,750m의 캄바라산이다. 떼를 얹어 놓은 것 같은 두꺼운 이끼로 덮인 돌산을 오르는 길이 제법 넓고 반듯하다. 원래 중국이 침공하면서 낚았던 좁고 험한 길을 북경 올림픽을 대비해서 2년 전에 확장했다고 한다. 번듯한 길이 나면 발전이야 되겠지만, 티베탄들은 이제 더는 유목을 하지 않을 것이다. 대신 관광지에서 기념품과 수유차를 파는 장사치가 되거나 도시의 근로자가 되겠지. 전통은 언제나 신문물에 밀려나게 되어 있다.

중턱을 조금 넘어서니 방목해 놓은 야크들이 한가롭게 풀을 뜯고 있는 모습이 보인다. 고산이 아닌, 평지에서는 오히려 살지 못한다는 저 녀석들은 아마도 이 고원에서 대를 물려 이어받은 조상의 가업일 것이다. 사막의 낙타처럼 포식자들을 피하다 여기까지 올라온 유순한 얼굴은 역시 전쟁을 피해 이 험지에 적응하며 살아온 유목민처럼 순박하기 그지없다. 버려진 땅에서도 뿌리를 내려 살아나가는 평화의 승리자들이다. 드디어 해발 4,800m나 되는 캄발라산 고개에 도착했다. 차에서 내리니 고원에 불어닥치는 거센 바람에 몸이 얼어붙을 정도다. 설산에 우뚝 서서 펄럭이는 룽다와 울긋불긋한 타르초들이 이곳이 신성한 영역임을 일러주고 있다. 멀리 보이는 만년설을 뒤로하고 드디어 호수가 저 아래로 내려다보인다.

아, 암드록쵸! 호수 모양이 전갈처럼 생겼다 해서 티베트어로 전갈을 의미하는 '암드록'에다가 호수 '쵸'를 붙인 이름이다. 티베트인들은 이 호수를 '푸른 보석'이라고 부르지만, 우리는 '하늘 호수'라 부른다. 실로 걸맞은 이름들이다. 어린 시절부터 요원했던 곳, 언젠가는 한번 도달해보고 싶었던 이곳에 지금 서 있다니! 꿈인 듯하다. 보이는 것이라곤 그냥 거대한 설산으로 둘러싸인 계곡에 하늘이 담긴 파아란 호수와 햇빛, 바람뿐이다. 우주의 빛을 흡수하여 푸른 보석이 된 호수는 시린 하늘빛과 바람을 안고 고요하게 반짝인다. 일행들이 멀리서부터 가슴속에 담아 왔던 설렘을 각자 토해낸다. "와, 저 색깔 좀 봐!" 과연 '내 생애 저토록 시린 빛을 본 적이 있던가.'라고 누군가 외칠만하다. 흰 눈 덮인 이쪽 산과 저쪽 산 사이를 말없이 채우는 호수의 둘레가 250Km에 달하는 '푸른 보석'이 잔물결로 반짝인다. 분노한 신들의 안식처라는 고요한 호수를 보고 사람들은 그저 말문을 닫은 채 카메라 셔터만 열심히 누른다. 지중해의 코발트색과는 비교도 할 수 없는 짙은 쪽빛 하늘이 그대로 투영된 물빛이다. 몸이 날아갈 것 같은 바람 속에서 나는 하염없이 호수를 내려다본다. 무엇일까? 사진도 찍을 수 없는 내가 지금 이곳에서 할 수 있는 것은.

어디선가 갑자기 거칠고 작은 여인 셋이 나타나 나를 감싼다. 둘러보니 이들이 머물 수 있는 자은 바람막이조차도 없는 황량한 설산인데 어디 있다가 나타난 것일까. 살이 에이는 바람이 휘몰아치는 이 고원의 설산에서 조악한 팔찌와 같은 돌

장식물을 팔려고 내미는 여인들은 영락없는 걸인 행상이다. 이불인지 옷인지 모를, 때에 절은 천을 몸에 둘둘 말고 검게 그을은 얼굴에 거칠게 튼 뺨을 하고 무언가를 중얼거리며 나를 바라본다. 평생 물세례란 받은 적이 없는 듯한 그녀들이 앞치마인 빵데를 안 입은 걸 보니 아직 결혼하지 않은 처녀들 같다. 이들이 바로 이 신성한 호수를 터전으로 삶을 이어온 유목민의 후예들인가. 부스스하게 헝클어져 길게 땋은 머리를 맞대며 저희끼리 키득거리며 웃는 얼굴에 순박한 눈빛이 반짝이고 있어 순간, 강하게 이끌린다. 이 엄혹한 환경에 한 사람으로 태어나 오직 신의 이름으로 순종하며 살아온 순연한 눈빛이 그윽하다. 선선한 전율이 인다. 푸른 하늘을 이고 있는 설산의 위용 앞에 이 여인들과 함께 있는 이 순간은 가히 상상 속 지점인 듯하다. 인간의 몸으로 선계의 어디쯤 살짝 다녀가는 기분이랄까. 이 먼 여행을 감행하려 결정했을 때는 전혀 생각지 못했던 짜릿한 순간이다.

꿈에 그리던 곳을 찾아가 만끽하는 여행자의 기쁨은 곧 그곳을 떠나야 하는 아쉬움으로 바뀐다. 설산 속 호수도 하늘과 햇빛도 모두 바람 속으로 떠나보내듯 발걸음을 돌려야 한다. 버스가 눈길을 내려가는 도중에 작은 공사가 있어서 차가 잠깐 서 있는 사이에 뒤따라온 지프에서 많이 보던 사람이 내리더니 우리 차에 올라탄다. 아뿔싸! 우리 일행이었다. 사진 찍느라 탑승하지 않은 걸 모르고 출발을 한 모양이다. 가이드는 물론이고 아무도 생각지 못했던 돌발사고다. 살을 에는 칼바람 속에 일행을 잃고 혼자 남았다는 것을 알았을 때 그 심정이 어땠을까. 떠난 사람이나, 남겨졌던 사람이나 다 같이 안도의 한숨으로 가슴을 쓸어내린 순간이었다.

황혼이 질 무렵, 티베트 제2의 도시인 시가체에 입성하였다. 황사가 조금 섞인 바람이 불고, 몹시 춥다. 이곳도 라싸와 비슷한 해발 3,800m다. 숙소에 여장을 풀고 티베트 음식을 처음으로 먹었다. 우리나라 만두와 비슷한 모모와 모모탕, 티베트 보리빵인 짬바, 수유차와 쟈스민차와 라마고기를 볶았는데 그런대로 먹을 만했다. 티베트의 맥주도 맛보고 싶었지만, 자신이 없는 몸이라 그냥 숙소로 왔다. 보일러 작동이 시원치 않고 온수도 제대로 나오지 않아서 방 안에서도 외투까지 껴입고 자야 하는 밤이다.

7. 너무나 아름다워 더 안타까운 티베트!

추워서 잔뜩 웅크리며 잠이 들었던 것 같은데 부사히 새날을 맞았다. 새벽하늘인데도 은하수 같은 별들이 흐르는 하늘에 보름달이 차갑게 걸린 것을 보면서 마당을 지나 커다란 쇠난로가 있는 식당으로 갔다. 아침을 저미는 냉기가 옷 속으로 비집고 들어와 자꾸 옷을 여몄다. 몹시 춥다.

오늘은 시가체에서 라싸로 돌아가는 날인데 라겐라 고갯길에 눈이 많이 쌓여 '남쵸'를 보러 가는 계획이 취소되었다. 암드록쵸와는 비교도 안 될 만큼 넓은, 바다같이 거대한 염호인 남쵸를 보지 못한다면 너무 큰 손실이다. 예전에 노르웨이 오슬로에 있는 뭉크미술관에 갔다가 직원들이 파업 중이라서 뭉크를 못 보고 왔던 것만큼이나, 아니 그보다 더 큰 실망이었다. 지구에서 대륙의 지각변동에서 솟아난 바다의 땅이었던 이곳에서 바다같이 넓은 염호를 보고 싶은 심정이 누군들 없으랴! 그 태고의 모습을 간직하고 있는 거대한 염호를 코앞에 두고 포기해야 한다니. 여기까지 와서도 신은 변함없이 인간의 욕심 중 하나는 꼭 내려놓게 하시는 수고를 하신다.

이른 시간에 타쉬룬포 사원을 찾았다. 판첸라마와 1,000여 명이 넘는 승려가 거주하는 최대사원이다. 사원의 매표소를 통과하자 넓은 광장이 나온다. 아직 아침 안개가 머물러 있어서 어슴푸레하지만, 사원의 웅장한 규모가 눈에 들어온다. 사

원 뒤를 감싸고 있는 거대한 '나마'산에 수많은 타르초가 울긋
불긋 바람에 날린다.

입장 시간을 기다리는 동안 바람도 없이 속으로 파고드는
냉기가 얼굴을 에이고 가슴까지 떨게 한다. 이럴 때 러시아에
서는 가이드가 보드카에 생강즙을 넣고 따끈하게 데워서 한
잔씩 마시시도록 해주었는데! 10시가 되어 문이 열리자 사람
들이 일제히 빨려 들어간다. 지금은 겨울이라 비수기인데도
이렇게 복잡한데 인파가 몰리는 성수기 때는 어떨까 싶다. 가
끔 무례할 정도로 강하게 앞사람을 밀치며 들어가는 사람들이
있는데 그럴 때마다 혹시 중국 본토에서 온 한족들이 아닌가
싶다. 욕망을 달성하기보다는. 자아를 버리기 위해 고행을 자
처하는 이 땅의 사람들이 설마 이토록 사람을 떠밀며 앞을 다
투지는 않을 것 같다. 아닌 게 아니라, 변발한 남자아이가 보
인다. 청나라에서나 볼법한 변발을 한 사람과 잘 감지 않아 부
스스해진 머리를 땋은 티베탄들이 섞여서 멀리 한국에서 온
우리와 함께 다닌다.

사원의 내부에는 티베트의 전생 활불인 판첸라마의 역대 사
진이 걸려 있다. 달라이라마 다음 가는 정신적 지주인 이들
중, 11대 판첸라마는 두 명이다. 달라이라마가 승인한 '게둔

최끼 니마' 판첸은 6세 되던 해인 1995년, 중국 정부에 구금되어 지금까지 행적이 묘연한 상태다. 이후 중국은 부모가 공산당원인 티베트 소년 '기알첸 노르부'를 판첸라마 11세로 공포하여 지금까지 활동하고 있다. 노르부는 중국 정부의 시책에 앞장서서 협조하고 있다. 하지만 티베트의 정신적 지주의 정통은 아직도 니마에게 있다.

벽화나 괘불, 탕카의 규모가 상당히 크고 채색이 선명하고 아름답다. 여름이면 높이 둘러싼 뒷산으로 들려 나가 햇볕을 쬘 탕카와 그를 뒤따르는 긴 마니차 행렬의 신도와 승려들을 그려본다. 마당에는 거대한 높이의 룽다에 흰 커튼이 총총히 늘어져 있다. 새파란 물감을 풀어놓은 것처럼 청명한 하늘에 검정과 흰색, 빨강, 초록, 노랑, 파랑의 색조가 어우러진 풍광이 천경자의 강한 색감을 떠오르게 한다. 자연의 경이로움과 버무려진 색감! 일찍이 그녀가 타히티로 떠나기 전에 이곳 티베트에 와 보았다면 그녀의 색감이 어떻게 표현되었을까. 이곳만큼 강렬하면서도 소박한 색채를 다른 어느 대기권에서 느낄 수 있는가. 깨질 듯한 푸른색으로 눈부신 하늘은 아름답다기보다는 시리다는 표현이 딱 어울린다. 너무 아름다운 것을 보았을 때 북받치는 슬픔과도 같은 색이다. 붉은 담장의 사원

아래쪽 마을에는 변마초라는 풀을 섞어 만든 흙담과 흰색을 칠한 집들이 어울려 있다. 짙은 검정의 평평한 지붕 위에는 돌을 여기저기 얹었다. 마치 우리나라 시골의 흙담집 같은 정취다. 창가에 내어놓은 화분들, 간혹 문 안으로 보이는 마당 안 그릇들에서도 진한 정감이 일어난다.

　삶을 이어가고 있는 사람들의 운명은 땅에 있다. 이 오체투지의 정토를 보고 곧 떠나야 할 여행자의 마음이 편치 않다. 아마 세계의 시선도 그럴 것이다. 거리에는 중국인 상점들이 새로운 거리를 조성하고 음악은 온통 시끄러운 메탈락 위주다. 이 나라의 주인은 저급의 힘든 일을 맡고 한족들은 고위층이나 부유한 지식인층에 포진하고 있다. 아시아의 중심에 우뚝 솟은 천혜의 요새를 가진 나라 티베트가 명분도 없이 쳐들어와 눌러앉은 중국의 완전한 일부가 될 수 있을까. 과연 힘의 논리로 움직이는 세계정세에서 아름답고 신성한 이 땅에 뿌리내린 영혼을 위해 세계인의 침묵을 깰 방법은 무엇인가. 오랜 세월 이 혹독한 환경을 묵묵히 견디어 살아온 이들에게 부디 신의 가호가 있기를 빈다.

8. 칭장(찡짱) 열차

"슬프도록 투명한 하늘. 티베트인의 영혼이 느껴지는 황량한 대지! 오랜 세월 동토의 땅에서 숨죽이고 있던 신(神)들이 거대한 철룡의 포효소리에 깨어난다. 하늘과 맞닿은 땅 위로 달리는 칭장 열차를 타고 우리는 지금 신의 땅으로 간다."

『칭장철도여행』 책자를 낸 중국인 왕목의 말이다. 남극과 북극에 이어 지구의 제3극이라 불리는 칭장고원에서 북경까지 이어진 철로가 개통되었다. 수만 노동자들이 5,000m 고원의 혹한, 산소 부족 등의 극한 환경과 싸우며 5년여의 공기를 마치고 2005년 10월에 완공되었다. 라싸에서 북경까지 장장 1,142Km의 길이를 이은 선로다. '쿤룬산맥이 있는 한 기차로는 영원히 라싸까지 갈 수 없다.'라고 말한 미국의 기차 여행가인 폴 써루를 비웃듯 완벽한 모습을 드러낸 것이다. 공식 명칭은 칭장선이라고 하지만 티엔루 즉, 하늘길이 열렸다. 문성공주가 장안을 출발해 라싸까지 오는데 2년이 넘도록 걸렸던 길이 이제 이틀이면 올 수 있게 되었다.

거대한 철룡의 소리를 내며 칭짱고원을 달리는 하늘길 열차를 타고 오늘, 우리는 신의 땅 티베트를 빠져나온다. 아직 어둡기만 한 새벽, 라싸역은 얼음장같이 차갑다. 역사의 규모가 우리를 압도한다. 티베트는 이제 거대한 나라, 중국이 되었음을 위압적으로 느낀다. 과연 티베트의 독립은 요원한 걸까. 이른 아침부터 모여든 수많은 인파에 또 한 번 놀란다. 중국 최대명절인 '춘제'를 앞두고 있어 티베트의 한족들이 고향을 찾아가려는 인파다. 여행 내내 여러 가지로 나를 위해 애써 준 가이드 칼산에게 선물을 준비하였다. 눈빛과 미소가 착한 사람이다. 요즘 연이어 보도되는 티베트사태에 무탈한지 걱정이 된다.

드디어 개찰이 시작된다. 검색대를 통과하여 수많은 인파를 피해 넓고 조용한 귀빈실에서 따로 있던 우리 일행은 내국인과는 다른 통로로 제일 먼저 기차에 올랐다. 마치 항공기에 탑승하는 기분이다. 서안까지 장장 36시간을 달려갈 열차다. 4인실 침대칸을 배정받았다. 제법 깨끗하다. 무엇보다도 통유리로 된 넓은 창문이 마음에 들었다. 자외선 방지 기능이 있는 유리창이다. 벼락방지장치와 산소보급장치도 있다. 기실, 작년에 완공된 이 열차를 한 번 타보기 위해 왔다는 일행들이 더 많을 정도로 기대했던 시간이다. 모두 상기된 표정으로 각자의 침대에 자리를 잡는다.

기차가 출발하자 작은 감동이 밀려와 일행들이 잠시 숙연해졌다. 곧 카메라 렌즈를 바꿔 가면서 모두 촬영 삼매에 빠진다. 먼동이 트면서 스며드는 햇빛에 따라 환호성이 오고 간다. 광활한 고원을 가로지르는 열차의 그림자가 달리는 동안 사람들은 찍고, 또 찍는다. 렌즈에 포착되는 피사체들의 변화무쌍한 흐름, 광활한 고원을 받쳐주는 설산과 때마침 쏟아지는 눈발을 헤치는가 하면, 눈이 부실 정도의 광활한 호수를 가로지른다. 웬만한 동네 몇 개를 지나는 호수의 넓이다. 간혹 까만 점과도 같은 야크와 밥풀 같은 양들이 눈밭에 점점이 흩어져 지나간다. 워낙 넓은 곳을 워낙 빨리 달리니까 흔들림도 없다. 파리에서 제네바로 넘어가면서 테제베를 탔을 때와는 또 다른 편안함이 고도 5,050Km를 넘어가고 있다. 눈과 바람이 더 심해진다. 영하의 외기온도가 급감하는 것까지 다 모니터를 통해 볼 수 있다.

점심시간이 되자 준비해온 음식들을 꺼낸다. 개중에는 한국에서 가져온 남은 반찬도 있다. 라싸 시내에서 쇼핑한 과일 등, 푸짐한 점심상이 객실마다 차려졌다. 이제 좁은 공간에 양떼를 몰아넣은 목동과도 같이 편안하게 휴식을 취하게 된 인솔자가 신이 나서 맥주 파티를 열었다. 파티는 밤늦게까지 이어진다. 이방 저방의 구성원들이 오고 가면서 섞인다. 여자들로만 구성된 우리 객실도 같은 분위기다. 서로 한 잔씩 권하다가도 좋은 장면이 나오면 카메라를 들고 흩어졌다가 다시 모인다. 이제 식구 같은 일행들이다. 티베트 고원을 다니며 쌓인 우정이라 남다르다. 서로 마음을 놓고 자신들의 이야기를 하기 시작한다. 대부분이 교사들인 여자들은 서로 연락처와 이메일을 주고받는다. 모두 한결같이 친절하고 선량한 분들이다. 특히 여행 기간 내내 기운을 못 쓴 내게는 더욱 그랬다.

  그 와중에도 내 몸은 계속 가라앉고 있었다. 일행들이 불편해할까 봐 침대에 눕지 않고 버티려니 식은땀이 흐른다. 이제는 집에 돌아간다는 안도의 호흡이 너무 깊었나. 메슥거리는 가슴을 답답하게 누르는 통증이 기침도 할 수 없을 정도로 깊어진다. 5천 고지를 통과하는 기간에 쏘아주던 기내 산소가 조금 낮은 지역으로 오니 정지된 것 같다. 다시 고산증의 습격이 이어졌다. 결국, 몸져누웠다. 일행들이 뜨거운 물을 담은 페트병을 수건에 싸서 내 품에 넣어주고 여기저기서 진통제를 준다. 약을 한입에 털어 넣고 깊은 잠에 빠져들었다. 배뇨감과 두통으로 잠이 깼다. 젖은 솜 같은 몸을 일으켜 겨우 발을 떼며 화장실 출입을 밤새도록 하였다. 독한 약 때문인지 신우염

증세까지 겹친 것 같다.

　아, 이 몹쓸 고산병이 왜 이렇게 질기게 따라붙는 건지! 남들은 기내식당에 음식을 먹으러 가지만 나는 옆 사람이 커피포트에 끓어준 누룽지 죽을 겨우 조금 먹는다. 다시 약을 털어넣고 또 잠이 든다. 문득, 두런두런하는 소리에 눈을 떠보니 여러 선생님이 번갈아 나를 들여다보며 침대 앞에 앉아 있다. 걱정과 염려의 눈빛으로! 나는 물끄러미 그 눈동자들을 쳐다보다가 다시 눈을 감는다. 밖에는 열차의 중간역과 태양을 따라 시시각각으로 변하는 풍경들이 지나가고 있었다. 깜박 잠이 들었다 다시 눈을 떠보니 황혼이 내려와 설원을 붉게 물들이고 있다. 인위적인 것이라곤 찾아볼 수 없는, 빈 설원에 꽉 찬 황혼! 너무나 아름다워 공연히 눈물이 나온다. 다들 카메라 셔터를 누르며 환호와 감탄을 연발하고 있는데 나는 조용히 눈물이 흐른다. 오직 자신의 몸을 낮추고 낮추면서 도달하려는 구원의 몸짓을 보고 돌아오는 길이 아닌가. 그 신성한 구역에서 나 혼자만이 밀쳐진 듯한 이 느낌도 비워졌으면 좋겠다. 그 표현할 수 없는 눌림을 버텨내느라 최소한의 움직임만 허락된 시간이었다. 집으로 돌아가는 이 시간조차도 버팀의 연속이다. 어느새 어둠이 덮어버린 설원에 가끔 나타나는 마을의 불빛이 총총한 별빛 아래 지나간다.

　고산증. 그 증세는 여러 가지로 나타나지만 모든 설명의 끝에는 한결같이 그 이유를 정확히 알 수 없다고 한다. 광저우에서 발행되는 일간지 신시스바오지는 작년에 개통한 이 기차를 타고 티베트를 찾은 관광객들 가운데 아홉 명이나 고산증으로 숨졌다고 보도하였다. 목숨을 잃을 정도로 위험한 증세가 단지 산소가 희박하다는 이유만으로는 설명할 수 없는 부분이 있다고 한다. 그것을 의사들은 그 지역이 가지고 있는 어떤 기운에 대해서 말하기도 한다. 과연 어떤 기운이 나를 거부하여 밀쳐냈는지 알고 싶다.

　사람은 망각의 동물이라고 했던가. 어쩌면 낯선 땅에서 죽을 수도 있었던 이 모든 것을 잊고 또 여행 간다고 나설 때가 오겠지. 그러나 어디를 가든 티베트에서 얻은 교훈은 잊지 않을 것이다. 이 세상에서 나를 받아주지 않는 구역이 존재한다는 것을. 괴로움의 과정 끝에 달성된 자각이지만, 그것은 아이러니하게도 내가 모르는 영역에 대한 도전을 다시 도발하고 있다. 내가 갈 수 없는 곳과 갈 수 있는 곳에 대한 인식조차노 지금의 내 삶이 얼마나 풍요한지 알게 해준다. 이 생이 끝날 때까지 여행은 계속 내 삶의 원천이 되리라.

．
．
．

생명 추스르기와 이웃 챙기기의 변증법

−최찬희의 첫 산문집을 읽으며

이명재

(중앙대 명예교수, 평론가)

축하와 감동을 함께

　최찬희 수필가의 첫 산문집『산중일기 초』를 읽으며 남다른 감회를 느낀다. 그러기에 필자는 작품을 분석 평가하는 평론가이기보다 같은 문인으로서 수필가 자신의 삶과도 연결 지으며 생각한다. 독자 여러분과 문학 현장에 나서서 진솔하게 대화하는 마음으로 이 글을 쓴다. 불혹의 나이쯤에 주부 겸 서너 개의 자영업으로 한창 분주하게 뛰면서 대학원 과정을 이수하던 주인공은, 필자가 대학에서 정년을 앞둔 무렵에 캠퍼스에 신입해 든 처지였다. 그런 주인공이 이제는 이순의 고개를 넘긴 문인으로서 당시의 필자 또래가 된 것이다.

　우선 글공부 성년(成年)을 맞은 최찬희 작가의 늦둥이 산문집 출간을 진심으로 축하한다. 오랜 내공(內功)을 쌓고 아기자기하게 엮어서 모처럼 펴낸 보람은 2020년 코로나19의 경계 속에 서 말 이상의 글 구슬 묶음으로 더욱 빛난다. 근래 미국에 원정 가서 외손녀까지 돌보던 문인이 짬을 내서 엮어낸 노고와 성과에 뜨거운 격려를 보낸다. 으레 정규의 학업을 마친 후에 가정을 이루고 사회에 진출하는 경우와 달리 거슬러 살아온 고충이 얼마나 많았을까. 직장과 가정생활을 먼저 택해서 자녀들 교육까지 끝낸 다음에 스스로 학업을 어엿하게 이뤄낸 과정이 장하기 그지없다.

생각하면, 지난 세기 끝자락 가을에 처음 흑석동 캠퍼스에서 글 모임을 연 이래로 동지들은 이음새 이상의 문학 도반이다. 문학회의 첫 그룹에서 이런저런 사정으로 작품집 내기로는 막차를 탄 처지이기에 필자의 마음이 더없이 홀가분하다. 그동안 작품집 출간을 기대한 게 맏며느리에게 손자 채근해온 시아비 처지였달까. 더구나 과중한 업무로 건강을 해친 나머지 한때 생사의 고빗길을 겪어 더 신경이 쓰였다. 그러기에 필자는 이제야 이 옥동자 문집 덕에 불가의 1만 겁 선근 인연이라는 엄청난 무게에서 벗어나고 덤으로 대기만성의 후진을 지켜보는 보람도 함께 느끼는 듯싶다.

작품 세계 산책

『산중일기 초』라는 표제(標題)를 내건 이 작품집은 여느 수필집과 다르게 '초'라는 꼬리표에서처럼 다양한 내용과 형식을 취하고 있다. 흔히 여럿 중에서 골라낸다는 의미 밖에도 처음이지만 기존의 틀을 벗어나고 싶다는 (抄-初-超) 복합적 욕망이 엿보인다. 이 작가는 그만큼 여러모로 차별화된 세계를 지녔다고 본다.

다섯 개의 묶음 가운데「산중일기」표제의 연작은 남달리 꽁트소설적인 수필들로서 산뜻한 맛을 준다. 작품의 머리에서 이해인의 시「어떤 결심」인용으로 연 서두 부분부터 충격을 던진다.

한 생애를 이루는 시간을 바라볼 수 있다면 나는 지금 어느 때에 와 있을까. 인생을 백 세까지 보는 요즘에 그 위치를 어림잡는다면 아마도 반은 지났으리라. 오늘보다는 늘 내일을 바라보며 걸어왔던 무지의 세월이었다. 아마도 이번 일이 없었다면 그 걷잡을 수 없는 세월의 원경으로 무심히 떠밀려가던 '나'를 깨닫지 못했을 것이다.

그날따라 봄비가 내렸다. 수술 후 경남의 천태산 중턱에서 요양하다가 알게 된 집으로 육 개월 간 살기 위해 떠나는 길이다. 해토머리에 내리는 비는 세상이 생명으로 꿈틀대기 시작하는 신호 같았다. 낯선 곳에서의 시작은 어떤 상태에서든 용기가 필요했다. 시할머니와 부모님, 팔 남매가 되는 시댁 살림을 마무리하고 사업을 하면서 정신없이 보냈던 세월이 삼십여 년이다. 가족이라는 울타리를 건실한 벽돌담으로 쌓아 올렸던 시간이다. 사랑하지만 벗어날 수 없는 굴레와도 같은 가족. 지금 나는 비로소 울바자를 빠져나온 바람이 된 것 같다.

"폐암 말기입니다!"

대학병원의 명의라고 하는 분이 내뱉은 말은 어리둥절한 정적 속에서 현실로 받아들일 수밖에 없는 선고였다. 그날로 입원하여 밤새 일곱 통의 유서를 쓴 뒤, 딸과 눈물로 이별을 하고 수술대에 올랐다. 악성종양이 퍼졌다는 오른쪽 폐절제술은 단 몇 시간밖에 걸리지 않았다. 결과는 양성종양이었다.

─「묵은 수렁에서 거듭나기」 서두

평소 일상의 삶에 무리한 나머지 극도로 망가진 심신을 추스르는 체험이 리얼하게 와닿는다. 그리고 이전에 무감각하게 지냈던 생명의 절실한 신비와 존엄을 새롭게 되찾게 되는 것이다. 이와 더불어 신에게 감사하는 종교적 신앙심으로까지 이어진다.

해발 육백 미터가 넘는 산동네에 몇 달째 머물고 있다. 삶의 흐름에서 잠시 벗어난 철수상태라고나 할까, 그 무엇도 할 필요 없이 오직 순수한 나의 원소 안에서 유영하는 지극한 시간을 보내고 있다. 밤마다 찾아오던 통증도 어느덧 서서히 잦아들었다. 문만 열고 나가면 온천지가 신성한 생명력으로 이들거린다. 숲으로 휘어져 들어가는 오솔길을 걸으면 자연의 내밀한 숨소리까지 들리는 듯하다. (중략)

내게 주어진 시간은 일 분 일 초도 허투루 쓰지 않으려고 애썼던 것 같다. 그러던 내가 이젠 눈만 떠도 감사하고 숨만 쉬어도 대견하게 느껴진다. 오직 내 몸이 들려주는 신호에만 충실해도 하루가 이토록 충만한 것을. 왜 그리 밤잠을 축내며 살았나 싶다. 과연 누구를 위한 시간이었나. 신은 내게 억척스럽게 돌아가던 삶의 시계바늘을 일부러 잠시 멈추게 하신 것 같다. 멈춰야 보이는 것들을 보여주시려고.

방문을 열고 한 발자국만 더 나가면 밤꽃처럼 진한 향기를 머금은 죽순이 그 생명력을 불시에 드러내곤 한다.

-「산중 자족」에서

그런가 하면, 일반 사회에서 밀린 채 이곳 산 중턱에 와 사는 미을에서 빌어시는 사랑 이야기도 흥미롭다. 그만큼 이웃 사물에 대한 관계가 넓어지고 관찰 또한 다채로워진다.

"내 집 뒤울에서 내 죽순 내 맘대로 따는데 니가 와 지랄이고!"

정희 남편은 나이 차이가 열 살이나 나는 이웃집 아지매한테 대번에 반말이다.

"문디 지랄한다. 이 산이 고마 다 니 산이가! 먼저 본 사람이 임잔데 와 내가 말 못하는데!"

옆집 아지매는 오냐 너 잘 만났다는 듯이 입에 거품을 문다.

"이게 미쳤나! 어따 대고 고함질이고. 고마 니 다 처묵으라."

"오냐, 내 다 무글끼다! 내가 니한테 해준 것 다 돌라카몬 니 집안에 있는 죽순도 다 내끼다!"   −「정희」 중에서

죽순을 두고 다투는 남녀는 다름 아닌 바로 옆집에서 얼마 전까지 정을 나눈 사이였다. 그런데 총각 신분인 그가 새로 혼인신고를 하고 정희와 동거하면서는 못 본 체해 버린 까닭이다. 그래서 옆집 아줌마는 자신도 어찌할 줄을 모르고 강짜를 부리며 신혼생활을 하는 그들 방을 몰래 기웃거리기까지 하는 것이다. 그걸 눈치 챈 정희 역시 중년 나이에 공무원인 남편이 그림학원 원장과 놀아나는 것을 보고는 담박 이혼장에 도장을 찍고 온 터라 이러지도 저러지도 못하는 처지로 얽혀서 흥미진진하다.

뿐만 아니라 화자인 작가는 「작은 새」에서처럼 산속 요양원에서 죽음을 예감한 환우와의 "고마워, 친구야. 사랑해"가 마지막 인사로 되어 버린 아픔을 겪는다. 그렇게 산중 요양원의 한 방에서 기거하는 너덧 명의 중년 암 환자들과 지내다가 하나씩 하늘나라로 떠난 후, 그녀들의 카톡사진이 다른 사람으로 바뀌는 일을 경험한다.

이어서 첫 묶음인 「외할머니네 건넌방」에서는 싱그러운 계절감과 어릴 적 부모나 외할머니의 가족적인 회상에 걸친 작가의 내면적 자아를 다루고 있다. 수필 본래의 경쾌한 리듬과 아늑한 숨결에다 한국 전래의 따스한 인정이 묻어난다.

산에는 노랑이 먼저 신호를 해야 분홍이 뒤따라온다. 긴 겨울의 끝자락 속에서 제일 먼저 봄을 알리는 이 작은 노란색 꽃송이가 유난히 반가운 이유다. 이제 겨우내 박토로 있던 이 산속의 골짜기마다 난데없는 꽃 잔치가 벌어질 때가 되었다. 얼마나 성급했으면 잎이 나기도 전에 번식부터 서두르는가. 겨울나기를 마치고 막 나오기 시작하는 곤충들의 눈에 멀리서도 잘 띄도록 차려입은 노랑꽃. 병아리처럼 연약한 색이지만 그 안에는 나름대로 생존하기 위한 본능의 유혹이 춤을 춘다.

― 「생강나무꽃」에서

산뜻하고 다채로운 문장

위의「생강나무꽃」과 정갈한 문체로 불교적인 이미지를 담은 선암사 템플스테이 중의 선암매를 다룬「산사(山寺)에서」는 싱그러운 봄철처럼 색채 이미지가 산뜻하다. 앞에서의 소설적인 맛을 담은 대화체와 더불어 문장의 리듬과 호흡이며 힘에서 다채로운 매력을 드러낸다. 작품 곳곳에서는 명주 실꾸리에서 풀려나오는 감성의 실타래로 번득이는 천을 짜듯 정갈하고 빼어난 문장력을 감지하게도 한다. 그에 견주면 다음의「외할머니네 건넌방」에서는 가족사를 담은 채 유년기에 맡았던 매캐한 시골집 연기 냄새와 할머니의 체취며 뜨거운 후각 이미지를 짙게 풍긴다.

　　손녀딸 고집 때문에 너른 방을 두고도 좁은 방에서 고단한 숨을 내쉬며 주무시던 할머니의 체취는 식구들이 떠나고 없는 자리를 대신 메워주었다.
　　자다가도 때 없이 고구마를 구워달라는 외손녀를 위해 할매는 늘 아궁이의 타다 남은 재 속에다 고구마를 두어 개 묻어 두셨다. 어른 손가락만 하게 자잘한 고구마를 노랗게 구워 까 주시던 할매의 손에는 항상 매캐한 불 냄새가 담겨있다. 지금도 매캐한 연기 냄새를 맡으면 외할머니네 건넌방이 떠오른다. 어린 나이에 일찌감치 알아버린 그리움이 담긴 방, 친구처럼 놀아주던 할머니의 체취 가득했던 곳.

-「외할머니네 건넌방」에서

위 작품과 함께 신경숙의 『엄마를 부탁해』를 패러디한「아버지를 부탁해요」와 작품 앞뒤에 어머니를 예찬하는 자작시로 효심을 드러낸「사모곡」은 노인 문제를 다룬 작품들로 눈길을 끈다. 밝은 이미지인 외할머니에 비해서 노후에 알츠하이머 증세로 양로원에 입원한 부모 이야기를 어두운 그대로 진솔하게 고백한다. 공무원의 박봉으로 5남매를 키우고 노후에 양로원 신세를 지게 된 아버지뿐만이 아니다. 중년이 넘어서야 남편 따라 낯선 경기도에 이사 온 후로는 옷가게를 내서 학비를 대고 늘 정갈한 집을 가꾸며 서울로 통학하는 딸을 위해 새벽밥과 도시락을 챙겨준 어머니께서 치매로 요양원에 든 심정을 쓴「사모곡」이 가슴을 울린다.

「민주당 좌파 여인들」묶음은 제목처럼 정치문제가 아니라 작가 자신보다는 이웃들과의 관계를 다룬 항목이다.「민주당 좌파 여인들」은 조지훈 시인의 산문 가운데 막걸리(民酒)를 방바닥에 앉아 빈대떡 안주로 마시는 서민(座派)을 동음이의 어(pun)기법으로 활용한 제목이다. 음식점에서 일하는 여덟 종업원은 40대 초로서 모두 아이를 거느린 여 가장들이다. 그 중에 남편이 투옥된 뒤에 산꼭대기 방을 전전하는 주방장 미선이가 추운 날씨에 보일러 고장으로 아이들 걱정을 할 때 전기스토브를 들고 찾아가 돌본 이웃의 미담이 흐뭇하다. 밤을 꼬박 새운 채 동터오는 시내를 내다보며 노동의 가치를 터득하는 「새벽에」 역시 마찬가지이다. 군대에서 사고사를 당한 아들로 인한 불면증을 이기려 야간 근무를 자청한 여 주방장과 함께한 주인의 모습도 선하다.

이어서 「명성황후」 묶음은 대체로 비평성을 띤 칼럼류의 글들로 이루어져 특장점을 보인다. 「코로나 19」는 최근의 세계적인 바이러스 팬데믹에 상관된 시사칼럼이고 「아직은 다 풀어내지 못한 이야기」는 해묵은 세월호 유감이다. 더욱이 「명성황후」는 공연 문화적인 뮤지컬 연극비평인 데다 「디 아더스 -그 빛과 어둠의 변증법」 또한 영화 비평적인 칼럼이다. 으레 일상적인 삶의 이야기나 자연 속의 계절적인 감상을 적은 글들을 모은 여느 수필집들과 달리 최찬희의 '산문집'이라고 이름 붙인 의미가 수긍된다.

끝으로 「아, 티베트」 묶음은 외국 탐방의 기행문을 한군데에다 모은 것이다. 「아, 티베트」는 제목 그대로 세계의 지붕으

로 문화와 정치의 쟁점을 이룬 고원지방을 돌아본 8편의 기행
수필 시리즈로서 중편수필 이상의 중량을 지녔다. 라싸, 오체
투지, 조캉사원, 고산병, 속도를 잊은 여행, 하늘호수 등. 국
내의 승주읍에 자리한 선암사 템플스테이 체험을 쓴「산사에
서」나 강원도 지역 산행에서 만난「자작나무의 눈동자」와는
대조되고 있다.「시베리아의 파리 이르쿠츠크에서」「환바이
칼호 열차 안에서」역시 러시아의 오랜 역사와 지리는 물론 그
곳 풍물과 노인 주민에 대한 인상을 그리고 있다. 우리에겐 거
의 생소한 이색지대를 탐사해준 정보라서 매우 흥미롭고 유익
했다.

남다른 시도와 특수성

위에서 살펴본 바처럼 최찬희 문학을 이해하는 키워드는 역
시 일찍이 도전한 영업 활동과 문학을 지향한 학업에다 창작
을 겸해온 생활과정이다. 그리고 이런 무리 속에서 생명의 위
기를 겪은 나머지 체득한 생의 외경의식을 들 수 있다. 거기에
다 서민층을 향한 이해와 휴머니티도 덕목으로 여겨진다. 이
밖에 학부에서 서양문학을 섭렵한 데다 대학원에서의 한국문
학을 접목한 여건도 참고가 된다. 이와 같은 후천적 여건에다

선천적인 재능에 작가의 노력을 합하면 능히 바람직한 성과를 이뤄낼 수 있다.

이 산문집에서도 만만찮은 문장과 다양한 모색으로 새로운 면을 보여주었다. 제목이나 글 앞뒤에 명사들 작품을 인용하거나 더러는 자작시를 써 내는가 하면 패러디로 접근한 시도를 솔선했다. 소설적인 수필을 실험해서 호응을 얻고 연극, 영화비평까지 섭렵하는 칼럼을 선보였다. 음식점 주방에서 철야하는 여성 가장들의 노동현장이나 주류사회에서 밀려난 채 산촌에서 사는 군상을 묘파한 일 또한 티베트 탐방기에 못지않은 성과이다.

최찬희 작가는 20여 년 만에 작품집을 내놓았으니 이제 자아와 타자를 조화시키는 창작에 매진하여 대성하길 바란다. 먼저 떠나간 환우들을 대신해서라도 인생 결실기인 지금부터 30년은 활동해야 할 것 같다. 글쓰기는 자기와 이웃을 함께 챙기는 변증법적 창조작업이며 서로를 위한 최선의 길이기 때문이다.

산중일기 초

1판 1쇄 발행 ∣ 2020년 7월 10일

지은이 ∣ **최찬희**
발행인 ∣ **이선우**
펴낸곳 ∣ **도서출판 선우미디어**
등록 ∣ 1997. 8. 7 제305-2014-000020
02643 서울시 동대문구 장한로12길 40, 101동 203호
☎ 2272-3351, 3352 팩스: 2272-5540
sunwoome@hanmail.net
Printed in Korea ⓒ 2020. 최찬희

값 13,000원

※ 이 도서의 국립중앙도서관 출판예정도서목록(CIP)은 서지정보유통지원시스템 홈페이지
(http://seoji.nl.go.kr)와 국가자료공동목록시스템(http://www.nl.go.kr/kolisnet)에서
이용하실 수 있습니다.(CIP세어번호: CIP2020027574)

ISBN 978-89-5658-645-8 03810